KB041336

더 뉴 게이트

07. 데몬의 태동

THE NEW

더 뉴 게이트

GATE

07. 데몬의 태동

카자나미 시노기 지음
Illustration 마계의 주민
김진환 옮김

라루나

목차

「THE NEW GATE」 세계의 용어에 관해

● 능력치
LV: 레벨	
HP: 히트 포인트	
MP: 매직 포인트	
STR: 힘	
VIT: 체력	
DEX: 기술	
AGI: 민첩성	
INT: 지력	
LUC: 운	

● 거리·무게
1세메르 = 1cm
1메르 = 1m
1케메르 = 1km

1구므 = 1g
1케구므 = 1kg

● 화폐
쥬르(J): 500년 뒤의 게임 세계에서 널리 통용되는 화폐.
제일(G): 게임 시대의 화폐. 쥬르보다 10억 배 이상의 가치가 있다.

쥬르 동화(銅貨) = 100J
쥬르 은화(銀貨) = 쥬르 동화 100닢 = 10,000J
쥬르 금화(金貨) = 쥬르 은화 100닢 = 1,000,000J
쥬르 백금화(白金貨) = 쥬르 금화 100닢 = 100,000,000J

● 육천의 길드 하우스
1식 괴공방 데미에덴(통칭: 스튜디오)『검은 대장장이』신 담당
2식 강습함 세르슈토스(통칭: 쉽)『하얀 요리사』쿳쿠 담당
3식 구동 기지 미랄트레아(통칭: 베이스)『금색 상인』레드 담당
4식 수림전 팔미락(통칭: 슈라인)『푸른 기술사(奇術士)』카인 담당
5식 혼란 정원 로메눈(통칭: 가든)『붉은 연금술사』헤카테 담당
6식 천공성 라슈감(통칭: 캐슬)『은색 소환사』캐시미어 담당

빌헬름 에이비스
22세. 로드. 창술이 뛰어난 모험가. 외모나 말투와는 달리 정의감이 강하다.

티에라 루센트
157세. 엘프. 「잡화점 달의 사당」의 종업원. 강력한 저주에 걸린 흔적으로 머리카락 대부분이 까맣다.

해미 슈르츠
16세. 휴먼. 미래를 예지하는 힘을 가졌다. 「성녀」로 불리며 신성시 되고 있다.

밀트
89세. 하이 픽시. 앳된 얼굴과 풍만한 몸매가 특징적인 전(前) 플레이어. 전투광으로 유명했다.

슈니 라이자
521세. 하이 엘프. 신의 서포트 캐릭터. 500년 동안 신을 기다려왔다.

슈바이드 에트락
521세. 하이 드래그닐. 게임 시절 신의 서포트 캐릭터. 용황국 킬몬트의 초대 국왕.

신
본작의 주인공. 21세. 하이 휴먼. 온라인 게임에서 이름을 떨친 최강 플레이어. 데스 게임 클리어 후, 500년 뒤의 게임 세계로 차원 이동되었다.

필마 토르메이아
521세. 하이 로드. 게임 시절 신의 서포트 캐릭터. 수백 년 동안 행방불명이었다.

주요 등장인물

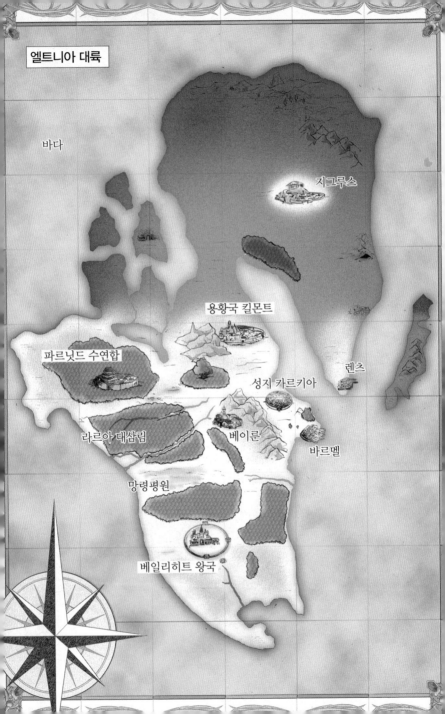

단서를 찾아서 | Chapter 1

신 일행은 유괴당한 소녀 미리를 구출하기 위해 엘더 드래곤을 타고 교회의 총본산 지그루스에 잠입했다.

　그리고 교회의 추기경 리리시라에게서 『정점의 파벌』의 광신자 브루크의 신변을 구속해달라는 의뢰를 받았다.

　브루크는 미리를 납치한 것뿐만 아니라 성녀 해미까지 감금해두고 있었다.

　리리시라와 협력해 행동을 개시한 신 일행은 교회 본부가 된 팔미락을 습격해 미리와 해미를 무사히 구출하는 데 성공했다.

　"……이제 앞으로 어떻게 할지 말인가요?"

　"네. 여러분이 아니었더라면 해미 님을 구할 수 없었을 겁니다. 이 사실이 알려지면 브루크의 횡포에 시달린 사람들이 보답을 하고 싶어 할 테죠."

　구출된 해미가 리리시라와 재회한 지 30분 정도가 지났다.

　어느새 밤이 깊어가고 있었다.

　호위 기사들은 이리저리 뛰어다니며 성녀가 구출되었다는 사실을 알렸고, 해미와 미리는 빌헬름의 호위를 받으며 다른 방에서 쉬고 있었다.

신은 티에라에게 팔미락에 들어오라는 메시지를 보냈다.

브루크의 방에 남아 있을 예속 아이템—『예속의 목걸이』
는 슈바이드가 교회의 기사들과 함께 회수하러 갔다.

신과 슈니, 리리시라는 리리시라의 방에서 의뢰 보수에 관
한 이야기를 나누고 있었다.

신은 수수께끼의 협력자로 남은 채 떠나고 싶었지만 리리
시라는 동의하지 않았다. 그리고 다른 사람들 역시 동의하지
않을 거라고 강하게 주장했다.

이번 일에 소요된 시간은 날짜가 바뀐 오늘까지 총 사흘.

사용한 경비도 여관 요금 정도였다. 청구할 만한 금액은 아
니었다.

신 일행이 한 일이라고는 팔미락에 잠입해 에이라인과 브
루크를 박살 낸 것뿐이었다.

물론 그것이 가장 중요한 일이었지만 신에게는 식은 죽 먹
기나 다름없었다. 그래서 리리시라와는 이번 일에 대한 인식
이 다를 수밖에 없었다.

게다가 답례를 받는 것은 그렇다 쳐도 신 일행의 정체가 대
대적으로 알려지는 것은 곤란했다.

가뜩이나 바르멜 방어전 때문에 신의 이름이 조금씩 유명
해지고 있었다. 거기에 교회에서 요란하게 표창이라도 받으
면 전에 없던 성가신 일이 벌어질 것이 자명했다.

이제 와서 주목받고 싶지 않다고 말하는 것도 우습지만 피해갈 수 있는 불행은 피해가는 것이 상책이었다.

"그렇다면 이름은 알리지 말아줬으면 하는데요."

"이름 말인가요? 이런 경우는 오히려 이름을 알릴 좋은 기회가 아닌가요?"

"아니요. 애초에 우리는 미리를 구출하러 온 것뿐이고 성녀님을 구출한 것은…… 이런 말 하기 뭐하지만 그냥 덤이었거든요. 그리고 브루크가 한 짓을 알았다면 누구나 똑같이 행동하지 않았을까요?"

정상적인 사람이라면 브루크의 악행에 대해 혐오감을 느끼는 것이 당연했다.

신 일행에게는 마침 브루크를 막을 수 있는 힘이 있었던 것뿐이었다.

"그렇다면 하다못해 필요한 것이라도 말씀해보세요. 저는 제가 할 수 있는 한 뭐든 드리겠다는 말로 협력을 구했습니다. 이렇게나 많은 도움을 받고 그냥 보내드린다면 배은망덕하다는 비난을 받을 겁니다."

"으음~ 저희도 아무것도 필요 없다고 말하지는 않을 테니까 진정하세요."

신은 얼굴을 바짝 들이대는 리리시라에게서 한 걸음 물러나며 쓴웃음을 지었다.

도움을 받은 입장에서 아무 보답도 할 수 없다면 마음이 편치 않다는 것은 신도 잘 알고 있었다. 그래서 신은 어떤 보수를 받을지 이미 생각해둔 뒤였다.

"그렇다면 무엇이 필요하신가요?"

"네. 우리가 요구할 것은 세 가지입니다. 일단 첫 번째로 브루크가 사용한 목걸이가 또 남아 있다면 그것은 저희에게 양보해주셨으면 합니다. 누군가의 손에 들어가기 전에 회수해서 구조와 효력을 되도록 상세히 조사해보고 싶거든요. 처분도 저희 쪽에서 할 테고, 만약 무효화할 수 있는 아이템이 만들어지면 리리시라 씨에게도 제공해드리겠습니다."

상대를 마음대로 조종하는 아이템을 남겨둔다면 제2, 제3의 브루크가 얼마든지 나타날 수 있었다. 제아무리 성직자라도 욕망을 이길 수 없다는 사실은 역사를 통해 증명된 지 오래였다.

게다가 신의 힘 외에도 아이템의 효과를 무력화할 방법이 있는지 조사해야 했다.

목걸이의 해제 아이템을 만들어 효과를 시험해보기 위해서라도 실물을 확보해두고 싶었다.

사람을 무조건적으로 복종시키는 아이템을 넘겨주는 것은 교회 입장에서도 어려운 결단이므로 신은 그것이 자신들에 대한 보상으로 적절하다고 생각했다.

"그렇겠네요. 저희 중에서도 언제 욕망에 굴복하는 자가 나타날지 모르니 신 님에게 맡기죠. 지금까지 지켜본 바로는 브루크 같은 악행을 저지르지 않으리라고 단언할 수 없으니까요."

신의 예상과 달리 리리시라는 무척 쉽게 요구를 받아들였다.

리리시라의 말에 따르면, 교회 내에는 브루크에게 협력하던 자들도 있기 때문에 언제든지 그를 대체할 사람이 나타날 수 있다. 따라서 굳이 자신들이 가지고 있는 것보다는 믿을 만한 사람에게 맡기는 것이 낫다는 판단이었다.

리리시라는 신이 생각하는 것 이상으로 그들을 깊이 신뢰하는 모양이었다.

"해제용 아이템이 만들어지면 저희에게도 연락해주시길 바랍니다."

"네. 제가 없어도 대처할 수 있는 방법이 빨리 나와야 할 테니까요."

제작 가능 여부도 불투명하고 시간이 얼마나 걸릴지도 알 수 없기에, 효과가 확인되면 바로 연락해주기로 합의했다.

"그래서 두 번째는 뭔가요?"

"두 번째는 정보입니다. 성지에 대해 알고 계신 사실을 가르쳐주셨으면 합니다. 가능하다면 앞으로 새로 들어오는 정보도 부탁드리고요."

성지에 대한 조사는 아직 충분히 이루어지지 않았지만 신은 이미 판명된 부분에 대해 알아두고 싶었다. 교회의 신도들이 많이 모여드는 지그루스라면 들어오는 정보 역시 많을 것이라 생각한 것이다.

성지에 관한 정보는 길드에서도 상충부에게만 공개되었고 내부 조사 자체가 조사대 전원의 목숨을 걸어야 할 만큼 위험한 일이었다. 보수로 요구할 만한 가치가 충분했다.

"그에 관해서는 정리해둔 자료가 있습니다. 가져오라고 하겠습니다. 추가로 들어오는 정보도 가능한 범위에서 가르쳐 드리겠습니다."

"감사합니다. 그리고 세 번째는 『정점의 파벌』에 관한 문제입니다. 브루크가 말한 의식의 장소에 대해 알아봐주셨으면 합니다. 거점 같은 것을 알 수 있다면 좋을 테지만 지금은 의식이 더 신경 쓰이네요. 브루크 외에도 사람들을 납치하는 자가 있을지도 모르니까요."

행방불명된 서포트 캐릭터 필마의 안전도 걱정이 됐기에 『정점의 파벌』에 대한 조사는 신 일행의 최우선 과제였다.

세 번째로 나온 이야기였지만 우선순위는 제일 높다고 할 수 있었다.

"제가 생각하는 보수는 대충 이 정도입니다."

"정말 그 세 가지로 되시겠어요? 저희로서는 그 정도로 은혜를 갚았다고 말하기 어려울 것 같은데요."

"저기, 저희 입장에서는 꽤 많이 요구하는 거거든요. 그러니 너무 부담 갖지 마세요."

신은 여전히 부담스러워하는 리리시라를 조용히 타일렀다.

"아니요. 그럴 수는 없습니다."

하지만 리리시라는 여전히 납득할 수 없다는 표정이었다.

"잘 들어보세요. 이번 구출 작전은 여러분이 도와주지 않으셨다면 성공할 가능성이 전혀 없었어요. 만약 저희들끼리 움직였다면 대부분이 목숨을 잃고 저를 비롯한 여자들은 견디기 힘든 수모를 겪었겠지요. 해미 님은 산 제물로 바쳐졌을 테고요."

리리시라는 담담하게 이야기했다. 만약 신 일행이 없었다면 거의 확실히 그렇게 되었을 것이다.

빌헬름도 혼자서는 며칠 내로 지그루스에 올 방법이 없었다.

케니히와 에이라인을 제압할 만한 힘도 없고 해미가 예속 아이템을 장착한 상태에서 그들을 이기는 것은 불가능했다.

오히려 자칫 잘못하면 교회 자체가 브루크에게 장악당할 위험도 있었다.

따라서 그녀의 입장에서 보면 신의 출현은 그야말로 기적이었고 하늘의 구원처럼 느껴졌을 것이다.

"제 자신까지도 내드릴 수 있다고 한 건 그럴 가능성도 있었기 때문입니다."

"그렇군요……. 아, 하지만……."

"그 정도의 각오로 했던 말이라는 것을 알아주시길 바랍니다."

"아, 아, 네. 그런 뜻이군요."

신은 '제 몸을 당신에게 바치겠습니다' 같은 말이 나올까 봐 겁을 먹었지만 예상이 빗나간 덕분에 가슴을 쓸어내렸다.

목숨을 구해준 상대에게 반하는 스토리는 픽션 작품에서 흔히 볼 수 있었다.

그러나 신은 그런 제안을 기쁘게 받아들일 만큼 어리지는 않았다.

"그러면 앞으로 어려운 일이 생기면 도움을 받겠습니다. 저희라고 뭐든 할 수 있는 건 아니니까 말이죠. 목걸이에 대한 대책은 머지않아 마련될 겁니다. 그러니 일단 『정점의 파벌』의 거점이나 브루크가 말한 의식 장소를 찾는 데 주력해주세요."

"알겠습니다. 저희 쪽에서도 최대한 정보를 수집해두겠습니다. 저희 힘이 필요할 때는 사양 말고 말씀해주세요."

의욕 넘치는 리리시라에게 신은 무슨 일이 생기면 황금상회를 통해 연락하겠다고 말했다. 리리시라는 신이 황금상회와 연결되어 있다는 것에 놀랐지만 이내 굳은 표정을 지으며 고개를 끄덕였다.

"일단 이 정도면 될 것 같네요."

"만약 원하신다면 저를 요구하셔도 괜찮습니다만."

"저기, 어째서 그 이야기가 또 나오는 건지……. 당연히 사양할 거거든요?"

이미 넘어간 줄 알았던 화제가 리리시라의 입에서 나오자 신의 표정이 경직되었다.

"곁에 계신 두 여성은 엘프와 하이 엘프……. 엘프족 여자는 완전히 마음을 연 상대가 아니라면 남성과 파티를 맺지 않습니다. 두 분 모두 신 님에게 마음을 허락하고 계신 것 같으니 아마도 그런 관계가 아닐까 생각했습니다. ……엘프 좋아하시죠? 저도 엘프입니다."

"그건 오해라고요오오오오오오오!!"

신은 처절하게 소리쳤다.

엘프 여성이 쉽게 남성과 파티를 맺지 않는다는 사실을 신은 알지 못했다. 그런 사정을 잘 아는 사람의 눈에는 엘프 하렘처럼 보인다는 사실을 알게 되자 신은 약간 충격을 받았다.

"그리고! 남자라면 슈바이드도 있잖아요! 어째서 나하고 이두 명만 연결하는 건데요?"

"여자의 직감입니다. 그리고 유키 님이 신 님에게 호감을 갖고 있다는 건 조금만 봐도 알 수 있고요."

리리시라는 싱긋 웃으며 단언했다.

갑자기 그녀가 의외의 일면을 보이자 신은 머리를 감싸 쥐었다. 보수에 대한 이야기를 더 이상 길게 끌면 폐가 된다고 생각해서 농담으로 마무리하려는 것 같았다.

"그, 그런 건가요……. 그런데 유키는 왜 나한테 착 달라붙어 있는 거야?"

"견제하려고요."

"아아, 그러시군요……."

어느새 자신의 팔에 찰싹 달라붙은 유키— 즉, 변장한 슈니에게 묻자 진심인지 농담인지 모를 대답이 돌아왔다.

"후훗, 사이가 좋으시군요. 부럽습니다."

리리시라는 두 사람을 흐뭇하게 바라보며 말했다.

갑자기 리리시라가 따뜻한 시선을 보내자 신은 왠지 모를 거북함을 느꼈다.

대체 지금 이것이 무슨 상황인지 알 수 없었기 때문이다.

✝

그들이 보수에 관해 이야기하고 있던 곳의 옆방에서는 빌헬름이 예속 아이템에서 해방된 케니히와 함께 해미와 미리를 경호하고 있었다.

브루크는 붙잡혔지만 교회 내의 위험인물은 그 밖에도 있었다. 부정한 자들이 이 기회를 틈타 나쁜 짓을 저지를 가능성은 충분했다.

"이제 곧 돌아갈 수 있을 거예요."

"빌 오빠하고 신 오빠가 있으니까 괜찮아."

미리는 해미의 무릎을 베고 기분 좋게 누워 있었다.

그녀가 굳게 믿었던 대로 신과 빌헬름이 그녀를 구하러 와주었고 다행히 아무도 다치지 않고 상황이 종료되었다. 지금도 빌헬름이 옆에 있었기에 미리의 마음은 조금도 불안하지 않았다.

"……."

빌헬름은 그런 미리를 말없이 바라보았다. 평소와 달라진 점이 없는지 몰래 관찰하고 있었던 것이다.

미리는 에이라인에게 조종당해 빌헬름을 단검으로 찔렀다. 그것이 마음의 상처로 남아 있어도 이상할 것은 없었다.

다만 본인에게 당시 상황에 대해 물어보니 다행히도 에이라인과 빌헬름의 싸움이 시작될 무렵부터 기억하지 못하는 것 같았다.

에이라인은 싸움이 시작되는 순간부터 미리를 조종할 수 있도록 빠르게 손을 써둔 모양이었다. 그것이 결과적으로는 다행이라고 할 수 있었다.

"신경 쓰이는 건가?"

"……조금은."

빌헬름에게 말을 건넨 사람은 케니히였다.

케니히는 신이 목걸이를 제거해준 덕분에 지금은 아무 제약도 없이 움직일 수 있었다. 그래서 원래 임무인 해미의 호위로 돌아와 있었다.

슈바이드의 공격으로 갑옷은 망가졌지만 애검인 전설급 마검 『하우퍼』는 그의 허리에 매달려 있었다.

케니히는 미리가 빌헬름을 찔렀다는 사실을 몰랐지만 그녀가 목걸이를 장착하고 있었다는 것은 알고 있었다. 자신처럼 에이라인에게 조종당해 무슨 일을 저질렀다는 것은 짐작하고 있는 듯했다.

빌헬름이 되물었다.

"그러고 보니 당신은 기억이 멀쩡한 거야? 대충 보니 조종당할 때의 기억은 사람마다 다르게 남는 것 같던데."

"기억은 멀쩡해. 난 목걸이의 힘에 조종받은 적이 거의 없었고, 몇 번 조종당했을 때도 마치 꿈을 꾸는 것처럼 희미하게 의식이 남아 있었거든."

브루크는 해미를 내세워 케니히에게 명령을 강요하는 경우가 많았다고 한다.

목걸이의 힘으로 조종하는 경우는 구체적인 명령이 불가능할지도 모른다고 케니히는 말했다.

"그렇군. 자아가 없는 만큼 할 수 있는 일도 단순해진다는 건가."

"어디까지나 추측일 뿐이지만 말이지. 하지만 그건 전투에서 매우 유용하게 작용할 수도 있어. 혼신의 일격을 가하라고 명령을 받으면 그야말로 팔이 부서질 정도로 공격하게 되거든. 슈바이드 공과 싸울 때도 나는 내 능력 이상의 공격을 했어. 그러니 동귀어진을 노리는 자살 공격도 얼마든지 가능할 테지.”

“몇 번을 들어도 정말 역겨운 아이템이군.”

빌헬름은 얼굴을 찡그리며 말했다.

“그 아이템은 몇 개가 밖에 나돌고 있어. 숫자가 많지 않은 게 다행이지만 악용되기 전에 어떻게든 회수해야 해.”

“한 가지 궁금한 게 있는데, 그걸 장착한 사람이 죽을 경우에는 다른 사람에게 또 사용할 수 있는 거야?”

재사용이 가능한 경우 목걸이가 더욱 요긴하게 악용될 수도 있었다. 빌헬름은 그나마 많은 정보를 알고 있는 케니히에게 물었다.

“그런 이야기는 들어본 적이 없어. 다만 브루크가 입수한 목걸이의 숫자와 사용한 숫자가 일치하지 않아. 아마 장착한 사람이 죽은 뒤에 다시 사용할 수 있는 거겠지.”

케니히의 말에 따르면, 브루크가 목걸이를 사용해 복종시킨 여성의 숫자가 목걸이의 숫자보다 많다.

케니히가 목걸이의 숫자에 대해 알고 있는 것은 브루크의 이야기를 직접 들었기 때문이었다. 완전히 조종할 수 있는 상대라고 생각해 전혀 경계하지 않았던 모양이다.

“정말 바닥까지 보여주는 개자식이군.”

“나도 같은 생각이야. 목걸이로 조종당하지 않았다면 그 자리에서 베어 죽였을 거다.”

케니히는 교회의 가르침인 약자 구제를 실천하는 기사였

다.

정의감이 강한 성격이었기에 브루크에 대해서는 혐오감의 수준을 넘어 존재 자체를 인정하고 싶지 않았을 것이다.

"하지만 아무리 조종당했다지만 나 역시 죄 없는 사람들을 해친 건 사실이야."

"……죄책감을 느끼는 건가? 그런 생각을 하다간 머지않아 죽을걸."

케니히가 후회하듯 중얼거리자 빌헬름은 담담하게 말했다.

"그래서 그걸 그냥 잊어버리라고?"

"계속 신경 써봐야 달라지는 건 없다는 말이야."

케니히의 말투가 거칠어졌다. 하지만 빌헬름은 침착한 태도로 말을 이었다.

"아무리 후회해본들 죽은 사람이 살아 돌아오지는 않아. 결국 살아남은 사람의 마음가짐에 지나지 않는 거지. 그런 걸 신경 쓰다가 네가 죽어버리면 정작 지켜야 할 사람도 무사할 수 없어."

해미는 그녀가 가진 특별한 능력 때문에 얼마든지 또 위험을 맞을 수 있었다. 그때 케니히가 잡념에 흔들린다면 혼자 죽는 것으로 끝나지 않을 것이다.

그가 조종당할 때 죽었던 사람의 유족이 복수를 하러 올지도 모른다. 앞으로도 많은 사람들이 그를 비난할지도 모른다.

하지만 그것은 당연하고 어쩔 수 없는 일이었다.

이미 지나가버린 시간은 되돌릴 수 없다. 사라진 생명 역시 되돌릴 수 없다.

그것이 이 세상의 법칙이었다.

신비의 약으로 죽은 사람마저 되살릴 수 있었다는 『영광의 낙일』 이전의 세계와는 다른 것이다.

'그 녀석이라면…… 아니, 이런 생각은 해서 좋을 건 없겠지.'

빌헬름의 뇌리에 한 명의 하이 휴먼과 그를 따르는 두 종자의 모습이 떠올랐다. 신과 슈니, 슈바이드라면 그런 신비의 약을 갖고 있거나 제작 방법을 알지도 모른다.

하지만 빌헬름은 굳이 그런 말을 꺼내지 않았다. 확실한 이야기도 아니었고, 만약 가능하다 해도 그들이 케니히가 죽인 사람들을 부활시켜줄 것 같지도 않았다.

망자를 소생시키는 일에 손을 대서는 절대 안 된다는 생각이 빌헬름의 머릿속에 깊이 각인되어 있었다.

그 일을 시도하다가 파멸을 맞은 자들을 알고 있기 때문이다.

그렇기에 그저 생각만으로 멈추었다. 교회에서도 망자 소생 연구는 금기 중의 금기였다. 전설 속에만 존재하는 기적일 뿐이었다.

케니히는 긴 침묵 끝에 입을 열었다.

"그러면 곤란하겠군."

"그렇다면 빨리 네 고민에 대한 답을 찾으라고. 비상사태는 보통 개인 사정을 봐주지 않고 찾아오는 법이니까."

"그런 경험이라도 있는 건가?"

"글쎄."

빌헬름은 대답을 얼버무리더니 그대로 입을 다물어버렸다.

케니히가 의아해하며 빌헬름의 시선을 따라가자 그곳에서는 미리가 조용한 숨소리를 내며 잠들어 있었다.

"그렇군. 이게 바로 『마창(魔槍)』이라 불린 남자인가."

"흥."

그 어떤 기사에게도 뒤지지 않는 소녀의 수호자 — 빌헬름은 살짝 콧방귀를 뀌었다.

✝

"여기가 브루크의 방이오?"

"네. 오랫동안 관계자 외에는 들어갈 수 없었던 곳이라 내부가 어떻게 되어 있는지는 모릅니다."

앞장서던 기사의 대답을 들으며 슈바이드는 닫힌 문을 바라보았다.

사제가 된 성직자는 교회 내에 개인실을 배정받는다. 따라서 무언가를 몰래 꾸미기에는 안성맞춤이라 할 수 있었다.

방 주인이 없을 때 몰래 숨어드는 방법도 있지만 이곳은 다름 아닌 팔미락 내부였다.

키메라다이트로 만들어진 문과 벽을 뚫고 들어갈 수 있는 사람은 거의 없었다.

따라서 아무리 선정자라도 섣불리 방 안에 침입할 수 없었고 그 탓에 브루크의 비밀을 밝혀낼 수 없었던 것이다.

"열겠소이다."

슈바이드가 문에 손을 댔다.

신을 통해 각 방의 출입 허가를 얻은 슈바이드는 일정 시간 동안 팔미락 내부의 거의 모든 방에 들어갈 수 있었다.

슈바이드가 힘을 주자 문은 아주 쉽게 열렸다.

"음! 다들 물러나시오!"

슈바이드는 기사들을 제지하며 앞으로 나섰다.

열린 문 안쪽에서 짙은 마기(魔氣)가 맴돌고 있었기 때문이다.

"이, 이건……."

"가까이 가지 마시오. 제정신을 잃게 되오."

슈바이드는 안색이 파리해진 기사들을 물러나게 한 뒤 방으로 들어섰다.

슈바이드는 지금 그의 원래 장비인 거대한 할버드『지월(凪月)』을 들고 있었다. 무기에서 뻗어 나온 빛이 실내에 퍼진 마기를 완전히 정화해나갔다.

신이 직접 업그레이드한 서포트 캐릭터들의 무기는 마기를 정화하는 능력을 갖추고 있었다.

"이제 정화는 끝났소. 다들 들어와도 좋소이다."

슈바이드가 말하자 기사들이 조심스럽게 안으로 들어섰다. 제아무리 신전 기사라도 마기에 대해 강한 내성을 가진 것은 아니었다.

방금 전까지 방에 맴돌던 것은 눈으로 보기만 해도 본능적으로 위험이 감지될 만한 마기였다. 일반인은 물론이고 상급 선정자라도 견뎌내기 힘든 수준이었다.

"브루크는 평소에도 이렇게 짙은 마기를 쐬고 있었다는 건가? 그런 것치고는 정신적으로 문제가 있어 보이지 않았는데."

슈바이드의 뇌리에 한 가지 의문점이 떠올랐다.

이 정도의 마기라면 그 누구도 광기에 잠식당하지 않을 수 없었다. 하지만 브루크에게서는 마기에 노출된 병증을 찾아볼 수 없었다.

그것은 대체 어찌 된 영문일까.

"안쪽에도 또 방이 있구려."

슈바이드는 기사들에게 그 자리를 맡기고 안쪽 방으로 들어갔다. 그곳에는 난잡하게 흩어진 마법서와 아이템, 의례용 장식이 새겨진 무기 같은 것이 놓여 있었다.

그것들은 전부 마기에 장시간 노출되어 부식되거나 저주받은 상태였고, 정상적인 것은 하나도 없었다.

그런 방 한구석에 엄중히 잠긴 금속 상자가 놓여 있었다.

슈바이드의 감정 스킬이 그 상자에 걸린 함정을 간파해냈다.

"【하이 포이즌(맹독)】과 【하이 콘퓨(착란)】인가. 참 악질적인 장난을 쳐놓았군."

슈바이드는 한숨을 쉬며 상자에 손을 댔다.

그러자 그곳에 설치된 함정이 발동하며 강력한 상태 이상 효과가 슈바이드의 몸을 향해 밀려들었다. 하지만 상태 이상 무효 아이템을 장비한 슈바이드에게는 전혀 통하지 않았다.

슈바이드는 장식이나 다름없는 자물쇠를 뜯어내고 상자를 열었다. 그 안에는 검은 목걸이가 네 개 들어 있었다.

"부족하군."

브루크를 심문해서 얻은 정보보다 목걸이 숫자가 적었다. 슈바이드는 일단 그것들을 카드화해서 아이템 박스에 수납했다.

"하나가 더 있을 텐데……."

신의 스킬에 당한 브루크가 거짓된 정보를 자백했을 리는 없었다.

일단은 가까운 곳에 따로 숨겨져 있을 가능성이 높았다.

"이 방에 있다는 것은 틀림없을 터."

슈바이드는 기사들과 협력해서 실내를 샅샅이 뒤졌다.

브루크가 쓰던 방에도 리리시라의 개인실처럼 숨겨진 방이 존재했다. 그곳이 가장 유력하다고 생각한 슈바이드는 벽의 장치를 조작했다.

그러자 둔탁한 소리를 내며 문이 열렸다. 그리고 안에서는 엄청난 썩은 내가 진동하고 있었다.

슈바이드의 뒤에 서 있던 기사들이 반사적으로 코를 감싸 쥐었다. 수많은 전장을 거치며 피와 내장 냄새에 익숙해진 기사들조차 얼굴을 찌푸릴 정도의 악취였다.

"슈바이드 공, 이것은……."

"별로 좋은 예감은 들지 않는구려. 이 앞에 함정이 없다는 것은 이미 확인했소. 나 혼자서 가도 상관없소만 귀공들은 어떻게 하시겠소?"

"저와 부하 한 명이 따라가겠습니다. 고작 냄새 때문에 물러난다는 건 기사의 수치니까요. 나머지 인원은 혹시라도 이곳에서 놓친 것이 없는지 확인하는 게 좋겠군요."

가장 레벨이 높은 두 기사가 슈바이드의 뒤를 따랐다. 통로를 나아갈수록 냄새도 더욱 심해졌다.

그리고 막다른 곳에 있는 문을 열자 그 안에 소녀 한 명이 쓰러져 있었다.

슈바이드가 다가가자 머리카락 사이로 길고 뾰족한 귀가 보였다. HP는 크게 줄어들지 않았지만 다양한 상태 이상에 걸려 있었다.

그녀는 의식을 잃었는지 미동조차 하지 않았다.

"아직 숨은 붙어 있소. 우선 이 소녀를 밖으로 옮기는 게 좋 겠소."

"알겠습니다."

슈바이드의 판단에 따라 기사 한 명이 먼저 밖으로 달려나 갔다. 전문 치료사를 불러오기 위해서였다.

그사이 슈바이드는 아이템 박스에서 엘릭서를 실체화해 소 녀의 입에 넣어주었다.

그리고 황금빛 액체를 삼키는 것을 확인한 뒤에 자리에서 일어섰다.

슈바이드는 심화를 통해 신에게 연락한 뒤 소녀를 안아 들 고 방에서 나왔다.

신이 합류하자 그들은 침대가 있는 방으로 이동했다.

"빨리 해제할게."

신은 침대에 누운 소녀의 목에 손을 갖다 댔다. 미리와 해 미를 해방할 때처럼 장착된 목걸이가 산산조각 났다.

하지만 소녀는 눈을 뜨지 않았다.

"지독하군."

"나는 자세한 사정은 모르겠구려. 설명해줄 수 있겠소?."

슈바이드의 요청에 신은 고개를 끄덕였다. 마기에 의한 정 신 쇠약은 게임 시절과 똑같을 가능성이 높았다.

"이참에 다른 사람들도 들어줬으면 해. 이 소녀는 짙은 마 기에 노출된 탓에 혼수상태에 빠졌어. 아마 짧으면 1, 2주, 길면 수개월 동안 의식을 회복하지 못할 거야."

"대체 어떻게 된 건가요?"

"짙은 마기에 계속 노출되면, 본인에게 강한 내성이 있거나 저항력을 높여주는 약을 먹지 않는 이상 육체보다도 정신이 먼저 쇠약해집니다. 너무 늦으면 두 번 다시 눈을 뜨지 못하죠."

리리시라의 질문에 신은 게임 시절의 지식을 총동원해서 대답해주었다.

마기에는 상태 이상이나 MP 감소 외에도 치명적인 피해 효과가 있었다. 그것은 바로 플레이어의 부하가 아닌 NPC를 행동 불능으로 만드는 효과였다.

플레이어와 서포트 캐릭터의 경우는 상태 이상이나 능력치 저하가 발생하게 된다.

게임 시절에 이벤트를 통해 도시 내에서 마기가 발생했을 때는 그 때문에 도시 내의 모든 상점과 모험가 길드 등이 일제히 마비되었다.

NPC들이 마기에 의한 정신 오염으로 혼수상태에 빠졌기 때문이다.

그래서 마기 발생 관련 이벤트는 사태가 악화되기 전에 모든 플레이어들이 협력해 즉시 클리어하는 것이 관례였다. 만약 그 설정이 아직도 적용된다면 이 여성 역시 같은 상태에 처해 있을 것이다.

신은 슈바이드에게서 브루크의 방 안에 짙은 마기가 퍼져 있었다는 이야기를 들었다.

　게임 시절에 대한 지식과 방의 상태를 통해 생각해보면 신의 추측이 맞을 가능성이 높았다.

　"이분은 괜찮으십니까?"

　"네. 다행히 마기에 노출된 시간은 길지 않았던 것 같아요. 너무 늦으면 몸이 변색되니까 한눈에 알 수 있거든요."

　게임 시절에 마기에 중독된 NPC는 몸이 검게 변색되었고 다음 날에 다른 NPC로 교체되었다. 아마 두 번 다시 깨어나지 못한 것이리라.

　"누구, 이 여성을 아는 사람이 없나요?"

　신의 질문에 주위에 있던 모두가 고개를 가로저었다.

　슈니와 슈바이드는 물론이고 리리시라와 교회 기사들도 모르는 것 같았다.

　"미리와 마찬가지로 납치당한 거겠죠. 이분이 의식을 찾을 때까지 저희가 보호하겠습니다. 저희에게 맡겨주세요."

　같은 엘프를 보고 가만있을 수 없었는지 리리시라가 나섰다.

　브루크라는 족쇄가 사라진 지금, 추기경인 리리시라에게 소녀 한 명을 보호하는 것쯤은 쉬운 일이었다.

　소녀가 언제 눈을 뜰지 몰랐기에 신에게도 그 제안이 반가웠다.

"죄송하지만 잘 부탁드릴게요."

그들은 소녀를 교회에 맡기기로 결정한 뒤 일단 리리시라의 방으로 돌아왔다. 환자가 있는 방에 여러 명이 있을 필요는 없기 때문이다.

"회수한 목걸이는 여기 있소."

방에 도착하자 슈바이드는 회수해 온 목걸이를 카드 상태로 신에게 건넸다.

하지만 여기서 확인을 시작할 수도 없었기에 신은 그림을 잠깐 살펴본 뒤에 아이템 박스에 넣어두었다.

"그 밖에는 뭐 없었어?"

"내가 살핀 바로는 특별히 없었소이다. 나머지 작업은 나보다 신과 유키가 맡는 것이 확실할 터."

"그렇겠군. 티에라가 오면 우리가 조사할게."

신은 만약을 위해 브루크의 방에 아무도 접근하지 못하게 해달라고 리리시라에게 부탁했다. 마음만 먹으면 그곳만 따로 격리할 수도 있었지만 쓸데없는 의심을 살까 봐 그녀에게 맡기기로 한 것이다.

팔미락의 기능을 사용할 수 있는 것은 길드 육천의 멤버와 그 부하들뿐이다.

서포트 캐릭터들의 얼굴과 이름은 세계에 널리 알려져 있기에, 팔미락의 조작 권한을 가졌다는 것이 알려질 경우 신의 정체가 들통 날 수도 있었다.

"흐음, 역시 이미 다 끝난 거야?"

신이 슈바이드와 이야기하고 있을 때 기사의 안내를 받으며 티에라가 나타났다. 카게로우는 그녀의 그림자 속에 숨어 있고 유즈하는 품에 안겨 있었다.

"그래, 어떻게든 구출은 성공했어. 다만 의식이 행해지는 장소는 아직 알아내지 못해서 말이야. 그쪽에서는 무슨 일 있었어?"

"직접적으로 무슨 일이 있었던 건 아니지만 신경 쓰이는 게 있어."

"신경 쓰이는 거라니?"

"교회에서 날아오르는 그림자를 봤거든. 혹시나 해서 물어보는 건데 신이 싸운 상대 중에 날개를 가진 사람이 있었어?"

티에라의 말을 듣고 신은 고개를 갸웃거렸다. 날개를 가진 종족은 비스트, 드래그닐, 로드, 픽시였다.

하지만 신은 이곳에서 그런 인물은 보지 못했다.

"아니, 난 못 봤는데. 슈바이드는 어땠어?"

"나도 보지 못했소. 그리고 우리가 싸웠던 상대는 전부 붙잡혔소이다. 놓쳤을 리는 없소."

따로 행동했던 슈바이드의 대답도 똑같았다.

"으음, 내가 본 건 인간형에 날개가 네 장이었어. 두 장은 새처럼 생겼고 나머지 두 장은 곤충의 날개 같았는데. 밤이고 거리가 멀어서 얼굴까지는 못 봤지만 유즈하에게 상대의 행선지를 알 수 있게 발신 표시를 붙여달라고 했어. 유즈하, 어때?"

"쿠우!"

유즈하는 티에라의 질문에 힘차게 울며 대답했다. 신에게는 심화로『알 수 있어』라는 말이 들렸다.

생각지도 못한 곳에서 단서가 발견된 셈이었다.

"잘했어! 단서는 많을수록 좋지."

"도움이 되었다니까 마음이 조금은 편해지네. 이번엔 내가 거의 도움이 안 됐잖아."

티에라는 살짝 어깨를 늘어뜨리며 말했다.

적의 타깃이 되어 싸운 이후로는 미리 구출 작전에서 아무 역할도 하지 못한 것을 신경 쓰고 있었던 것이다.

티에라는 신과 슈니처럼 은밀하게 행동할 수도, 슈바이드처럼 많은 적을 상대할 수도 없었다. 그녀의 기량은 둘째 치고 능력치 면에서 많이 부족한 탓이었다.

카게로우를 이용해 싸울 수는 있겠지만 티에라는 아직 조련사로서의 경험이 적은 탓에 몬스터의 완전한 능력을 끌어낼 수 없었다. 슈바이드처럼 재빠르고 확실하게 처리하지는 못했을 것이다.

"티에라에게 망을 보게 하길 잘했군."

원래 엘프는 사냥꾼이나 닌자 같은 척후 임무에 소질이 있었다. 또한 조련사는 거느린 몬스터에 따라 생산, 전투, 척후 같은 여러 역할을 혼자서 수행할 수도 있는 직업이었다.

티에라의 사역수(使役獸)인 카게로우는 레벨이 높은 것은 물론이고 탐지와 은밀 행동에 능했다.

그리고 조련사는 사역수에게 많은 영향을 받기 때문에 티에라의 탐지 능력도 지금은 일정 수준 강화되어 있었다.

만약의 사태에 대비한 것이 결과적으로 큰 성공을 거둔 셈이었다.

물론 카게로우와 유즈하의 탐지 능력 덕분이기도 했다.

"정점의 파벌에서 사자를 보내온다고 하던데, 그건 어떻게 할까요?"

"일단은 그쪽부터 대응해야겠지. 유즈하가 마크하고 있는 상대는 마음만 먹으면 언제든 추적할 수 있어. 게다가 교회에서 날아오른 그림자가 의식 장소로 향했다는 보장도 없고. 하지만 브루크를 찾아온 사자라면 확실한 장소를 알고 있을 거야."

슈니의 질문에 신은 브루크에게서 얻은 정보를 토대로 대답했다.

「데리러 온다」라고 말한 것을 보면 사자는 의식 장소를 정확히 알고 있을 것이다. 따라서 일단 사자의 신병을 구속하고 정보를 캐내는 것이 먼저였다.

어쩌면 장소 외의 정보까지 알아낼 수 있을지 모르니까 말이다.

『사자가 오는 건 이틀 뒤야. 필마가 붙잡혔을지도 모르는 상황이니까 최선을 다해야겠지. 정신계 스킬을 사용하겠어.』

『알겠습니다. 리리시라 씨에게는 뭐라고 하실 건가요?』

『환영 스킬을 사용해서 브루크인 척한다고 하면 따라오지는 않겠지.』

신은 심화를 통해 슈니와 슈바이드에게 앞으로의 행동 계획을 전달했다.

필마가 갖고 있어야 할 대검 『익스베인』이 이곳에 있었다.

따라서 필마는 단순히 붙잡힌 것이 아니라 조종당하고 있을 가능성이 높았다. 지금도 어디선가 마음대로 이용당하고 있을지도 몰랐다.

이번 일은 욕망에 굴복한 일부 사제들의 폭주였기에 신은 교회에 소속된 다른 이들을 제거하지 않았다. 하지만 『정점의 파벌』은 경우가 달랐다.

죄 없는 사람들을 해치고 목숨을 하찮게 여기는 자들에게 자비를 베풀 필요는 없었다.

'세계가 바뀌어도 이런 인간들이 하는 짓은 똑같은 건가.'

신의 뇌리에 PK라 불린 플레이어들과의 싸움이 스쳐 지나갔다.

아무런 이득도 의미도 없이 목숨을 물건처럼 소비하는 섬멸전이었다. 그들의 싸움터에서는 슬픔과 증오, 광기만이 가득했다.

신은 지금 그들과 비슷한 무언가를 느끼고 있었다.

『상대가 상태 이상 무효화 아이템을 장비하고 있으면 어쩔 셈이오?』

『괜찮아. 지금의 나라면「신화의 귀걸이」의 방어도 뚫어낼 수 있으니까.』

슈바이드가 묻자 신은 확신을 갖고 대답했다.

정신계 스킬의 성공 확률은 사용자의 INT에 달려 있었다.

따라서 능력치의 한계를 돌파한 신의 스킬이라면 상태 이상 무효화 아이템을 장비한 상대에게도 충분히 통할 수 있었다.

그것을 막아내는 방법은 신과 슈니가 가진 최고급 아이템을 여러 개 착용하는 것뿐이었다.

"저기, 신······."

"응? 왜 그래?"

심화로 의사소통을 하고 있는 와중에 기어 들어가는 목소리가 들리자 신은 슈니를 돌아보았다.

슈니는 오른손으로 신의 옷자락을 살짝 잡으며 걱정스러운 표정을 짓고 있었다.

"괜찮은 건가요?"

"뭐가······?"

"신은 지금 조금 무서운 얼굴을 하고 있었어요."

"어······ 표정으로 나왔나 보네."

"네."

신은 자신의 얼굴을 매만졌다. 그러자 살짝 경직되어 있는 것을 자각할 수 있었다.

지금까지도 PK에 대해 생각할 때면 무의식중에 이런 표정이 나오고는 했다.

슈니가 신경 쓸 만한 생각을 했던 것은 아니지만 신은 아차 싶었다. 그는 슈니가 무엇을 가장 걱정하는지 잘 알고 있었던 것이다.

"유키가 걱정할 만한 생각은 안 해. 괜찮아."

"그렇다면 다행이지만요."

슈니를 안심시키기 위해 신은 되도록 밝은 표정을 지으며 대답했다. 슈니는 신의 자연스러운 미소에 안도하며 옷자락을 놓아주었다.

그리고 슈바이드와 티에라는 그런 모습을 물끄러미 바라보았다.

"저기, 갑자기 둘만의 세계에 들어가버리면 다른 사람이 끼어들기 힘들어지잖아."

"으음. 유키가 걱정하는 건 알지만 그런 이야기는 되도록 단둘이 있을 때 하는 게 좋겠소."

티에라는 어이가 없다는 듯이 말했고 슈바이드는 조용히 충고했다.

신과 슈니는 그들의 말에 원래 세계로 돌아왔지만 그때 생각지도 못한 복병이 폭탄을 투하했다.

『쿠우! 달달한 분위기. 뽀뽀해? 뽀뽀해?』

핑크빛 기류를 감지한 유즈하가 갑자기 그런 말을 꺼낸 것이다. 입이 아니라 염화(念話)인 것이 그나마 다행이었다.

"아아, 미안. 그리고 유즈하, 뽀뽀는 안 해!!"

"……."

그러나 신은 거기에 굳이 소리를 내어 대답하고 말았다.

그러자 슈니도 유즈하가 무슨 말을 한 것인지 알아차리고 얼굴을 붉혔다.

『신. 대체 어떻게 된 것이오?』

『유즈하가 염화로 '뽀뽀해?'라고 하잖아! 아~ 이런. 나도 모르게 입 밖에 내고 말았네…….』

신은 심화로 슈바이드에게 사정을 설명했다. 슈바이드는 상황을 대충 이해했지만 이곳에는 심화를 못 쓰는 리리시라와 기사들도 있었다.

갑자기 뽀뽀 같은 말을 꺼내는 신에게 그녀들의 시선이 집중되었다.

"저기, 신 님? 방금 뽀뽀 어쩌고 하는 말을 ―."

"핫핫핫, 설마요. 잘못 들으셨겠죠."

"하지만 방금 ―."

"기분 탓입니다, 기분 탓."

신은 필사적으로 얼버무렸다.

슈바이드는 작은 목소리로 유즈하에게 조언했다.

"유즈하. 그런 말은 신과 슈니가 단둘이 있을 때 말하도록 하거라. 그리고 타이밍도 중요하다."

"쿠우?"

유즈하는 이해가 힘든지 고개를 갸웃거렸다.

"이봐, 슈바이드. 애한테 뭘 가르치는 거야?"

"아니, 이런 일은 진도를 뺄 수 있을 때 빼는 것이 좋을 것 같아서 말이오."

"……방금 전까지의 진지한 분위기가 전부 깨져버렸잖아."

유즈하의 한마디 덕분에 이미 진지한 대화에서는 크게 벗어나 있었다.

"뭐랄까, 신의 동료들은 다들 특이한 구석이 있는 것 같아."

티에라는 살짝 쓴웃음을 지으며 말했다.

슈니와 함께 생활해온 만큼 티에라는 육천의 부하들에 대해 어느 정도 잘 알고 있었다. 그리고 아직 만나보지 못한 나머지 멤버들도 결코 평범하지 않을 거라고 짐작했다.

"하지만 티에라 군. 자네도 그 동료에 포함된다는 거 아나?"

"어?"

신은 남 일처럼 말하는 티에라에게 정확한 지적을 했다.

그러자 티에라는 말도 안 된다는 표정을 지었다.

신은 리리시라에게 카게로우가 상급 선정자에 필적하는 능력을 가진 몬스터라고 설명한 적이 있었다. 그런 카게로우를 거느린 티에라가 일반인의 범주에 들어갈 리는 없었다.

리리시라와 다른 기사들의 눈으로 보면 티에라 역시 신과 같은 종류의 사람이었다.

"그, 그럴 수가……."

"왜 그렇게 충격을 받고 그래?"

"날 신하고 똑같은 수준이라고 생각하는 거야? 물론 평범한 사람들에게는 나도 대단해 보일 테지만 신이나 스승님하고는 차원이 다르잖아."

레벨 1인 사람이 보면 레벨 150이나 레벨 255나 똑같은 고수였다.

하지만 환생 없이 레벨 150을 넘은 티에라에게, 환생 보너스를 받은 레벨 255의 능력은 자신이 넘볼 수 없는 영역처럼 느껴졌다.

하물며 티에라는 카게로우가 없으면 조금도 강하지 않았다. 맨몸으로 카게로우를 굴복시킬 수 있는 신과 동급으로 여겨진다는 것은 납득이 가지 않을 수밖에 없었다.

물론 신의 입장에서 보면 싸우지도 않고 신수(神獸) 그루파지오를 길들인 티에라도 충분히 대단했다.

"그렇게 쉽게 따라잡히면 우리가 뭐가 되겠어? 하지만 티에라는 아직도 성장하고 있으니까 앞으로 더욱 강해질 수 있을 거야."

"그야 나도 조금은 강해진 것 같지만 애초에 신이나 스승님 만큼 강해질 수 있다는 생각은 안 해. 지금까지 지켜보면서 그게 불가능하다는 건 잘 알게 됐으니까."

이제 시작이라고 말하는 신에게 티에라는 한숨 섞인 대답을 했다.

"뭐, 그런 이야기는 나중에 해도 되잖아. 어쨌든 적의 사자가 오기 전에 할 수 있는 일을 해두자. 나와 유키가 브루크의 방을 조사할게. 슈바이드는 리리시라 씨를 도와주고, 티에라는 미리를 돌봐줘."

신은 일단 이야기를 매듭지으며 모두에게 지시를 내렸다.

이제부터 리리시라는 브루크에게 가담한 자들을 체포하러 갈 예정이었고 슈바이드에게도 동행을 부탁했다. 티에라에게 미리를 부탁한 것은 교회의 성녀인 해미에게 계속 보모 노릇을 시키면 안 될 것 같아서였다.

신의 제안에 두 사람이 고개를 끄덕였다.

"알겠소이다."

"알았어."

지금까지 쭉 이야기를 듣고 있던 리리시라도 알았다는 듯이 고개를 끄덕여 보였다.

슈바이드가 있으면 상대편에 상급 선정자가 있어도 걱정할 것이 없었다. 그의 능력은 어제 일만으로도 모두가 잘 알고 있었다.

"미리는 나중에 비지에게 데려다주라고 할게. 빌헬름에게
도 그렇게 전해주겠어?"

신은 교회 사람들에게 들리지 않도록 작은 목소리로 티에
라에게 말했다.

베일리히트에서 기다리는 라시아를 안심시키기 위해서라
도 최대한 빨리 미리를 돌려보내고 싶었지만 그들이 이곳까
지 엘더 드래곤을 타고 왔다는 사실을 되도록 들키고 싶지 않
았다.

육천 멤버 캐시미어의 서포트 캐릭터인 비지가 엘더 드래
곤을 거느리고 있고 신이 그것을 자유롭게 이용할 수 있다는
사실이 알려지면 또다시 성가신 사태가 벌어질 수도 있었다.

그래서 티에라에게 몰래 귀띔을 한 것이다.

"알았어. 걱정은 안 하지만 신도 조심해."

"그러면 우리는 조사하러 가보겠습니다. 뭔가가 발견되면
바로 알려드릴게요."

"잘 부탁드립니다. 저희는 교회의 암 덩어리를 제거하고 오
겠습니다."

리리시라는 지금까지 브루크 일당들에 대해 충분히 조사해
둔 모양이었다. 그녀와 기사들의 눈동자는 조용히 불타오르
고 있었다.

지금까지 쌓인 울분을 마음껏 풀 수 있게 된 만큼 불타오르
지 않을 수가 없었으리라.

신은 리리시라의 미소가 살짝 무섭다는 생각이 들었다.

†

"자, 여기인가."

리리시라와 헤어진 신과 슈니는 브루크가 사용하던 방에
와 있었다. 슈바이드가 마기를 제거한 뒤였기에 얼핏 보기에
는 지극히 평범한 방이었다.

하지만 탐지계 능력을 가진 신과 슈니는 방의 곳곳에 마기
를 발생시키는 아이템인 마석(魔石)이 설치되어 있다는 것을
바로 알아차렸다.

"과연 그렇군. 이 정도로 마석이 설치되어 있는 걸 보면 브
루크가 그렇게 된 것도 이해가 가네."

"무슨 말인가요?"

"브루크의 몸 말인데 상당히 위험한 상태였어. 마기에 침식
당한 말기 증상이었거든."

신이 심문하면서 본 브루크의 몸은 이미 절반 이상이 검게
변색되어 있었다. 게임 시절이었다면 어떻게 손쓸 도리가 없
는 정도였다.

"그 정도로 진행됐으면 통각(痛覺)도 상당히 둔해져 있었겠
지. 본인은 거의 자각하지 못한 것 같아."

그때 브루크는 자신의 몸을 전혀 신경 쓰지 않고 있었다.

검게 물든 몸을 보면서도 별다른 반응을 보이지 않았던 것이다.

아무래도 마기에는 이상한 것을 이상하게 느끼지 못하게 만드는 효과가 있는 것 같았다.

그렇지 않다면 문만 열어도 밖으로 새어 나오는 짙은 마기를 알아채지 못할 리가 없었다.

"어쨌든 이 방에 있는 마석은 이걸로 전부인 건가."

"옆방하고 숨겨진 방을 합하면 더 많이 있겠죠."

슈니는 방의 한가운데에 쌓아놓은 마석을 보며 말했다.

주먹의 절반만 한 마석이 전부 열한 개였다. 방 하나에 설치하기에는 상당히 많은 숫자였다.

신이 보기에 이곳에 있는 마석 하나로도 방 안을 마기로 가득 채우는 것은 일도 아니었다.

"이 정도로 많으면 팔미락 내부의 기능이 살아 있어도 정화하기 힘들었을 것 같네요."

"그걸 노린 걸지도 모르지."

기능이 완전하지 않았다지만 팔미락 코어 부근에 퍼진 마기는 극히 미량이었다. 그리고 그것은 팔미락 자체가 가진 정화 기구 덕분이었다.

팔미락을 구성하고 있는 키메라다이트 벽은 곳곳이 다른 구조로 되어 있었다.

각 방과 통로의 벽은 아다만티움을 섞은 키메라다이트였

다. 그리고 그 일부에는 마법 효과를 전달하기 쉬운 미스릴이 사용되어, 마기를 감지하자마자 자동으로 정화가 이루어지는 것이다.

벽에 코팅된 오리할콘도 일정 수준의 마기를 걷어내는 능력이 있었기에 팔미락 내부는 마기가 쌓이기 어려운 구조라고 할 수 있었다.

그러나 이번처럼 고밀도의 마기가 한 곳에 대량으로 집중해서 발생한다면 건물 기능이 제 역할을 해도 정화하기는 힘들었다. 슈니의 지적은 실로 정확했다.

"그 밖에 특이한 것은 없군. 다음 방으로 가자."

첫 방의 조사를 마친 두 사람은 안쪽 방으로 나아갔다.

그곳에도 거의 같은 숫자의 마석이 곳곳에 설치되어 있었다. 이 정도면 방이 일그러져 보일 정도의 마기가 흘러나오고 있었을 것이다.

"그러고 보니 브루크에게서 얻어낸 정보는 없었나요?"

"본인은 자기가 멀쩡하다고 믿고 있었지만 누락된 기억이 많았어. 의식과 제물에 대한 건 기억하고 있었지만 본부와 다른 간부들에 관한 정보는 상당히 애매하게 말하더라고. 데리러 올 사람이 금발 여성이라는 건 기억하고 있었지만 이름 같은 건 전혀 모르던데."

신은 브루크를 심문할 때 정신계 스킬을 사용했다. 덕분에 강제적으로 정보를 자백시킬 수 있었지만 결과적으로는 큰 소득이 없었다.

마기의 영향인지 다른 요인 때문인지는 모르지만 만약 그에게 무슨 일이 생기더라도 정보가 새어 나가지 않도록 조치가 된 것 같았다.

다만 스킬이나 아이템에 의해 조종당했을 가능성은 없었다.

왜냐하면 자신의 욕망에 대해서는 이상할 만큼 열변을 토했기 때문이었다. 이런 꼴이 된 것은 역시 본인의 성격도 한몫했던 모양이다.

"같이 있던 에이라인이라는 남자는 영향을 받지 않은 것 같던데요."

"상급 선정자니까 저항력이 높았던 게 아닐까? 나름대로 좋은 아이템도 많이 장비하고 있었고 무기는『익스베인』이었잖아. 뭐, 다른 쪽에서 영향을 받기는 한 것 같지만."

필마가 가장 잘 다루는 장비는 아니었지만『익스베인』은 충분히 강력한 무기였다. 평범한 무기와 달리 마기에 대한 저항력을 높여주었다 해도 이상할 것은 없었다.

다만 에이라인의 성격이 이상하게 비뚤어진 것은 브루크의 교육과 마기가 함께 작용한 결과라는 느낌이 강했다.

"자, 이걸로 방 조사는 대충 끝났어. 파벌의 간부치고는 별다른 게 없군."

마기로 충만하던 브루크의 개인실에는 마석 외에 특별한

물건이 없었다.

　어딘가 안 보이는 곳에 숨겨져 있는 것도 아니었다. 조직과 관련된 물건이 전혀 없는 것을 보면 브루크가 정말 조직의 간부인지도 의심스러웠다.

　"어쩌면 브루크는 자신이 간부라고 혼자 착각하고 있었거나 마기에 의한 환각을 본 게 아닐까요?"

　"그럴지도 모르겠군. 하는 짓도 그냥 유괴범이나 다를 게 없잖아."

　브루크는 사제라는 지위를 이용해 산 제물을 모으기 위한 도구에 불과했을 것이다. 신은 그렇게 추측했다. 하지만 그가 벌인 짓을 생각하면 이용당했다 해도 동정의 여지는 없었다.

　"남은 건 숨겨진 방뿐인가."

　"뭔가가 있다면 그쪽이겠죠."

　신은 방의 장치를 조작해 숨겨진 방으로 이어지는 문을 열었다.

　그리고 슈바이드가 그랬던 것처럼 안에서 풍기는 악취에 얼굴을 찌푸렸다.

　"……그냥 썩은 내 정도가 아니군."

　"지독한 냄새네요."

　신과 슈니는 토할 것 같은 악취를 견디며 통로를 나아갔다. 그리고 막다른 곳에 다다르자 주저 없이 문을 열었다.

　"찔리면서 튄 피는 사라지지 않나 보네."

"그런 것 같네요."

지난번 자객과 조우했을 때 리리시라에게서, 죽은 이의 사체는 저절로 사라진다는 말을 들은 적이 있었다. 그래서 피도 당연히 사라질 거라고 생각했지만 이 방의 참상을 보면 그렇지 않다는 것을 알 수 있었다.

바닥, 벽, 그리고 천장에도 혈흔으로 보이는 얼룩이 있었다.

"그건 그렇고, 슈니. 이건 역시 무슨 그림 같지 않아?"

"피로 그려졌다는 게 약간 섬뜩하지만요."

신과 슈니가 바라본 벽에는 절반만 남은 가면과 거기 휘감긴 뱀의 그림이 그려져 있었다.

피로 그려진 탓인지 상당히 섬뜩한 인상이었다.

"어디선가 본 것 같은데……."

"이건 암흑 길드의 문장이네요. 상당히 큰 조직이었다고 기억해요."

신이 기억을 되짚듯이 고개를 갸웃거리자 슈니는 확신을 갖고 말했다.

눈앞에 펼쳐진 불길한 그림을 기억해낸 것이다.

"길드명은 알아?"

"『사원(蛇円)의 허무』라는 길드예요. 돈을 위해서라면 어떤 의뢰든 받아들이는 걸로 유명하죠. 암살이나 절도 같은 범죄에도 손을 대지만, 보수만 지불하면 다른 암흑 길드를 박살

내거나 범죄자를 체포해주기도 해서 각국에서도 어떻게 처리할지 고민하고 있는 조직이에요."

"그렇구나. 말 그대로 무슨 일이든 닥치는 대로 하는 건가. 그건 그렇고 그 이름, 어디선가 들어본 것 같은데⋯⋯."

"⋯⋯원래는 게임 시절부터 존재한 PK 길드였거든요. 신이 괴멸한 길드 멤버의 부하들이 새롭게 결성한 거예요."

"아아, 그래서⋯⋯."

약간 굳은 표정으로 말하는 슈니에게 신은 짧게 대꾸했다. 슈니와는 달리 신의 말투는 지극히 가벼웠다.

그도 그럴 것이 신은 그림을 보고서도 어렴풋이 익숙하다는 느낌을 받았을 뿐이었다. 왜냐하면 이미 쓰러뜨린 PK를 굳이 기억하려고 하지는 않았기 때문이다.

신은 특별한 이유나 신념도 없이 플레이어들에게 해를 끼치던 PK를 굳이 깊게 신경 쓰려고 하지는 않았다.

물론 원한도 있고 증오도 있었다. 하지만 이미 죽인 PK나 괴멸한 PK 길드에 대한 것까지 오래 기억하고 싶지는 않았다.

남의 목숨을 빼앗으면서 아무렇지 않았냐고 누군가가 묻더라도 신은 들은 척도 하지 않을 것이다.

플레이어 중에는 PK를 죽이는 것에 대해 죄책감을 느끼는 경우도 있었지만 신은 그것을 이해할 수 없었다.

"그건 그렇고, 아무리 돈이 된다지만 산 제물 납치를 돕는 건 경우가 아닌데 말이지."

"상응하는 보수만 지불하면 의뢰 내용은 불문에 부친다는 원칙을 철저히 지킨다고 하니까요. 어쩌면 그들이 적극적으로 개입했을 가능성도 있어요. 플레이어의 부하였던 자들이라면 일부러 마기가 발생하도록 유도할 수도 있을 테니까요. 예전에도 데몬 출현 저지 퀘스트를 일부러 실패하도록 유도하는 집단이 있었거든요."

"그랬구나. 뭐, 내가 박살 낸 건 플레이어들뿐이니까 슈니 같은 서포트 캐릭터는 틀림없이 남아 있겠지. 게임 시절의 지식이 있다면 충분히 가능할 거야."

PK의 퀘스트 방해는 게임 시절에도 가끔씩 일어나는 일이었다. 경우에 따라서는 일부러 강력한 데몬을 발생시킬 수도 있었다.

『정점의 파벌』의 방침과 어긋난다는 느낌도 들지만 브루크의 방에서 발생한 마기를 생각해보면 그들 역시 하나로 단결된 조직은 아닐 수도 있었다.

"브루크도 나름대로 많은 일들을 하고 다녔던 거겠지. 『악덕의 제물』이라는 음지 길드와도 연결되어 있는 것 같았어."

"그 길드는 이미 남아 있지 않을지도 몰라요. 『사원의 허무』는 다른 길드와의 다중 계약을 싫어하거든요."

슈니는 예전에 『사원의 허무』와 계약한 자가 다른 암흑 길드와도 계약하자 그 길드가 괴멸되었다는 이야기를 들은 적이 있었다.

『사원의 허무』는 의뢰자가 다른 길드와 동시에 계약할 경우 자신들의 힘을 의심받은 것으로 여겼다. 그런 경우는 의뢰자 역시 안전할 수 없었다.

"역시 대규모 길드로군. 스케일이 큰데."

신은 한숨을 쉬며 말했다. 결코 웃으면서 할 이야기는 아니었다.

"결국 여기에는 아무 단서도 없는 건가."

"현재까지 확보된 단서라면 티에라가 본 그림자와 브루크를 데리러 올 사자 정도겠네요."

"뭐, 아무것도 없는 것보다야 낫겠지. 좋아, 일단은 이틀 뒤까지 기다려보자."

신은 조금이라도 유력한 단서를 얻기 위한 준비를 시작하기로 했다.

†

브루크의 방을 전부 조사한 신과 슈니는 일단 리리시라의 방으로 돌아왔다.

그들의 작업이 빨리 끝난 탓인지 방 안에는 아무도 없었다.

신이 팔미락의 기능을 사용해 검색해보자 티에라가 미리, 빌헬름과 같은 방에 있다는 것을 알 수 있었다.

리리시라와 슈바이드는 거주 구획의 몇몇 방들을 제압하는 중이었다. 브루크의 동료들과 한창 싸우고 있는 것 같았다.

"어쨌든 다들 괜찮은 것 같네."

"리리시라 씨는 슈바이드가 함께 있으니까 걱정할 필요가 없을 거예요."

신은 슈니의 말에 고개를 끄덕이며 티에라가 있는 곳으로 향했다. 신과 슈니가 방에 들어가자 그들을 발견한 미리가 종 종걸음으로 달려왔다.

"신 오빠!"

"어이쿠! 이제 깨어났나 보네. 몸은 괜찮아?"

"미리는 멀쩡해!"

신은 뛰어오는 미리를 받아내며 그녀의 상태 표시를 확인 했다. 일단 HP, MP 모두 완쾌되었고 상태 이상도 없었다.

상태 표시 화면으로 모든 것을 알 수는 없지만 적어도 눈에 보이는 후유증은 없다고 봐도 될 것이다.

"티에라한테서 이야기는 들었니?"

"응."

미리는 웃으며 고개를 끄덕였다. 미리를 따라 신 쪽으로 걸 어온 티에라도 고개를 끄덕여 보였다.

"그러면 이왕 결정된 김에 서두르자. 라시아와 트리아 씨가 걱정할 테니까."

신은 미리의 머리를 쓰다듬으며 말했다.

비지에게는 이미 연락해두었기에 당장이라도 출발할 수 있었다. 신 일행이 의식을 저지할 때까지 미리를 경호해달라는 부탁까지 해둔 상태였다.

무장이 강화된 빌헬름과 비지, 그리고 그녀의 부하인 엘더 드래곤이 있으면 적이 다시 마수를 뻗어와도 쉽게 당하지는 않을 것이다.

"가실 건가요?"

"네. 미리를 걱정하는 사람이 있습니다. 자기가 지켜주지 못한 것 때문에 많이 자책하고 있거든요."

"그런가요. 그렇다면 서두르는 편이 좋겠네요."

해미는 그렇게 말하며 안심했다는 듯이 미소 지었다. 칭호 때문에 이용당한 경험이 있는 그녀로서는 같은 처지인 미리에게 소중한 사람들이 있어 기쁜 모양이었다.

"이미 준비는 끝났습니다. 지금 출발하고 싶은데요."

"알겠습니다."

신은 해미의 말에 고개를 끄덕이며 빌헬름을 돌아보았다.

빌헬름은 아이템 박스를 사용할 수 있기에 준비 없이도 바로 출발할 수 있었다. 미리도 몸만 납치되어 왔기에 따로 짐은 없었다.

하지만 만약을 위해 슈바이드가 돌아오기를 기다렸다가 행동하기로 했다.

신 일행은 미리를 배웅하기 위해 일단 지그루스 밖으로 나왔다.

그리고 카게로우가 이끄는 엄청난 속도의 마차를 타고 황야를 가로질러 비지의 대기 지점으로 향했다.

원래는 마차가 엄청나게 흔들려야 했지만 충격 흡수 장치가 성능을 유감없이 발휘해 탑승자들, 특히 미리가 멀미에 고생하지 않게 해주었다.

"빌 오빠, 빌 오빠! 밖이 엄청나! 막 슈우웅 해!"

"너무 그러다 의자에서 떨어질라."

빠르게 흘러가는 바깥 풍경에서 눈을 떼지 못하는 미리에게 빌헬름이 주의를 주었다. 발밑을 신경 쓰지 않다가 마차가 강하게 흔들리기라도 하면 의자에서 넘어질 수도 있기 때문이었다.

"이런 건 어디든 마찬가지구나."

신은 전철에서 들떠 있는 어린아이를 보는 것 같아 문득 그렇게 중얼거렸다. 그러고 보면 지금까지도 종종 엉뚱한 데서 현실 세계를 떠올릴 때가 있었다.

"고향이라도 생각난 거야?"

"응?"

미리를 흐뭇하게 바라보는 신에게 티에라가 물었다.

"무언가를 그립게 떠올리는 표정을 짓고 있길래. 사람들은 고향을 그리워할 때 보통 그러잖아."

"내가 그랬나?"

"으음, 그냥 그런 경우가 많다는 이야기야. 내 생각에 전혀 틀리지는 않은 것 같은데?"

"그래. 정확하지는 않지만 틀리지도 않았다고 해야겠네."

신은 가만히 생각해보며 대답했다. 고향이라고 할 수도 있겠지만 엄밀히 말하면 달랐다. 아예 다른 세계니까 말이다.

"뭐, 옛날 생각을 한 건 확실해. 아이들의 행동은 어딜 가나 비슷하다 싶었거든. 미리하고 비슷하게 행동하는 아이를 전에 본 적이 있어."

"(이 정도)가 평범하게 느껴지던 시절이 있었다는 거구나."

티에라는 신이 지금 『영광의 낙일』 이전의 세계를 떠올렸다고 착각하고 있었다. 옛날에는 거리를 달리는 마차도 이 정도의 속도였을 거라는 생각에 납득한 것이다.

"시대가 바뀌어도 아이들의 행동은 똑같은 거구나. 왠지 살짝 친근하게 느껴지네."

"하는 일은 거의 바뀌지 않았으니까 말이지. 몬스터를 사냥하고, 무기와 방어구를 만들고, 건물을 짓고, 연구하고, 모험하고, 싸우고. 비열한 짓을 하는 녀석이 있는가 하면 성실하게 노력하는 녀석들도 있었어. 똑같은 인간이니까 그렇게 큰 차이가 없는 거겠지."

【THE NEW GATE】의 플레이 스타일— 즉, 삶의 방식은 그야말로 천차만별이었다. 사람들의 숫자만큼 다양했지만 이쪽

세계와 큰 차이는 없었다.

"너 같은 하이 휴먼이 득시글대는 세계라니, 상상조차 하기 싫어지는군."

"이봐, 이봐. 나만큼 강한 녀석은 그렇게 많지 않았다고. 능력까지 포함해서 나와 동급이었던 건 결국 여섯 명뿐이었으니까."

"여섯 명이나 있다는 것 자체가 말이 안 되잖아. 그런 시대에 태어나지 않은 게 천만다행이군."

빌헬름은 다리를 꼬고 마차 등받이에 기대며 농담 투로 말했다.

엄청난 속도로 달리고 있었지만 마법으로 방음 처리된 마차 안은 조용했고 서로의 목소리도 선명하게 들렸다. 마차에 탄 사람들은 신이 하이 휴먼이라는 것을 알기 때문에 편하게 이야기할 수 있었다.

미리에게는 한마디도 하지 않았지만 처음 만났을 때부터 알고 있었다고 밝혀서 모두를 놀라게 했다.

"신 오빠는 뭔가 굉장해."

"엄청나게 애매하군. 그러고 보니 슈니에게 내가 곧 돌아온다고 했다던데 그것도 미래가 보였던 거야?"

"슈 언니가 기뻐하면서 누군가를 끌어안는 모습을 봤어. 왠지 가슴이 따뜻해져서 좋은 일이라는 걸 알았어."

미리는 전에 슈니가 자신의 주인을 기다린다는 이야기를

들은 뒤에 그 예지를 봤다고 한다.

당시에는 능력 자체가 상당히 불안정했지만 그때만큼은 묘한 확신이 들어서 슈니에게도 이야기한 모양이었다.

모두가 미리의 말을 들으며 고개를 끄덕거렸다. 다만 신을 제외한 모두는 다른 부분을 더 신경 쓰고 있었다.

"그렇게 된 거였군……. 그건 그렇고, 끌어안았단 말이지?"

"나에게 했던 이야기도 비슷하긴 했는데…… 흐음, 끌어안았던 것이오?"

"신비한 능력이구나……. 그런데 스승님, 끌어안으셨던 거예요?"

『쿠우, 슈니 언니, 신을 많이 좋아해!』

빌헬름은 히죽 웃었다. 슈바이드는 가만히 고개를 끄덕거렸다. 티에라는 진지한 표정이었다. 평소의 슈니를 생각하면 상상하기 힘든 일이었기에 모두의 관심이 그녀에게로 쏠렸다.

유즈하의 심화가 신에게만 들렸던 것이 그나마 다행이었다.

"왜, 왜 그러세요! 중요한 건 그 부분이 아니잖아요!"

가장 당황한 것은 마부석에 앉아 있느라 대화에 끼지 못했던 슈니였다.

슈니가 신과 재회했을 때 자신도 모르게 그를 끌어안았다는 사실은 두 사람과 유즈하만 알고 있는 사실이었지만 이곳에서 생각지도 못한 폭로를 당한 것이다.

그녀의 평소 모습을 알고 있는 입장에서 보면 그 정도로 대담한 행동을 했다는 것이 믿어지지 않는 대사건이었다.

"스캔들 한 번 나지 않던 고고하신 하이 엘프 님께서 말이지. 끌어안기까지 하고, 아주 대담한데."

"과연 그렇군. 내가 모르는 곳에서 과감하게 행동했던 것이구려. 음, 바람직하오."

마부 역할도 잊어버린 채 마구 허둥대는 슈니를 보자 빌헬름과 슈바이드의 표정이 흐뭇해졌다.

두 사람은 얼마 전에 서로 알게 된 사이였지만 시선과 표정만으로 의사소통을 하며 슈니를 놀리고 있었다.

"부정하지 않는 걸 보니 정말로……?"

다소 반응이 달랐던 것은 티에라였다. 슈니의 태도를 통해 미리의 말이 진실이라는 것을 알아채고 마음이 조금 복잡해졌던 것이다.

한 이불을 덮었던 사건이나 달밤의 해후에 대해 알지 못하는 티에라는 신을 향한 슈니의 감정이 충성심인지 애정인지 판단하기 힘들었지만— 아니, 일부러 판단을 보류하고 있었지만 이렇게 된 이상 확신할 수밖에 없었다.

다만 그녀의 가슴이 심란해진 이유는 본인조차 알 수 없었다.

어렸을 때 고향에서 쫓겨난 뒤로 달의 사당 안에서만 인생

을 보낸 티에라는 그런 감정에 어떤 이름을 붙여야 할지 알지 못했다.

"슈니 좀 그만 놀려. 그러다 나중에 후회하지 말고."

"달의 사당의 슈니 라이자를 놀려볼 기회가 또 언제 있겠어? 놓칠 수야 없지."

"나는 놀린 것이 아니오. 흐뭇하게 생각했을 뿐이외다."

"큭, 두 사람 다 두고 봐요⋯⋯."

마부석에 등을 대고 앉아 있던 신의 뒤에서 슈니가 원망스럽게 말했다. 어지간히 부끄러웠는지 기다란 귀가 새빨개져 있었다.

그것을 본 빌헬름과 슈바이드는 더욱 짓궂은 표정을 지었다.

신은 어떻게 해야 할지 판단하기 어려웠다. 티에라는 살짝 재밌어하고 있었다.

두 신수(神獸)가 마부 없이도 마차를 올바른 방향으로 이끄는 가운데, 마차 내부는 혼란을 더해가고 있었다.

"자, 도착했어. 다들 내리자."

혼란스러운 분위기 속에서 마차가 달린 지 몇 분이 지났다. 일행은 유즈하와 카게로우 덕분에 무사히 대기 지점에 도착할 수 있었다.

신은 난감한 분위기를 바꾸기 위해 모두에게 빨리 내리라고 재촉했다.

빌헬름과 슈바이드도 그만해야 할 때는 알고 있는지 즉시 신의 말을 따랐다.

"후, 후후후. 이번 일에 대한 보답은 나중에 반드시 해드릴게요."

아직도 귀가 빨간 슈니는 신의 등 뒤에서 굳게 결심하고 있었다.

평소에 놀림당한 적이 거의 없었는지 생각보다 대미지가 큰 모양이었다.

"되도록이면 살살 해줘. 음, 그 뭐냐. 어…… 부끄러워하는 슈니도 제법 귀엽던데."

"앗?! 어, 그게, 저기…… 감사…… 합니다…….'"

신은 슈니를 위로해줄 생각으로 낯간지러운 말을 꺼냈다. 하지만 그 효과는 본인이 생각했던 것보다 훨씬 컸다.

신은 또다시 얼굴이 새빨개진 슈니를 보며 「뭐 이런 귀여운 생물이 다 있지」 하는 생각이 들었다.

"어…… 이런 말은 다른 사람에게도 많이 들어본 것 아냐?"

"누가 말하느냐에 따라 다르잖아요. 조……좋아하는 사람에게 들으면, 저기…… 당연히 기쁘죠…….'"

슈니는 기어 들어가는 목소리로 말하며 신을 귀엽게 노려보았다. 그런 모습에 신의 손이 자연스레 슈니의 머리 위로 향했다.

"저, 저기…… 아으…….."

갑작스러운 행동에 슈니의 입에서 애매한 말이 새어 나왔다. 신의 손이 천천히 움직이며 자신의 감정을 슈니에게 전했다.

"아…… 미안."

자신이 무얼 하고 있는지 자각한 신이 퍼뜩 놀라며 손을 뗐다. 가슴속에서 피어난 따뜻한 감정이 신의 손을 움직였던 것이다.

그것은 아주 오래 전에 한 번 생겨났지만 잃어버리고 말았던 감정이었다. 사랑스러운 누군가를 생각하는 마음이었다.

신은 자신의 마음이 변해가는 것에 스스로도 놀라고 있었다.

하지만 지금은 그보다 먼저 확인해야 하는 일이 있었다.

신이 조심스레 슈니의 표정을 살피자 그녀는 아직도 넋을 잃고 자신만의 세계에 빠져 있었다.

아무래도 기분이 나빠 보이지는 않았기에 신은 조용히 한숨을 쉬었다.

"어…… 저기, 슈니?"

"앗?! 왜, 왜 그러세요?!"

"아니, 뭐랄까, 미안. 나도 모르게 손이 가서 말이지."

"아니요, 저기, 싫지는 않았으니까요."

이게 무슨 사춘기 소년소녀인가 싶을 만큼 어색한 대화였다. 하지만 신은 그것이 조금도 싫지 않았다.

그는 자신의 마음이 변화하고 있다는 것을 실감하고 있었다.

"신 오빠하고 슈니 언니는 막 뜨거운 거야?"

"……?!"

두 사람만의 세계에 갇혀 있던 신과 슈니는 깜짝 놀라 혀를 깨물 뻔했다. 목소리가 들린 쪽으로 두 사람이 시선을 돌리자 미리가 그들을 가만히 주시하고 있었다.

"막 뜨거운 거야?"

"으엑?! 아, 그게 말이지, 그, 그렇지. 미리는 먼저 간 것 아니었어?"

"아무리 기다려도 두 사람이 안 오니까 불러오래."

"그렇구나. 금방 갈 테니까 그만 가봐도 돼."

"알았어……. 막 뜨거운 거야?"

"그만 좀 물어봐!"

신은 말머리를 돌리려고 했지만 미리에게는 통하지 않았다.

빌헬름에게 달려가는 미리의 얼굴은 역시 짓궂게 웃고 있었다.

"……아무래도 빨리 가는 게 좋겠어."

"그런 것 같네요. 하지만 미안해요. 20초만 기다려주세요."

빨갛게 달아오른 슈니의 얼굴이 가라앉기를 기다렸다가 신도 마차에서 내렸다.

"어머어머~? 왠지 일이 재밌게 되어가는 것 같네요~."

대기 지점에서는 비지까지도 두 사람에게 흐뭇한 시선을 보내왔다.

이 자리에서는 유즈하를 안고 있는 티에라 혼자 다른 종류의 시선을 보내고 있었다.

인내심의 한계가 찾아온 신은 동료들을 매섭게 노려보았다.

"너희들, 적당히 하지 않으면 화낸다?"

"그러면 장난은 이쯤 해두겠소이다. 이제 또 한동안은 긴장을 풀 수 없을 테니까 말이오."

"그래, 이걸로 조금은 정신적인 여유가 생겼겠지."

정신적으로 계속 경직되어 있다 보면 사고가 생기기 마련이다.

경험상 그것을 잘 아는 슈바이드와 빌헬름은 긴장감을 완화하기 위해 일부러 슈니를 놀린 것 같았다.

물론 그 외에 다른 이유도 있다는 것을 본인들도 부정할 수는 없었다.

"정말이지 너희들은……. 뭐, 됐어. 우리도 되도록 빨리 일을 끝내고 갈 테니까 그때까지 미리를 잘 돌봐줘."

"맡겨만 주세요~ 열심히 해볼게요~."

"두 번이나 당하지는 않아."

비지는 가슴을 쫙 펴며 말했고 빌헬름은 굳은 결의를 보였다. 엘더 드래곤들까지 돕는다면 어중간한 전력으로는 상대조차 되지 않을 것이다.

비지가 엘더 드래곤들을 부르고 빌헬름이 모두의 배웅을 받으며 걸어 나갈 때 미리가 갑자기 제자리에 멈춰 섰다.

"응? 미리, 왜 그래?"

신이 멈춰 선 미리에게 물었지만 대답은 없었다.

그런 모습을 의아하게 바라보는 신의 눈앞에서 희미한 빛이 반짝이며 미리의 몸을 뒤덮었다. 미리가 가진 마력이 술렁이고 있는 것이다.

"무슨 일이오?"

슈바이드도 미리를 보며 의아하게 말했다. 그러자 슈니가 미리의 상태를 추측했다.

"아마도 이건 『점성술사』의 칭호가 발동된 걸 거예요."

"칭호가…… 말인가요?"

영문을 모르는 티에라는 어떻게 해야 좋을지 몰라 당황하고 있었다.

"괜찮아. 금방 가라앉을 거야."

빌헬름은 미리의 상태를 잘 알고 있는지 조금도 허둥대지 않고 모두에게 설명했다. 그의 말대로 미리는 1분도 되지 않아 제정신으로 돌아왔다.

"……빌 오빠."

"뭐가 보였어?"

"자홍색 머리를 한 여자하고 미리를 납치하러 왔던 남자."

"뭐라고?"

미리의 말에 빌헬름의 표정이 험악해졌다.

"미리, 그건 혹시 에이라인을 말하는 거야?"

"응. 하지만 뭔가 이상했어."

"뭐가? 어떤 식으로 이상했는데?"

"똑같은데 달랐어."

수수께끼 같은 말에 모두가 고개를 갸웃거렸다.

신이 무슨 뜻이냐고 물어도 미리 본인도 제대로 설명할 수 없는지 「똑같은데 달랐어」라는 말만 되풀이할 뿐이었다.

"빌 오빠."

"왜?"

"빌 오빠는 신 오빠랑 같이 있어. 그러는 게 좋을…… 것 같아."

"넌 위험하지 않은 거야?"

『점성술사』인 미리의 말을 부정할 수 있는 사람은 없었다.

다만 그것 때문에 미리가 위험해진다면 아무 소용도 없었다. 빌헬름은 그 점을 지적했다.

신 역시 미리를 위험하게 만들면서까지 빌헬름을 데려갈 생각은 없었다.

"미리는 이제 괜찮아."

"……알았어. 네 말대로 해줄게."

빌헬름은 자신을 물끄러미 바라보는 미리에게 졌다는 듯이 말했다.

미리와 교회를 지킬 인원이 줄어들게 될 테지만 그쪽은 비지와 엘더 드래곤들을 믿기로 한 것 같았다.

이쪽 세계의 상식을 통해 생각해보자면, 엘더 드래곤 다섯 마리는 웬만한 군대에 필적하는 전력이었다. 따라서 어지간한 일이 벌어지지 않는 이상 걱정할 필요는 없었다.

"그러면 연락을 기다리고 있을게요~."

"다들 응원할게!"

비지와 미리를 태운 엘더 드래곤 다섯 마리가 하늘 높이 날아올랐다. 그 모습이 멀리 사라질 때까지 지켜보던 신 일행은 발걸음을 돌려 지그루스로 돌아왔다.

"자, 이제 한동안 시간이 남을 텐데 어쨌든 브루크 일파가 괴멸되었다는 것을 들키지 않도록 해야 해."

신은 팔미락에 도착하자 리리시라와 이야기를 나눈 뒤 환영 마법을 발동했다.

브루크가 붙잡혔다는 사실이 알려지면 적의 사자도 접촉해오지 않을 것이기 때문이다.

리리시라 쪽에서도 정보가 새어 나가지 않도록 협력해주고 있지만 브루크와 그에 협력하던 신관들이 일제히 사라지면 분명 수상하게 여길 것이다.

그래서 브루크 일파의 모습을 환영 마법으로 재현해 평소대로 생활하고 있는 것처럼 보이기로 했다.

리리시라도 브루크 일파 중에 밖을 자주 돌아다니는 사람은 많지 않았기 때문에 며칠 동안은 괜찮을 거라고 동의했다.

"그건 그렇고 이 정도로 정보가 안 모일 줄은 몰랐는데."

"그러네요. 브루크에게 가담한 신관들까지 아무것도 모를 줄이야……."

브루크 일파의 심문을 끝낸 신이 한숨을 내쉬었다. 그와 동행한 슈니도 적의 철저한 정보 관리에 감탄할 수밖에 없었다.

브루크와 만날 적의 사자에 대해 무언가 알고 있을까 싶어 신관들을 심문해봤지만 그런 인물은 본 적도 없다는 자들이 대부분이었다. 마기의 영향 탓은 아닌 것 같았고 사자가 뭔가 위장 공작을 해둔 것이 분명했다.

"이렇게 된 이상 실전에서 승부를 볼 수밖에 없겠는데."

"어떤 상대일지는 모르겠지만 다른 방법이 없을 것 같네요."

신과 슈니도 사자가 정상적인 인간일 거라는 생각은 하지 않았다. 티에라의 목격담을 생각해보면 사자가 인간이 아닌 데몬일 가능성도 높았다.

데몬이라면 하이 휴먼을 내세워 사람들을 속이는 일도 충분히 할 법했다.

"다들 모였군. 그러면 오늘의 역할 분담을 정하자."

두 사람은 팔미락에 배정된 방에 돌아와 그곳에서 기다리던 슈바이드와 빌헬름, 티에라와 함께 회의를 시작했다.

그 결과 환영 마법으로 모습을 바꾼 신이 브루크를, 슈니가 해미를, 티에라가 미리를 연기하기로 했다. 빌헬름과 슈바이드는 사자가 도주하는 것에 대비해 도주로를 차단하는 역할을 맡았다.

카게로우는 평소처럼 티에라의 그림자 속에 숨기로 했다.

유즈하는 추적 마법을 유지하기 위해 전투에 참가하지 않기로 결정되었다.

"좋아, 그러면 이제 그쪽이 어떻게 나올지 기다려보자고."

이렇게 해서 신 일행은 필마 구출을 위한 행동을 개시했다.

달밤의 싸움 | Chapter 2

THE NEW GATE

"누군가가 오고 있어."

미리를 구출한 날로부터 이틀이 지난 밤이었다.

신은 팔미락에 접근하는 인물을 미니맵으로 확인하면서 중얼거렸다.

다가오는 속도와 방향을 보면 적의 사자가 공중을 이동하고 있다는 것을 알 수 있었다. 하늘을 비행하는 몬스터에 탑승했거나 자력으로 날고 있는 듯했다.

신은 팔미락 옥상에 숨어 사자가 오는 방향을 바라보고 있었다.

잠시 지나자 신의 눈에 검은 그림자가 비쳤다. 다행히 오늘 밤은 구름이 없어 달빛과 별빛이 밝았다.

작은 점이던 그림자는 점점 커지더니 몇 분 뒤에는 분명하게 알아볼 수 있을 정도가 되었다.

『사자로 보이는 그림자를 확인했어. 숫자는 하나. 곤충 타입 몬스터에 탑승한 것 같아. 후드 달린 망토를 입고 있어서 얼굴은 확인할 수 없어.』

신은 심화를 통해 즉시 슈니와 슈바이드에게 연락했다. 슈니와 함께 있던 티에라와, 슈바이드와 함께 있던 빌헬름에게도 즉시 정보가 전달되었다.

하지만 그로부터 몇 분 뒤에 신의 미니맵에 예상치 못한 것이 나타났다.

"상관이 없다고는 할 수 없겠는데……."

사자의 마크 뒤쪽에서 100개가 넘는 붉은 마크가 접근하고 있었다. 이런 상황에서 아무 연관성이 없다고 판단하기는 힘들었다.

신이 그 사실을 슈바이드에게 알리자 「요격하겠소」라는 대답이 돌아왔다.

광범위 마법으로 요격하는 방법도 있지만 필연적으로 엄청난 굉음과 진동이 발생하게 된다. 지금은 깊은 밤이었기에 주민들이 공황 상태에 빠질 우려도 있었다.

슈바이드라면 신이 바르멜에서 했던 것처럼 몬스터들의 주의를 자신에게 집중시켜 싸울 수 있었다.

그리고 슈바이드가 미처 쓰러뜨리지 못하는 적에 대비해서 빌헬름이 동행하고 있었다.

신은 리리시라에게도 연락해서 교회 기사들을 파견해달라고 부탁해두었다.

"단순한 심부름꾼은 아닌 것 같은데."

다가올수록 선명해지는 적의 모습을 보며 신은 작게 중얼거렸다.

요격할 준비를 끝마쳤을 무렵 사자가 팔미락 옥상에 내려왔다.

"어서 오십시오. 이거 기다리고 있었습니다."

신은 바람 마법으로 목소리를 바꾸어 사자에게 말을 건넸다. 다른 사람에게는 목소리와 외모 모두 브루크와 똑같이 보일 것이다.

사자도 브루크가 마중 나왔다고 생각했는지 덮어쓰고 있던 로브를 뒤로 넘겨 얼굴을 드러냈다.

"나오느라 수고했다. 제물은 그건가?"

지네 같은 몸체에 여섯 장의 날개가 달린 평균 레벨 700의 곤충형 몬스터 『메그라데』에 올라탄 금발 여성이 어딘가 부자연스러운 목소리로 대답했다.

미녀라 불러도 손색없는 외모를 가진 여성이었다. 다만 그녀의 표정은 어딘지 모르게 멍해 보였고 슈니 쪽으로 시선을 향하면서도 아무것도 보고 있지 않았다.

"환영회 준비를 해두었습니다. 이리로 오시죠."

"필요 없다. 바로 이동한다."

"그러면 마실 것이라도 드리겠습니다."

"빨리 해라."

여성은 잠시도 고민하지 않고 신을 재촉했다. 쓸데없이 시간을 낭비하고 싶지 않은 것 같았다.

신은 슈니에게 신호해서 여성 쪽으로 다가오라고 지시했

다. 그러자 슈니와 티에라가 천천히 다가갔다. 두 사람은 일부러 발걸음을 느리게 해서 조종당하는 척하고 있었다.

하지만 두 사람과 여성의 거리가 20메르까지 좁혀졌을 때 갑자기 정적이 깨지고 말았다.

"—!!"

형용할 수 없이 날카로운 소리를 내며 메그라데가 뱀처럼 고개를 쳐들었다. 신의 미니맵에서는 메그라데의 마크가 적대자를 나타내는 붉은색으로 바뀌어 있었다.

포효를 멈춘 메그라데는 눈앞에 있는 두 사람 중에서 티에라를 향해 주저 없이 보라색 액체를 내뿜었다.

"움직일게요."

"네!"

메그라데가 티에라에게 얼굴을 돌린 순간, 그 의도를 알아챈 슈니가 티에라를 안아 들며 그 자리를 피했다.

몇 초 전까지 두 사람이 있던 곳에 액체가 쏟아졌지만 팔미락의 방어 장치에 의해 튕겨나갔다.

"왜 들켰는지는 모르지만 싸울 수밖에 없겠군. 이봐, 거기 너!! 저항할지, 얌전히 붙잡힐지 빨리 선택해."

"브루크는 실패한 건가. 어리석기는. 네 녀석은 내가 직접 제물로 바쳐주마!!"

여성이 소리치며 흥분한 메그라데에게 손을 뻗었다. 그러자 메그라데는 거짓말처럼 얌전해졌다.

신의 【애널라이즈】로 보면 여성의 이름은 아므레 지고넜고 레벨 181의 조련사였다. 다만 그 밑에는 원래 휴먼에게서 볼 수 없는 정보가 표시되어 있었다.

"해치워라!!"

아므레의 지시를 받은 메그라데가 움직였다.

길이가 7메르나 되는 몸을 반쯤 세워 높은 곳에서 먹잇감을 조준한 것이다.

아므레가 타고 있는 개체는 신이 아는 메그라데보다 두 단계 정도 작았다. 레벨도 평균치보다 낮은 504였다.

다만 머리 부분에 달린 거대한 이빨과 끝이 칼날처럼 뾰족한 다리는 사람 한 명쯤 쉽게 찢어발길 수 있었다.

독안개를 토해내며 돌진해오는 모습을 본다면 역전의 전사라도 움츠러들 수밖에 없을 것이다.

하지만 신 일행은 거기에 해당하지 않았다.

"이얏!"

신은 바로 앞에서 덮쳐오는 메그라데에게 정면으로 맞섰다.

실체화한 『카쿠라』를 양손으로 쥐고 있는 힘껏 올려친 것이다.

갑각을 부수는 『카쿠라』의 일격에 신을 통째로 삼키려던 메그라데는 크게 밀려났다.

그와 함께 메그라데의 얼굴이 반쯤 날아가버렸지만 곤충형 몬스터 특유의 생명력 덕분에 즉사하지는 않았다.

메그라데는 신음 같은 소리를 내면서도 남은 이빨로 신을 물어뜯으려 했다.

"역시 끈질기군."

신은 이빨을 피하며『카쿠라』를 휘둘렀다.

추술(鎚術)계 무예 스킬【사진폭(砂塵爆)】이 담긴『카쿠라』가 지면에 접한 몸체 부분에 닿자 그곳을 중심으로 1메르 정도의 폭발이 일어났다.

몸이 두 동강 난 메그라데는 날카로운 비명을 지르며 바닥을 굴렀다. 하지만 그럼에도 죽지 않았다.

"쳇, 메그라데, 명령을 들어라!!"

큰 타격을 입은 메그라데는 아므레의 지시를 받아들이지 않고 절반만 남은 몸체를 비틀며 처음으로 노렸던 티에라 쪽을 돌아보았다.

그리고 잠시 움직임을 멈추나 싶더니 등에 태운 아므레를 떨구고 티에라를 향해 일직선으로 돌진했다.

"그으으으— 가아아아아아아아— 앗!!!!"

자신들 쪽으로 돌진해오는 것을 본 슈니와 티에라가 무기를 들었지만 그보다 먼저 반응한 존재가 있었다.

티에라의 그림자 속에서 뛰쳐나온 카게로우가 본래 모습으로 변하며, 다가오는 메그라데를 때려눕힌 것이다.

야성을 드러낸 카게로우는 메그라데의 머리에 오른쪽 앞발의 발톱을 꽂았다.

그리고 갑각을 관통한 발톱을 통해 전기 공격을 직접 쏟아부었다. 메그라데는 몸속부터 타 들어갔다.

갑각 틈새에서 요란하게 스파크가 튀었고 메그라데의 HP가 순식간에 줄어들었다.

메그라데도 몸부림치며 저항을 시도했지만 다른 쪽 발에 잡혀 빠져나오지 못했다. 결국 1분도 지나지 않아 메그라데의 HP는 0으로 떨어졌다.

"끝난 건가."

카게로우가 메그라데를 해치우는 사이에 슈니가 메그라데의 나머지 하반신을 마법으로 얼려버렸고, 도망치려던 아므레는 티에라의 화살에 제지당한 뒤 신에게 제압되었다.

아므레 본인의 전투력은 높지 않았는지 별다른 저항도 없었다.

"크윽, 놔라!!"

"그럴 수는 없지. 정점의 파벌에 대한 정보를 털어놓아주실까."

신이 다짜고짜 정신계 스킬을 발동하려고 했을 때 아므레의 몸에서 마기가 흘러나왔다.

"아니?!"

"하, 하하하, 이걸로 나도—."

마기는 신이 정화하기도 전에 메그라데의 사체에 흡수되었다.

"그루?!"

위험을 감지한 카게로우가 뒤로 물러서고 나서 몇 초가 지나자 분명 죽었던 메그라데의 몸이 움직였다.

머리가 부글부글 하는 소리와 함께 재생되었고 잘려나간 하반신도 그에 맞춰 움직이기 시작했다. 하반신의 표면을 뒤덮은 얼음에 조금씩 균열이 생겨나고 있었다.

"—!!"

주위에 기묘한 소리가 울려 퍼졌다.

삐걱거리는 소리와 함께 갑각이 찢어지더니 안에서 한층 크고 매끈한 갑각이 드러났다.

"인베이드인가."

바로 이것이 마기에 침식당한 몬스터의 말로였다.

가고일 같은 골렘 계열 몬스터에게 효과가 있다는 것은 신도 잘 아는 사실이었지만 이쪽 세계에서는 사체에까지 영향을 끼치는 모양이었다.

사체가 바로 아이템으로 바뀌던 게임 시절에는 볼 수 없는 현상이었다.

메그라데는 단순히 탈피했다고 보기에는 다소 살벌한 모습이었다. 신이 게임 시절에 본 성체 메그라데보다는 조금 작았지만 그보다 더한 위압감을 내뿜고 있었다.

"그리고 이쪽은 미라였군. 상태 표시를 봤을 때는 설마 했는데, 이거야 원."

신은 아므레의 사체를 보며 한숨을 쉬었다.

아므레의 상태 표시 화면에서 이름과 레벨, 직업 아래에 다른 상태가 표시되어 있었다.

일반적인 사람과 크게 다를 것이 없는 내용이었지만 결정적인 차이는 이름이었다.

【애널라이즈】로 표시된 이름은 바로 구울 · 인베이드였다.

그것이야말로 마기에 침식된 몬스터라는 확실한 증거였다.

"이 세계에서는 인간도 몬스터가 되는 건가."

언데드 몬스터인 구울은 【THE NEW GATE】에서 매우 흔한 존재였다. 강력한 개체도 많지 않아서 초심자라도 어렵지 않게 쓰러뜨릴 수 있었다.

게임에서의 설명문을 보면 매장된 사체가 마기의 영향을 받았다거나 몬스터에게 살해당한 사체가 되살아났다는 식의 내용이 적혀 있었다.

아므레가 대체 어떤 과정을 거쳐 지금에 이른 것인지, 몬스터로 변했음에도 어째서 자아가 남아 있었는지는 신도 알 수 없었다.

다만 한 가지 확실한 것은 지금의 아므레가 인위적으로 만들어졌다면 『정점의 파벌』은 신이 생각했던 것보다 훨씬 (잘못된 길)로 들어섰다는 사실이었다.

"신! 갑자기 파워업한 것 같은데, 대체 어떻게 된 거야?!"

"마기로 강화된 거야! 카게로우! 티에라를 지켜!"

티에라가 소리치는 것과 동시에 부활한 메그라데가 움직이기 시작했다. 두 동강 난 몸체 중에 상반신이 티에라를 노리고 있었다.

신의 목소리를 들은 카게로우가 티에라와 메그라데 사이를 막아섰다.

메그라데가 방해꾼을 위협하듯이 포효하자 카게로우도 지지 않고 크게 으르렁댔다. 그와 동시에 이마에 난 뿔이 빛나며 힘이 집중되는 것이 신에게는 보였다.

"티에라는 네게 맡길게!"

신은 상대의 움직임을 기다릴 생각이 없었다.

이동계 무예 스킬【축지】로, 카게로우와 티에라에게 정신이 팔린 메그라데를 향해 단숨에 뛰어든 것이다.

마기에 침식당한 몬스터를 상대로 힘을 조절할 필요는 없었다.

신은 메그라데가 방어할 틈도 없이 잔상을 남기며『카쿠라』를 휘둘렀다.

추술/광술 복합 스킬【빛울림】이 담긴 공격이었다.

힘차게 뻗어나간『카쿠라』가 빛에 휩싸였고 무기의 부피가 한층 커졌다.

신의 공격이 메그라데의 몸체에 명중한 순간,『카쿠라』를 뒤덮은 빛이 메그라데의 몸속으로 침투했고 잠시 뒤에『카쿠

라』 본체가 갑각을 박살 냈다.

부서진 부분을 중심으로 메그라데의 갑각에 균열이 일어났고 1분도 지나지 않아 온몸에 퍼진 균열에서 돌연 빛이 새어 나오기 시작했다.

"—!!!!"

균열을 더욱 넓히듯 뿜어져 나온 빛은 원래 『카쿠라』를 뒤덮고 있던 것이었다.

메그라데의 체내에 침투한 【빛울림】의 빛은 대(對)데몬용 고급 정화 능력을 갖고 있었다.

일반 몬스터나 사람을 상대할 때는 크게 쓸모가 없지만, 마기에 침식되어 변형한 몬스터에게는 치명적인 맹독이나 다름없었다.

게다가 『카쿠라』에 의한 추가 대미지도 있었다. 아무리 마기로 강화된 몬스터라도 버틸 수 있을 리 없었다.

메그라데의 몸체가 마비를 일으킨 것처럼 부르르 떨렸다. 제대로 움직이지 못하는 거대 몬스터는 커다란 샌드백이나 마찬가지였다.

마지막으로 메그라데의 머리에 『카쿠라』의 공격이 들어갔고 정화의 빛에 휩싸인 메그라데의 몸은 먼지처럼 흩어졌다.

"남은 건 슈니 쪽인데…… 저쪽도 끝났나 보군."

얼어 있던 하반신도 얼음을 깨고 요란하게 몸부림치고 있었다.

그것만으로도 충분히 위협적이었지만 그쪽은 슈니가 잘 대응해서 신이 했던 것처럼 움직이지 못하게 제압한 뒤에 마무리 공격을 가했다.

몸을 비틀며 정신없이 움직이기만 하는 상대라면 슈니에게는 저레벨 몬스터나 다름없었다. 신이 돕기도 전에 상황은 종료되었다.

"끝난 거야?"

"그래. 결국 아무것도 알아내지는 못했지만 말이지."

신은 아므레의 싸우기 전 태도를 떠올려보았지만 정체를 알아챈 낌새는 없었다. 이상한 점이 있다면 오히려 메그라데 쪽이었다.

슈니와 티에라가 가까이 다가간 순간 메그라데는 갑작스럽게 포효했다. 지금 다시 생각해보면 그 모습에는 경계나 위협의 의미가 담긴 것 같았다.

카게로우가 예전에 신과 슈니의 능력을 알아본 것처럼 메그라데 역시 변장한 슈니의 강함을 감지한 건지도 모른다.

하지만 그것만으로는 메그라데가 티에라를 노린 이유가 무엇인지 알 수 없었다.

'우리가 모르는 원인이라도 있는 건가?'

마기의 영향을 받은 몬스터가 우선적으로 공격하는 직업과 칭호가 있기는 했다. 예전에 티에라는 무언가를 숨기고 있다고 털어놓은 적이 있었는데 어쩌면 그것 때문인지도 몰랐다.

하지만 신은 굳이 억지로 캐묻고 싶지 않았기에 티에라가 먼저 말해주기를 기다릴 생각이었다.

그것이 매우 안일한 생각인지도 모르지만 말이다.

"……슈바이드 쪽은 어떻게 됐으려나."

신은 티에라에 대한 생각을 멈추며 슈바이드에게 심화를 보냈다.

†

"자, 이제 슬슬 우리도 시작하는 게 좋을 것 같소."

신에게서 적이 접근한다는 연락을 받은 슈바이드는 빌헬름과 함께 이동하고 있었다. 그의 손에 들린【지월】이 달빛을 받아 반짝거렸다.

슈바이드의 미니맵에도 이미 새빨간 마크가 다수 나타나 있었다. 그 숫자는 200 정도였다.

슈바이드가 눈앞에 보이는 몬스터들을【애널라이즈】해보자 대부분 구울이나 랩트 랩터 같은 언데드 몬스터였다.

레벨은 개체마다 제각각이었고 높은 건 500, 낮은 건 50 정도였다.

레벨 400이 넘는 개체는 40마리 정도였다. 대부분은 레벨 300 전후였고 100 이하의 약한 몬스터들이 다소 섞여 있었다.

"일단은 적의 시선을 끌겠소."

몬스터와의 거리가 300메르까지 좁혀지자 슈바이드는 도발 스킬【수라의 광분】을 발동했다.

눈에 보이지 않는 물결이 몬스터 무리를 휩쓸었고 그들의 흐릿한 시선이 강제적으로 슈바이드에게 집중되었다.

"arsa…… sk! — daggd?!"

정신없이 뒤얽히는 몬스터들의 괴성이 땅을 울리며 슈바이드를 향해 쇄도했다.

아무리 게임이라 해도 100마리가 넘는 대형 몬스터 무리 앞에서 겁먹지 않을 사람은 많지 않았다. 적의 거대한 체구와 귀가 먹먹해질 정도의 괴성은 인간의 공포심을 자극할 수밖에 없었다.

하물며 현실 세계가 된 이곳에서 느끼는 공포심은 그와 비교도 되지 않을 것이다.

선정자 중에서도 어지간한 실력자가 아니면 혼자서 맞서겠다는 생각은 할 수 없었다.

하지만 이곳에 있는 것은 『검은 대장장이』 신의 부하인 슈바이드 에트락이었다.

그는 이 정도는 충분히 상대할 수 있다는 듯이 적의 위압감을 가볍게 떨쳐냈다. 그리고 이번에는 슈바이드의 위압 스킬이 몬스터들을 휩쓸었다.

"……?!"

그 순간 몬스터들의 보조가 크게 흔들렸다.

선두에서 달리던 랩트 랩터와 에이누 자칼같이 속도를 중시한 몬스터들이 크게 넘어지며 후속 몬스터들의 발을 걸었다.

그리고 뒤이어 접근하던 대형 몬스터와 돌진력이 강한 중형 몬스터들이 속도를 줄이지 못하면서 소형 몬스터들을 짓밟고 말았다.

위압 스킬의 영향을 받아 도망치는 몬스터들과 도발 스킬에 걸려 전진하는 몬스터들이 충돌하며 혼란에 박차를 가하고 있었다.

레벨이 낮을수록 위압의 영향을 크게 받고, 레벨이 높을수록 도발의 영향을 크게 받은 것이다.

"조금은 줄어들었구려."

슈바이드는 저레벨 개체가 30마리 정도 줄어든 것을 확인하고 앞으로 달려나갔다.

슈나나 지라트와 비교하면 빠른 속도는 아니었다.

하지만 그것은 어디까지나 전투 스타일 때문이었다. 슈바이드는 속도로 승부하는 유형이 아니기 때문이다.

"하아아아……."

슈바이드는 숨을 토해내며 눈앞에 다가오는 몬스터 무리를 향해 【지월】을 크게 휘둘렀다. 그러자 할버드의 창 부분을 중심으로 하얀 불꽃이 뿜어져 나오더니 5메르가 넘는 길이의 칼날이 만들어졌다.

창술/화염 복합 스킬【화이트 · 헤이즈】였다.

불꽃은 도끼 부분까지 번졌고 검 폭은 족히 30세메르가 넘었다.

슈바이드는 원거리 공격을 피하고 몬스터를 향해 접근해갔다.

"흐음!!"

슈바이드는 발을 굴러 대지를 가르며 관성을 없앴다. 그와 동시에 큰 기합 소리를 내며 정화의 화염검으로 거대한 궤적을 그렸다.

화염의 열량과 정화의 힘이 상승 작용을 일으키면서 화염검의 범위 내에 있던 몬스터들이 순식간에 잿더미가 되어 흩어졌다.

화염 마법은 신성계 마법 다음으로 언데드 몬스터에게 효과적이었다. 게다가 지금 슈바이드가 사용한 스킬은 신의【빛 울림】과 마찬가지로 언데드에 대한 정화 효과를 가지고 있었다.

슈바이드의 완력과 무기의 성능, 그리고 스킬이 가진 효과 앞에서 몬스터들이 저항할 방법은 없었다. 도발 스킬에 이끌려 다가오다가 불타 없어질 뿐이었다.

"후웁!!"

한 번, 두 번, 세 번.

달빛이 비추는 밤의 어둠 속에서 하얀 불꽃이 궤적을 남겼다.

소형, 중형 몬스터들이 일격에 재가 되는 가운데 남은 것은 대형 몬스터들뿐이었다.

거대한 체구에서 나오는 내구력으로 첫 공격을 간신히 버텨낸 대형 몬스터도 『지월』의 일격에 팔다리가 불타고 다음 일격에 목이 날아갔다.

슈바이드는 덩치가 크면 밑에서부터 날려버리면 된다는 듯이 『지월』을 휘둘러 언데드 몬스터를 도륙해나갔다.

하지만 그때 당하고만 있을 수는 없다는 듯이 공중에서 날아오는 그림자가 있었다.

공중을 부유하는 썩은 호박, 점프킨이었다.

"yha~~ hoo~~."

입 모양으로 뚫린 구멍에서는 어린 소년 같은 소프라노 보이스가 새어 나왔다.

전혀 어울리지 않는 음정이었지만 핼러윈 호박 같은 형상이기에 큰 위화감은 없었다.

"비행 타입인가."

슈바이드의 중얼거림에 대답하듯이 점프킨의 등 뒤에서 공중 몬스터들이 속속 나타났다.

언데드 몬스터 중에는 물리 공격이 통하지 않는 레이스와 고스트 같은 유령 타입 몬스터도 있었다. 이런 유형은 마법 스킬이나 상태 이상을 유발하는 공격을 해오는 데다 부유 혹은 비행 능력 때문에 공격하기 어려워서 상대하기 싫어하는 플레이어들이 많았다.

하늘에서 날아오는 몬스터의 숫자는 약 30.

쓰러뜨리는 것 자체는 어렵지 않았지만 지상의 적보다 많은 시간이 걸리는 것이 문제였다.

"후웁!!"

슈바이드는 날아오는 마법 개체를 피하며 땅을 박차고 뛰어올랐다. 광범위 마법 공격을 해오는 개체도 있었지만 파티의 방패 역할을 담당하는 슈바이드에게 어중간한 공격으로는 소용이 없었다.

슈바이드는 눈앞에 솟아오른 푸른 화염 장벽을 흩뜨리고 공중 몬스터 무리의 한곳을 파고들며 화염검을 휘둘렀다.

하얀 화염이 지나간 자리에는 어떤 몬스터도 남아 있지 못했다.

슈바이드는 『지월』을 휘두른 기세를 이용해 공중에서 자세를 바꾸고, 지상에서 기다리던 몬스터들을 향해 화염검을 내리쳤다.

강하게 내리친 일격은 온몸에 문신이 새겨진 거인 타입의 언데드 몬스터 사이클롭스 · 플러프를 세로로 두 동강 냈다. 그리고 잘린 면에서 불꽃이 뿜어져 나오며 온몸을 불태웠다.

하지만 몬스터들은 아군이 불타든 말든 상관하지 않고 슈바이드를 향해 쇄도해오고 있었다.

"으음?"

지상과 공중에서 달려드는 몬스터를 요격하기 위해 자세를 취하던 슈바이드의 시야에 공중의 고스트들이 빛의 창에 꿰뚫리는 광경이 보였다.

슈바이드는 어둠 속에서 빛나는 창의 정체가 창술/광술 복합 스킬【낙화유성(落花流星)】이라는 것을 바로 알아챘다.

빛의 창을 던지듯 발사하는 스킬로 언데드에 대해 효과적인 기술이었다.

지상의 몬스터들을 처리하던 슈바이드의 시야 구석에 『베이노트』를 쥔 빌헬름의 모습이 얼핏 보였다.

시간을 끌면 안 된다는 것을 빌헬름도 잘 알고 있는 듯했다.

†

"더 이상 끼어들 필요는 없으려나."

빌헬름은【낙화유성】으로 꿰뚫은 몬스터가 소멸하는 것을 보며 주위를 살폈다.

불필요한 참견이라는 것은 그도 알았지만 만에 하나 놓쳐서 지그루스로 날아가기라도 한다면 큰일이었다.

게다가 시간을 낭비해서는 안 된다는 생각에서 나온 행동이었다.

빌헬름은 몬스터 무리를 다시 슈바이드에게 맡기고 주변 기척을 살피는 일에 집중했다.

지그루스는 예전에 많은 전투가 벌어진 곳이었다. 그런 장소에서는 언데드 몬스터가 발생하기 쉬웠다.

이번처럼 대량의 언데드가 출현하면 그에 이끌린 것처럼 새로운 언데드 몬스터들이 생겨나는 경우가 있었던 것이다.

슈바이드가 몬스터를 처리하는 동안에도 빌헬름은 이미 10마리가 넘는 구울과 스컬페이스를 쓰러뜨렸다.

이 정도면 상당히 빈번하게 출현하는 편이었고 몬스터들의 레벨도 훨씬 높았다.

"이상하군. 언데드가 너무 빠르게 나타나는데."

빌헬름은 슈바이드가 일으키는 파괴의 폭풍을 멀찍이서 지켜보며 달리기 시작했다.

아무리 오랜 전쟁이 이어진 땅이어도 짧은 시간에 이렇게 많은 언데드 몬스터가 발생하는 것은 누가 봐도 이상했다.

몬스터를 타고 온 적의 사자와 그를 따르듯 나타난 언데드 무리.

이것들이 무사히 브루크와 합류했다면 지그루스 내부는 틀림없이 불바다가 되었을 것이다.

"음? 이 기척은 뭐지?"

30마리가 넘는 구울을 해치운 빌헬름은 슈바이드가 싸우는 지점에서 조금 떨어진 숲 속에서 기묘한 기척을 느끼며 멈춰

섰다.

무언가가 있었다.

그것은 단순한 감이었지만 확신이기도 했다.

그곳에 가야만 한다.

빌헬름은 그런 설명하기 힘든 충동에 휩싸이며 주변 언데드를 처리하고 나서 숲 속으로 들어섰다. 숲 속은 달빛이 잘 들지 않아서 어둑어둑했다.

그런 가운데 달빛이 선명히 스며드는 한 곳에 사람의 형상을 한 실루엣이 드러나 있었다.

"네 녀석은……."

"오랜만입니다. 며칠 만에 또 뵙는군요."

빌헬름은 실루엣의 주인을 확인하고 경계심을 드러냈다. 그의 얼굴은 틀림없이 이미 죽은 에이라인 슈바우처의 것이었다.

싱긋 웃는 그의 미소를 잘못 알아볼 리는 없었다.

그것은 틀림없이 빌헬름이 전에 상대해본 남자였다.

"기묘한 우연이군요. 이런 곳에서 다 만나다니."

"……."

무기도 들지 않고 미소 짓는 것을 보면 마치 밖에서 벌어지는 전투 따위는 전혀 신경 쓰지 않는 듯했다.

그런 모습은 누가 봐도 부자연스러웠다. 지금 이 순간도 빌헬름의 귀에는 전투하는 소리가 들리기 때문이다.

"아까부터 아무 말씀도 없으신데, 왜 그러시죠?"

"……너, 누구야?"

"어라, 벌써 잊으신 겁니까? 제 이름은—."

"아니. 넌 에이라인이 아냐."

빌헬름은 상대의 말을 끊으며 단언했다.

단 한 번이었지만 며칠 전에 전력으로 싸운 상대였다. 목숨을 건 극한 상태에서 검을 맞댄 상대의 기척을 빌헬름 같은 일류 전사가 잘못 느낄 리는 없었다.

"다시 한 번 묻지. 넌 누구냐?"

빌헬름은 그 말과 함께 손에 든 『베이노트』에 힘을 모았다.

그런 빌헬름을 보고 에이라인의 형상을 한 누군가는 조용히 몸을 떨었다.

"……크……크큭, 크크크…… 크하하하하하하하하!!"

웃음소리가 점점 커지더니 몇 초 뒤에는 박장대소로 바뀌었다.

"안 어울리는 짓은 하지 말아야겠군. 단번에 간파당할 줄이야."

"그러면 처음부터 하지 말았어야지."

"아니, 아니. 나는 제법 그럴듯하다고 생각했거든. 참고할 테니 뭐가 잘못됐는지 가르쳐줘."

수수께끼의 인물은 정체가 들킨 것 정도는 아무렇지도 않다는 듯이 물었다.

"그 녀석은 아무리 썩어빠졌어도 몸에서 마기를 방출하는 능력은 없어."

"하핫, 그렇군. 제어가 부족했던 건가. 이야, 나도 아직 멀었군."

"……."

남자가 웃었지만 빌헬름은 침묵으로 대답했다.

명백하게 비정상적인 상대 앞에서 빌헬름이 가만히 있을 리는 없었다. 방금 전부터 빈틈을 계속 찾았지만 상대의 어디를 공격해도 치명타를 입힐 수 있을 것 같지 않았다.

몸에서 뿜어져 나오는 마기와 피부를 따갑게 찌르는 위압감.

예전에 본 스킬페이스 · 로드와 비슷한 기척이 남자에게서 느껴졌다.

"이봐, 이봐. 그렇게 조용히 있으면 안 되지. 모처럼 이렇게 널 만나러 왔는데 말이야."

"난 널 처음 보는데."

"쌀쌀맞군. 뭐, 정확히 말하면 데리러 온 거지만 말이야. 네 의사가 어떻든 상관없이."

"그게 무슨 뜻이냐?"

데리러 왔다— 마치 동료나 협력자에게 쓸 법한 말이었지만 빌헬름은 전혀 짐작 가는 바가 없었다.

애초에 이런 상대와 친해진다는 것 자체가 불가능했다.

"마침 일손이 부족해서 말이야. 이용할 수 있는 건 뭐든 이용해야 하거든."

남자는 히죽거리는 미소를 거두지 않고 말했다.

"나한테 오면서 이상한 충동을 느끼지 않았나?"

"……."

"지금도 그럴 거야. 나를 따르겠다는 생각이 머릿속에 떠올랐을 테지."

빌헬름은 남자의 말을 조용히 듣고 있었다. 평소 같으면 바로 반박했을 테지만 어찌 된 일인지 말이 제대로 나오지 않았다.

남자의 말처럼 자신의 의사에 반하는 무언가가 마음속에서 솟구치고 있었다.

"으윽!!"

마음속 충동에 저항하려던 빌헬름의 몸을 날카로운 통증이 휩쓸었다.

통증의 근원지는 허리 뒤쪽이었다. 바로 얼마 전 미리의 단검에 찔린 부위였다.

"뭐……냐……."

고통은 점점 심해졌다. 끓어오르는 충동이 강해질수록 빌헬름의 의식은 점점 희미해졌다.

그리고 빌헬름의 허리에서 검은 안개가 뿜어져 나오더니 움직이지 못하는 빌헬름의 몸을 천천히 뒤덮기 시작했다.

"그래, 그거야. 그대로 얌전히— 우웃?!"

안개가 그대로 빌헬름의 온몸을 뒤덮을 거라고 생각했을 때였다. 빌헬름이 손에 쥔『베이노트』가 갑자기 빛을 내기 시작했다.

그것이 바로 하이 휴먼이 직접 개량한 성스러운 창의 위력이었다. 창에서 뿜어져 나오는 빛에 검은 안개가 자석처럼 밀려나고 있었다.

"크윽, 어떻게 된 거지?!『베이노트』에 이런 능력이 있다니?!"

제아무리 성창(聖槍)이라 불리는 무기라 해도 이런 현상을 일으킬 만한 힘은 없었다.

적어도 남자가 아는『베이노트』는 그랬다. 마기를 밀어내는 힘이 다소 있을지언정 단지 강력한 무기일 뿐이었다.

"치잇! 마음대로 안 되는군!"

남자는 예상치 못한 사태에 잠시 당황했지만 금방 침착함을 되찾고 빌헬름 쪽으로 오른손을 뻗었다. 그러자 그의 손에서 빌헬름을 휘감은 것과 동일한 안개가 분출되었다.

그 안개는『베이노트』의 빛에 절반 넘게 흩어졌지만 나머지 일부가 빌헬름에게 달라붙어 그의 몸을 침식해 들어갔다.

안개가 조금씩 퍼져가는 와중에 남자는 품에서 아이템 카드를 한 장 꺼냈다. 그리고 그것을 빌헬름에게, 정확히 말하자면『베이노트』를 향해 투척했다.

"내가 아이템의 힘을 빌리게 될 줄이야……!!"

힘껏 던져진 카드는 공중에서 가늘고 긴 천으로 실체화되어 『베이노트』에 휘감겼다. 천은 마치 독자적인 의지를 가진 것처럼 움직이며 『베이노트』를 뒤덮었다.

남자가 던진 것은 『무기 봉인의 영포(靈布)』라는 아이템이었다. 아무리 성스러운 무기라도 성능 자체를 약화하는 효과가 있었다.

무기의 주인이 멀쩡하다면 베어내는 방법도 있지만 현재는 불가능했다. 영포에 뒤덮인 『베이노트』는 빛이 점점 약해지고 있었다.

"이거 참, 애를 먹이네…… 에잇."

남자는 긴장을 풀면서도 이미 무기를 들 수도 없는 빌헬름에게서 『베이노트』를 빼앗았다.

전체의 7할 정도가 천에 뒤덮여 빛을 잃은 『베이노트』를 보며 남자는 히죽 웃었다.

"뭐야, 이거. 겉모양을 빼면 『베이노트』와는 거의 다른 물건이잖아. 그래서 이상한 빛이 났던 거로군. 의외의 수확인데. 마침 잘됐군."

남자는 『베이노트』의 빛에 대항하기 위해 힘의 근원인 마기를 상당히 소비하고 말았다. 하지만 그것을 알면서도 그는 마력을 불어넣는 요령으로 『베이노트』에 자신의 마기를 주입하기 시작했다.

『베이노트』의 표면에 새겨진 기하학적 문양이 격렬하게 명멸하며 남자의 손을 태웠지만 그는 상관하지 않고 마기를 계속 주입했다.

그렇게 3분이 지나자 빛이 가라앉으며『베이노트』의 모습이 바뀌기 시작했다.

백은색으로 빛나던 창이 칠흑으로 물들어갔다. 표면에 그려진 기하학적 문양도 피를 연상시키는 진홍색으로 변화했다.

— 지옥창『바키라』.

마창보다 한층 강력한 무기이자 마기로 뒤덮인 몇 안 되는 무기이기도 했다.

남자가 바키라를 한 바퀴 돌리자 영포가 너덜너덜하게 변하며 땅에 떨어졌다.

그의 뒤에는 온몸에 안개가 들러붙은 빌헬름이 말없이 서 있었다.

"성녀 납치도 마무리됐을 테니 이제 슬슬 돌아가볼까⋯⋯. 그건 그렇고 난 분명 저게『검은 대장장이』라고 생각했는데, 확실히 아닌가 보군."

남자는 실제로 본 의상과 장비의 특징을 통해 신이 하이 휴먼이라고 추측했다.

그리고 그가『검은 대장장이』라 불린 인물일 거라고 생각해왔다.

하지만 그의 행동은 협력자에게서 들은 내용과 크게 상반되었다.

협력자는 그가 플레이어 외의 NPC를 단순한 시설물로만 여기며 사람을 죽이는 일도 주저하지 않는다고 이야기했다. 얼음 같은 눈빛과 누구나 오한이 들 만한 살기를 내뿜는다고도 했다. 지금의 신과는 조금도 비슷하지 않았다.

남자가 들은 내용과 일치하는 인물이라면 지금쯤 팔미락 내에 육천의 부하들 외에는 아무도 살아남지 못했을 것이다.

"그렇다면 푸른색이나 금색인가? 뭐, 항상 같은 색 옷만 입고 있지는 않겠지."

별명에 붙은 색은 평소에 입고 있는 장비에서 유래했다지만 반드시 그 색의 옷만 입고 다닐 리는 없었다.

그래서 남자는 신이 기술사(奇術師) 카인이나 상인 레드일 거라고 착각했다.

하지만 중요한 것은 한 명 이상의 육천 멤버가 귀환했다는 사실이며 그것이 누구든 간에 크게 달라지는 것은 없었다.

육천 멤버라면 누구든 혼자서 전황을 뒤집을 수 있기 때문이다.

남자는 지금 메그라데가 싸우고 있을 방향을 돌아보았다. 그리고 남자와 빌헬름은 아무도 모르는 사이에 그곳에서 사라졌다.

✝

또각, 또각, 또각.

쥐 죽은 듯이 조용한 교회 안에 신발 소리가 울렸다.

후드를 뒤집어쓴 작은 체구의 인물이 통로를 걸어가고 있었다.

잠시 뒤에 그 인물이 걸음을 멈춘 곳은 복도에 쭉 늘어선 문 중에서 해미가 쉬고 있는 방 앞이었다.

방문은 열려 있었고 주위에는 기사 갑옷을 걸친 남자들이 널브러져 있었다. 그들이 움직이지 않는 것은 의식을 잃었기 때문이다.

"실례합니다~."

소년치고는 높고 소녀치고는 낮아 성별을 알 수 없는 목소리였다.

후드를 쓴 인물은 친구의 방이라도 찾아온 것처럼 가벼운 인사말과 함께 안으로 들어섰다.

방 안에는 입구와 마찬가지로 남자 몇 명이 쓰러져 있었다. 외상은 없고 호흡도 안정된 것을 보아 잠을 자고 있는 것 같았다.

"주무시고 계신가요~? 주무시는 거죠~? 그럼 실례하겠습니다~."

그 인물은 모두가 잠든 것을 확인하고 안으로 걸어갔다. 그리고 두 번째 문을 열자 안에 소녀와 두 기사가 쓰러져 있었다.

"오, 찾았다."

수수께끼의 인물은 침대에 기대듯 쓰러진 소녀, 즉 해미를 발견하고 천천히 걸어갔다. 그리고 망토 속에서 뻗은 손이 해미에게 닿으려는 순간 바람을 가르는 소리가 났다.

"어이쿠."

어디선가 날아온 단검은 시선조차 돌리지 않고 뻗은 두 손가락 사이에서 멈추었다.

"이거 놀랍네요. 아직도 일어나 계셨나요?"

"넌…… 누구냐……."

그렇게 말하며 몸을 일으킨 것은 쓰러진 기사 중 한 명인 케니히였다.

그는 비틀거리는 몸에 힘을 주며 간신히 자리에서 일어섰다. 입가에서 흐르는 피는 의식을 잃지 않으려고 입술을 깨문 탓이었다.

"아, 자기소개가 늦었네요. 안녕하세요. 저는 『사원의 허무』에 소속된 밀트라고 합니다. 오늘은 여기 계신 해미 씨를 받으러 왔습니다. 저항해도 소용없으니까 그냥 얌전히 계시는 게 좋을 것 같은데요?"

"헛소리!!"

밀트의 말을 들은 케니히가 검을 뽑으며 달려들었다. 상급 선정자인 케니히의 움직임은 갑옷을 입고 있다는 것이 믿기지 않을 만큼 빨랐다.

하지만 밀트의 속도는 그것을 능가했다. 몸이 천천히 기울어지며 케니히의 공격을 여유롭게 피해냈다.

좁은 공간에서 정교하게 뻗어나간 칼날이었지만 밀트에게는 스치지도 못했다.

"역시 상급 선정자답게 엄청난 공격이네요."

밀트는 공격을 피하며 농담처럼 말했다. 상급 선정자인 케니히 앞에서도 여전히 여유 만만했다.

"크윽."

케니히는 원인 불명의 무력감과 잠기운을 견디며 검을 휘둘러야 했지만 밀트는 어떤 방해도 받지 않았다.

승패의 향방은 이미 정해진 것이나 다름없었다.

"하지만 안됐네요. 그 정도로는 별로 끌리지 않아요. 시간을 너무 오래 끌 수는 없으니까 이제 그만 가볼게요."

그와 동시에 밀트의 모습이 사라졌다. 움직임이 둔해진 케니히는 눈앞에 다시 나타난 밀트의 공격에 반응하지 못했다.

밀트의 장타(掌打)가 케니히의 갑옷을 때렸고 대미지가 몸속까지 파고들었다.

"커……헉……."

갑옷을 뚫고 들어오는 충격에 케니히의 숨이 턱 막혔다. 케니히는 힘없이 쓰러진 뒤 다시 일어서지 못했다.

평소의 케니히였다면 견딜 수 있는 공격이었지만 상태 이상에 걸린 몸으로는 이겨낼 수 없었던 것이다.

"자, 방해꾼이 사라졌으니까 빨리 일을 끝내야겠죠."

밀트는 케니히가 움직이지 않는 것을 확인하고 잠든 해미를 둘러업었다.

그리고 어떤 조치를 취한 뒤 방에서 나온 밀트는 그대로 팔미락의 정문으로 향했다.

밀트는 조용한 통로를 걸어가며 혼잣말을 중얼거렸다.

"역시 허술하다니까아. 여기가 부활했다는 건 육천 중에 누군가가 돌아왔다는 건데, 대체 왜 이렇게 허술한 거야?"

침입한 입장에서 보면 경계가 느슨할수록 좋다고 할 수 있었다. 그런데도 밀트는 불평만 쏟아냈다.

"데스 게임에 휘말린 육천 멤버는 신 씨뿐이었지만, 그 사람이라면 상관없는 사람들을 팔미락 내부에 이런 식으로 남겨두지 않았을 테고……. 하지만 나머지 다섯 명이 와 있을 리는 없어. 그리고 이쪽에 신 씨가 와 있다면 죽었다는 이야기인데, 그 사람이 대체 누구한테 죽는단 말이야……."

밀트는 투덜거리며 걸어갔다.

현재의 팔미락은 교회 사람들의 안전을 위해 출입 제한이 느슨해져 있었다. 따라서 밀트가 아무리 방심해도 위험할 일은 없었다.

사실 밀트는 숨어든 것이 아니었다. 정문을 통해 당당하게 들어왔던 것이다.

"아아, 신 씨랑 만나고 싶어~. 그 사람만 있으면 이런 짓을 돕지 않아도 난 만족할 수 있을 텐데⋯⋯."

그렇게 말하는 밀트는 사랑에 빠진 소녀 같기도, 히어로를 동경하는 소년 같기도 했지만 그녀의 말에는 강한 집착이 담겨 있었다.

밀트는 정문을 통해 건물 밖으로 나왔다.

그녀는 먼 곳에서 울리는 폭음을 들으며 암흑 속으로 사라졌다.

†

맨 처음 이변을 감지한 것은 슈바이드였다.

지그루스로 향하던 언데드 몬스터들을 섬멸한 뒤에 주위 기척을 살폈을 때 빌헬름의 반응이 느껴지지 않았던 것이다.

신과 슈니보다는 좁지만 슈바이드도 일반 선정자들보다는 훨씬 넓은 범위를 감지할 수 있었다. 그런데 아무리 찾아도 반응이 없었다.

슈바이드는 빌헬름이 있던 장소에 직접 가서 조사해봤지만 이렇다 할 단서는 없었다.

무슨 일이 벌어졌다―. 슈바이드가 그런 결론을 내리기까지는 많은 시간이 걸리지 않았다.

『이쪽은 마무리됐어. 그쪽은 어때?』

『몬스터는 섬멸했소이다. 하지만 이상한 일이 생겼소.』

때마침 심화가 날아오자 슈바이드는 신에게 빌헬름이 안 보인다는 이야기를 전했다.

빌헬름은 무기의 성능도 올라갔고 신과 처음 만났을 때보다 훨씬 강해져 있었다. 역전의 용사인 빌헬름이 적에게 쉽게 당할 리는 없었다.

뒷정리를 끝낸 신과 슈니, 티에라도 슈바이드와 합류해 주변을 탐색하기 시작했다.

신과 슈니는 의식을 집중해보았지만 감지 범위 내에 빌헬름의 반응은 없었다.

한편 빌헬름이 있던 장소를 다시 한 번 조사해보았지만 역시 별다른 단서는 발견되지 않았다.

"큰 전투가 벌어진 흔적은 없어. 그렇다면 누군가와 싸우다 끌려간 것은 아니라고 봐야 하나?"

"상대가 『정점의 파벌』과 관련된 자라면 인질을 잡아 저항하지 못하게 했을 수도 있어요. 아니면 정신계 마법을 사용했을지도 모르고요."

정보가 적은 현재로서는 제대로 된 추측을 하는 것도 힘들었다. 그때 감지 능력이 신만큼 강하지 않아서 직접 발로 찾아다닌 티에라와 카게로우가 돌아왔다.

"신, 뭔가 알아냈어?"

"아니, 역시 주변에는 아무 반응도 없어. 그쪽은 어때?"

"……확실한 건 찾지 못했지만, 그래. 왠지 신경 쓰이는 장소는 있었어."

"신경 쓰이는 장소?"

신의 물음에 티에라는 잠시 침묵했다. 그녀는 작게 한숨을 쉬고 나서 물음에 답했다.

"안내할 테니까 따라와."

티에라는 그 말만 남기고 자신을 태운 카게로우에게 지시를 내렸다. 일행 중에서 가장 발이 느린 슈바이드의 속도에 맞춰 카게로우가 달려간 곳은 크게 특별할 것이 없는 숲이었다.

신의 눈에는 주변의 숲과 크게 달라 보이지 않았다. 그것은 슈니와 슈바이드 역시 마찬가지였고 모두들 어리둥절한 표정을 짓고 있었다.

"이쪽이야."

티에라는 카게로우의 등에서 내려와 숲 속을 향해 걸어가기 시작했다. 카게로우는 작게 변신해 티에라의 발밑에서 걸어갔다.

티에라와 카게로우를 따라서 나머지 일행도 숲 속으로 들어섰다.

그렇게 걸어간 지 몇 분이 지나자 탁 트인 곳이 나왔다. 티에라는 그곳에 들어서기 직전에 걸음을 멈추었다.

"신경 쓰이는 장소라는 게 여기야?"

"응. 믿어지지 않을지도 모르겠지만 이곳에는 얼마 전까지 굉장히 강한 데몬이 있었던 것 같아."

"데몬이?"

티에라의 말에 신의 표정이 심각해졌다. 슈니도 똑같은 반응을 보였고, 바로 근처에서 싸웠던 슈바이드는 더욱 크게 놀란 것 같았다.

다만 아무리 레벨과 능력치가 높다 해도 근접 전투 담당인 슈바이드에게 신과 슈니만 한 광범위 감지 능력은 없었다. 상대가 【은폐】 같은 스킬을 사용했다면 발견하지 못하더라도 무리는 아니었다.

"빌헬름이 사라진 건 그 데몬 때문인 건가?"

"그렇다면 상당한 고위 개체겠죠. 네임드일 가능성도 있겠네요."

"으음. 그렇다면 은밀히 행동하는 것도 가능할 것이오."

고위 작위를 가진 데몬은 슈니와 슈바이드에 필적하는 힘을 가진 경우도 있었다.

그렇다면 빌헬름이 저항하지 않고, 혹은 저항하지 못하고 끌려갔을 가능성도 있었다.

"저기, 내 말을 믿어주는 거야?"

다들 의심하는 기색이 없자 티에라의 입에서 불쑥 그런 말이 새어 나왔다.

"응? 왜 의심하겠어. 티에라가 이런 상황에서 거짓말이나 농담을 할 사람은 아니잖아."

"하지만 그냥 내 감일 뿐인데⋯⋯. 증거도 없고."

"그야 그렇지만 적어도 우리는 티에라를 믿어. 그러니까 특별한 증거 같은 게 없어도 믿는 게 당연하지."

기어 들어가는 듯한 티에라의 말에 신은 주저 없이 대답했다.

애초에 이 세계에는 마력이나 스킬처럼 설명하기 어려운 힘이 다수 존재했다. 마기나 데몬을 알 수 없는 방법으로 감지했다고 해도 이상할 것은 없었다.

게다가 엘프와 픽시는 오감을 넘어선 육감, 흔히 직감이라 불리는 감각이 매우 예리했다.

어떤 것을 잘 느끼는지는 사람에 따라 다르지만, 티에라의 경우는 그녀가 자라온 환경 탓에 악의나 적개심에 민감할 가능성이 높았다.

"나도 희미하지만 마기의 흔적 같은 게 느껴져. 다른 사람들은 어때?"

"나는 아무것도 느껴지지 않소."

"저는 마기가 아닌 다른 기운이 느껴져요. 나쁜 기운은 아닌 것 같은데요."

이 정도로 가까워지자 신과 슈니는 희미하게나마 이곳에 남겨진 기척을 느낄 수 있었다.

슈바이드는 여전히 고개를 갸웃거렸다.

"신과 슈니도 서로 다른 것을 느끼는 것 같소이다."

"나는 아마 티에라하고 비슷한 걸 느끼는 것 같아. 그렇다면 슈니가 느끼는 건 뭘까?"

신도 마기에 노출된 적이 있었기에 그것을 알 수 있었다. 하지만 슈니가 느꼈다는 기운에 대해서는 짐작이 가지 않았다.

"적어도 마기는 아니에요. 특수한 아이템인지도 모르겠네요……. 그러고 보니 신은 빌헬름이 가진 창을 강화했다고 했죠. 그게 아닐까요?"

"빌헬름의 무기는 분명 『베이노트』로 변화했지만 그 창에 그런 효과가 있었던가?"

신은 기억 속에서 『베이노트』의 성능을 떠올리며 생각했다. 『베이노트』는 성창이라는 명칭이 붙은 만큼 언데드에 대한 효과가 높은 무기였다. 데몬에게도 조금은 효과를 발휘하지만 어디까지나 부가적인 기능일 뿐이었다.

이번처럼 마기가 있던 장소에 기척을 남길 정도의 무언가를 갖고 있지는 않았다.

"굳이 말하자면 등급이 바뀌기는 했어."

"등급이오?"

"그래. 신화급 상급품에서 고대급 하급품으로 한 단계 올라갔거든. 그것하고 관련이 있는지도 몰라. 자세한 건 아직 모르겠지만 말이지."

하지만 설령 그렇다 해도 현재로서는 그와 연결될 만한 단서가 없었다.

신중을 기하기 위해 다시 한 번 주변을 분담해서 조사해보았지만 특별한 발견 없이 시간만 흘러갔다.

"……이렇게나 찾았는데 아무것도 없는 건가."

"이쪽은 아무것도 못 찾았어."

"나도 그렇소."

"저도 그래요. 전투가 벌어진 흔적도 없는 걸 보니 역시 조종당했거나 인질로 잡힌 거겠죠."

흩어져서 조사하던 일행은 각자의 결과를 보고했다.

결국 확인한 것은 단서가 없다는 사실뿐이었다.

"어쩔 수 없지. 일단 돌아가자. 여기 더 있어봐야 진전은 없을 것 같고 왠지 불길한 예감이 들어."

신 일행은 미리가 납치된 뒤로 계속 상대에게 끌려다니고만 있었다.

그래서일까. 신은 이것으로 끝나지 않을 것 같은 예감이 들었다.

†

"이건……!"

"어, 뭔데?"

신이 갑자기 말을 꺼내자 티에라가 놀라며 물었다.

팔미락에 돌아오자마자 신은 이변을 감지했다.

"수면제네요. 기화해서 시설 전체에 퍼뜨렸나 봐요."

슈니가 이변의 정체를 간파했지만 때는 이미 늦은 뒤였다.

"제길, 역시 이쪽도 당한 건가."

신이 팔미락의 기능을 조작해 검색해보자 역시 해미의 모습이 보이지 않았다.

"이쪽의 정보가 새어 나간 걸까?"

"모르겠어요. 우리가 아는 한 조종당하는 사람은 없었을 텐데요."

신 일행이 제일 먼저 떠올린 것은 해미와 미리를 조종하는데 쓰인 목걸이였다.

하지만 적의 사자가 오기 전에 확인했을 때는 아무도 목걸이를 착용하고 있지 않았다. 상태 이상에 걸린 사람도 없었기에 교회 내부에 있던 누군가가 조종당했을 가능성은 낮았다.

다만 고의로 정보를 누설한 사람이 있다면 이야기가 달라진다. 교회 내부에『정점의 파벌』관계자가 없다고 단언할 수는 없기 때문이다.

"독이 아니었던 걸 다행이라고 생각해야겠지. 어쩔 수 없어. 일단 약부터 없애자."

신 일행은 바람 마법을 사용해 공기 중에 퍼진 수면제를 외부로 내보냈다. 육체에 부담을 주는 것은 아니었기에 약의 영향을 받은 사람은 그저 잠들어 있을 뿐이었다.

그리고 사람들이 원래 잠자리에 드는 밤 시간대였기에 큰 혼란이 발생하지는 않았다. 가장 큰 피해라면 통로나 바닥에서 잠든 사람들이 감기에 걸릴지도 모른다는 것 정도였다.

"보안 단계를 느슨하게 해둔 게 안 좋은 결과를 낳았군."

"하지만 그렇게 하지 않으면 교회 내에 이렇게 많은 사람이 머물 수는 없어요."

신이 자신의 머리를 긁적거리자 슈니는 어쩔 수 없는 일이라며 위로했다.

실제로 길드 멤버도 아닌 교회 사람들을 대량으로 받아들인 상태에서 팔미락의 방어 기능을 100퍼센트 작동할 수는 없었다.

굳이 작동하려면 내부 사람들을 전부 게스트로 설정하거나 밖으로 내보내는 방법뿐이었다.

교회 내에서 생활하는 사람들은 교황부터 견습 사제까지 족히 100명은 넘었다. 그 모두를 게스트로 설정하는 일은 불가능했다.

신 일행은 뭔가 단서가 있지 않을까 싶어 일단 해미의 방을 찾았다.

"케니히까지 당한 건가……. 어, 검을 뽑았나 본데."

내부 상황을 살펴본 신은 쓰러진 사람들 중에 케니히 혼자 저항했다는 것을 알아챘다.

"이쪽은 내가 볼게. 슈니는 리리시라 씨를 봐줘."

"알겠습니다. 의식을 찾으면 데려올게요."

슈니는 리리시라의 방으로 향했다.

신은 슈바이드와 티에라에게도 상태 이상을 해제해달라고 부탁한 뒤 케니히를 돌아보았다.

"이봐, 일어나! 대체 무슨 일이 있었던 거야?"

신은 수면 상태를 해제한 뒤에 케니히를 흔들어 깨웠다. 선정자의 저항력 덕분인지 케니히는 상태 이상이 풀리자마자 금방 눈을 떴다.

"신…… 공? 앗, 해미 님은?!"

케니히는 의식을 되찾자마자 재빨리 몸을 일으키며 주변을 확인했다. 그리고 앞에 있는 신을 알아보고 해미가 어떻게 되었는지를 물었다.

"미안하지만 우리도 방금 왔습니다. 적의 사자도 몬스터였고 이렇다 할 정보는 얻지 못했어요."

"사자는 미끼였던 건가. 크윽, 내가 있었는데도……."

케니히는 크게 자책하며 주먹을 강하게 말아 쥐었다.

"이 마크는 『사원의 허무』인가."

신은 해미의 방에 남겨진 마크를 보고 범인을 짐작했다. 지하에 남아 있던 문양과 동일했기 때문이다.

"틀림없소. 해미 님을 납치하러 온 사람도 스스로 그렇게 말했소이다."

"범인을 직접 본 겁니까?"

케니히의 말을 들은 신이 바로 되물었다.

"몸의 이상을 느끼고 나서 잠시 지나자 방에 후드를 뒤집어 쓴 인물이 나타났소이다. 망토와 후드 때문에 얼굴은 보지 못 했지만 자기 이름이 밀트라고 밝혔소."

케니히는 자신이 기억하는 모든 정보를 신에게 말했다.

몸집이 상당히 작았다는 점, 음성만으로는 남녀 구분이 힘 들었다는 점, 몸 상태가 안 좋았다지만 자신의 공격을 여유롭 게 피했다는 점 등을 하나하나 설명했다.

"내가 기억하는 건 이 정도요."

"아니, 충분합니다. 아마도 내가 아는 녀석인 것 같거든요."

"그게 사실이오?"

신의 말에 이번에는 케니히가 놀란 것 같았다. 『사원의 허 무』라는 조직 자체는 유명하지만 구성원들에 대한 정보는 거 의 알려지지 않았기 때문이다.

"생각이 났어요. 몸집이 작고 성별을 알기 힘든 목소리, 상 급 선정자를 쉽게 상대하는 전투력, 그리고 이번에 사용된 수 면제와 밀트라는 이름을 보면 틀림없어요."

신이 그녀를 떠올린 것은 단순한 우연이었다.

신이 쓰러뜨린 PK 대부분은 죽기 전에 증오로 가득 찬 표 정이나 현실을 부정하는 듯한 일그러진 미소를 짓고 있었다.

그런 가운데 묘하게도 즐거운 미소를 짓던 것이 바로 밀트라는 여성이었다.

그녀는 【THE NEW GATE】가 평범한 게임이었을 때부터 유명한 존재였다.

서로의 목숨을 빼앗는 행위를 즐기며 아슬아슬한 사선(死線)에서만 살아 있음을 느끼는 성격이었고, 강한 상대라면 사람이든 몬스터든 상관없다고 공공연히 말하곤 했다.

그리고 데스 게임이 된 이후로도 그것은 바뀌지 않았다. 그녀의 독특한 플레이 스타일과 사고방식 때문에 모두의 기피 대상이 되면서도 최전선의 보스 공략에서는 반드시 난입해오는 이단이었다.

약한 사람들을 적극적으로 사냥하지도 않았고 보스 몬스터와 싸울 때는 지극히 진지한 태도로 플레이어들과 협력하기도 했다. 그리고 전투가 끝나자마자 사라지는 것으로도 유명했다.

그녀는 이용할 수 있는 것은 무엇이든 이용하자는 생각을 갖고 있었기에 전투와 도주에 모두 유용한 독 스킬을 매우 능숙하게 사용했다.

그리고 「사신(死神)」으로 불리던 신과 싸우다 숨을 거두었다.

이것이 신이 알고 있는 밀트에 대한 정보였다.

'— 하지만 그 녀석이 정말 유괴에 가담했을까?'

밀트에 대해 떠올린 신은 가장 먼저 위화감을 느꼈다.

독특한 행동 때문에 밀트의 위치는 약간 복잡했다.

그녀는 PK 대부분이 벌이던 플레이어 습격이나 강도질, 쾌락 살인 같은 일에는 절대 가담하지 않았다.

신이 모르는 곳에서 가담했을지도 모르지만 적어도 신은 그런 이야기를 들어본 적이 없었다.

PK 같지 않은 PK인 밀트가 유괴를 도왔다는 점이 무언가 미심쩍었다.

"가르쳐주시오. 그 녀석은 대체……."

"……흔히 말하는 전투광입니다. 사람을 죽이는 걸 주저하지는 않지만 내가 알기로 납치 같은 귀찮은 일을 할 법한 위인은 아니었죠."

신은 PK 같은 게임 용어를 적당히 얼버무리며 밀트에 대한 정보를 케니히에게 알려주었다.

능력치는 STR이 최소 700을 넘는 대신 VIT는 300 정도였다. 극단적인 수준은 아니지만 상당히 한쪽으로 기울어진 능력치였다.

"신 공의 말이 맞다면 그 밀트라는 인물이 『사원의 허무』에 소속되어 있다는 것이 이해가 가오. 그 조직이라면 국가의 의뢰를 받아 강력한 몬스터나 흉악범을 토벌하는 경우도 많소이다. 『정점의 파벌』과 엮인 것도 강한 상대와 싸우기 위해서일 것이오."

"그야 그렇겠죠."

케니히의 말은 정확했다. 선하든 악하든 강한 상대와 싸울 기회가 있다면 밀트는 꼭 참가하고 싶어 할 것이다.

"어쨌든 그 이야기는 이쯤 해두죠. 해미를 구출하러 가면 어차피 한 번은 싸우게 될 테니까요. 지금은 밀트가 어디로 갔는지가 더 중요합니다."

신은 자신이 느낀 위화감을 잠시 접어두고 화제를 바꾸었다.

일련의 소동이 우연이 아니라면 빌헬름 역시 같은 장소에 있을 것이다.

"분명 『정점의 파벌』의 거점에 간 거겠죠."

신은 리리시라의 목소리가 들린 방향을 돌아보았다. 그녀의 다리는 살짝 비틀거리고 있었다.

"빨리 오셨네요……. 이제 괜찮으십니까?"

"강제로 잠이 들었다 깨어나서 조금 어지럽지만 큰 문제는 없습니다. 그리고 적이 어디로 갔는지는 저희 쪽에서도 짐작하는 바가 있습니다."

리리시라는 브루크 일당에 대해 조사하는 과정에서 의식에 쓰일 법한 장소를 알아두었다고 한다. 마기가 쌓이기 쉬운 장소에서 의식이 거행될 거라고 예상했기 때문이다.

"가르쳐주실 수 있을까요?"

"물론 보여드리겠습니다. 일단 큰 테이블로 옮겨서 이야기하죠."

이곳에는 작은 테이블밖에 없었기에 일행은 옆방으로 이동했다.

리리시라는 품에서 아이템 카드를 한 장 꺼내 테이블 위에서 실체화했다.

그러자 지그루스 주변이 그려진 한 장의 지도가 나타났다. 그렇게 넓은 범위는 아니었지만 예전에 신이 베일리히트에서 구입했던 지도와는 비교도 되지 않을 만큼 자세하게 그려져 있었다.

"저희가 예상하는 의식 장소는 세 곳입니다."

리리시라는 그렇게 말하며 지도 위에 검은 돌을 두 개 올려놓았다. 지그루스의 북동쪽에 있는 산의 중턱 부근에 하나, 그리고 남서쪽 삼림 지대에 하나였다.

"나머지 한 곳은 이 지도 밖, 지그루스의 남동쪽에 있는 해변입니다. 세 곳 모두 지하로 이어지는 동굴이 확인되었습니다."

"어째서 그곳에 마기가 쌓이기 쉽다고 생각하시는 거죠?"

신은 동굴이라면 다른 곳도 있지 않나 싶어 물어보았다.

"지금 언급한 세 곳은 모두 예전에 대규모 전투가 벌어져 많은 희생자가 나온 장소입니다. 그리고 지맥이 한데 모이는 장소라는 정보도 있습니다. 저희는 그들이 그 두 가지 요소를 이용해 무언가를 꾸미고 있지 않나 생각하고 있습니다."

"그렇군요. 유키와 슈바이드는 어떻게 생각해?"

신은 오랜 세월 동안 다양한 장소에 가본 두 사람의 의견을 구했다.

"리리시라 씨의 말처럼 이 세 곳에서는 전투에 희생된 사람들이 상당히 많았어요. 특히 남동쪽 해안과 남서쪽 숲에는 강력한 언데드가 출현한 적도 있었죠. 북동쪽 산에 대한 이야기는 별로 듣지 못했네요."

"흐음. 나는 해안에 대해서는 같은 의견이지만 숲에 대한 이야기는 별로 듣지 못했소이다. 산 쪽은 전에 드래곤 · 아라드가 출현해 토벌하러 간 적이 있소. 그때는 몸의 일부가 변질되어 있었던 것을 기억하오. 어쩌면 그건 마기의 영향 때문이었는지도 모르겠소."

두 사람의 이야기를 종합해보면 세 곳 모두 마기가 쌓이기 쉬운 장소였다.

슈바이드가 말한 드래곤 · 아라드도 따지고 보면 언데드 드래곤의 일종이었다.

신은 심화를 통해 유즈하에게도 짚이는 것이 없는지 물었다.

『쿠우, 유즈하는 잘 모르겠어.』

신사 밖으로 거의 나가보지 못한 유즈하는 리리시라가 말한 세 곳에 대해 전혀 모르고 있었다.

하지만 그와는 별도로 행동의 지표가 될 만한 단서는 갖고 있었다.

『뭐, 유즈하는 모를 수도 있겠지. 그보다 교회에서 날아간 녀석에게 걸어둔 추적술은 어떻게 됐어?』

『저쪽에 있어.』

유즈하는 심화로 말하며 오른쪽 앞발을 앞으로 내밀었다.

『슈니, 유즈하가 어느 방향을 가리켰는지 알겠어?』

『……대략 남동쪽이네요.』

지도 바깥쪽이지만 그곳에는 리리시라가 말한 포인트 중 하나가 있었다. 단서가 적은 지금으로서는 그곳이 가장 유력하다고 할 수 있었다.

"좋아. 유키와 슈바이드가 함께 알고 있는 해안 쪽으로 가보자. 녀석들은 순간 이동이나 비행 몬스터를 이용하니까 해당 지점에서 조금 떨어진 곳에 있을 수도 있어."

신은 유즈하의 의견도 고려해서 남동쪽 해안으로 목적지를 정했다.

인원을 나누어 조사해볼 수도 있지만 데몬 중에는 슈니와 슈바이드 혼자서는 상대할 수 없을 정도로 강력한 종류도 있었다.

게다가 밀트가 소속된 『사원의 허무』 때문에 전력을 분산하는 것은 위험했다.

"바로 출발하고 싶지만 일단 모두가 깨어나는 걸 확인해야겠지."

"그렇겠네요. 넓은 범위에 살포해도 확실한 효과를 발휘하는 수면제니까요. 어쩌면 다른 증상이 나타나는 경우가 있을 지도 모르죠."

플레이어가 사용하는 약품은 현재 시중에 유통되는 것보다 훨씬 강력했다. 죽지는 않더라도 잠에서 오랫동안 깨어나지 않는 사람이 나올 수도 있었다.

하지만 지금은 밤이었기에 모두를 억지로 깨우러 다닐 수도 없는 노릇이었다. 일행은 일단 아침까지 기다리기로 했다.

장거리 이동에 대비해 식료품도 구입해야 했고 해안 동굴 까지의 이동 경로도 확인해야 했다.

『쿠우…… 졸려…….』

"유즈하에게는 역시 한계인가 보네."

"시간이 많이 늦었으니까요. 준비는 내일 아침에 하기로 하고 우리도 쉬는 게 좋겠네요."

슈니는 꾸벅거리며 졸기 시작한 유즈하를 보며 제안했다.

능력치가 높다고 피곤을 느끼지 않는 것은 아니었다. 이미 푹 잘 만한 시간은 없었지만 억지로 깨어 있을 필요도 없었 다.

"그렇겠군. 리리시라 씨도 일단 쉬세요. 지금 상태에서 머리를 쓰려고 해도 피곤하기만 할 테니까요."

"그렇……겠네요. 솔직히 말씀드리면 살짝 힘들긴 합니다."

이동 경로 확인에 그렇게 많은 시간이 걸리는 것은 아니었 다. 리리시라의 컨디션 난조와 케니히가 입은 대미지를 고려

해 두 사람 역시 잠을 청하기로 했다.

그리고 신 일행도 각자 빈방에 들어갔다. 신은 유즈하를 누인 뒤에 자신도 옆에 누웠다.

"밀트인가……."

신은 한때 목숨을 걸고 싸웠던 상대의 이름을 중얼거리며 눈을 감았다. 그러자 그녀의 붙임성 좋은 미소와 입 끝을 치켜 올리며 기세 좋게 웃던 모습이 동시에 떠올랐다. 마치 전혀 다른 사람처럼 보이는 두 모습이었다.

만약 『사원의 허무』에서 그녀를 『정점의 파벌』에 파견했다면 이번에도 거의 틀림없이 맞붙게 될 것이다.

그럴 경우 신은 같은 상대를 두 번 죽이게 될지도 모른다.

"그런 인연은 필요 없는데 말이지……."

신은 그렇게 중얼거리며 잠에 빠져들었다.

✝

다음 날 아침.

신 일행은 약의 영향을 받은 사람들이 모두 깨어난 것을 확인한 뒤에 즉시 이동 준비를 시작했다.

식료품 구입과 이동 경로 확인이 끝나자 일행은 마차에 탑승했다.

해안 동굴로 향하는 멤버는 신, 슈니, 슈바이드, 티에라, 케니히였다. 물론 유즈하와 카게로우도 함께였다.

리리시라도 동행하겠다는 뜻을 내비쳤지만 카게로우와 계약한 티에라나 상급 선정자인 케니히처럼 자신을 지킬 능력이 없기 때문에 팔미락에 남게 되었다.

케니히 역시 신 일행에 비하면 전투력이 많이 떨어지지만 혼자서라도 몰래 따라올 것 같았기에 차라리 함께 이동하기로 했다.

"그건 그렇고……."

"응? 왜 그러시죠?"

진지한 얼굴로 창밖을 바라보던 케니히에게 신이 물었다.

"아니, 이 마차 말이오만…… 어떻게 된 것이오? 이렇게 빠른데 이 정도밖에 안 흔들리다니……. 나는 장거리 이동인 만큼 마차의 진동을 견디는 것도 각오하고 있었소이다."

"아아, 이것 말이군요."

이쪽 세계에서 마차의 흔들림을 줄이는 기술은 변변치 못했기 때문에 속도를 빨리 낼수록 흔들림도 심해지기 마련이었다.

그리고 그런 진동을 장시간 견디다 보면 흔히 생각하는 것보다 훨씬 큰 체력 소모가 일어나게 된다.

예전에 신이 베이룬까지 마차 호위 의뢰를 수행할 때도 드워프 상인 나크는 진동이 줄어들도록 개조한 마차로 크게 흔들리지 않을 정도의 속도만 냈다.

"이건 조금 특별한 마차거든요. 아는 사람이 개조해준 건데, 다 그 덕분인 거죠."

"그렇소이까. 예상이 빗나가서 다행이오. 이 정도 속도라면 생각했던 것보다 빨리 도착할 것 같구려."

케니히는 마차의 진행 방향을 가만히 바라보았다. 빨리 해미를 구하고 싶은 것이리라.

"너무 초조하게 생각하지 마세요."

"알고 있소. 나도 빠르게 흘러가는 풍경을 보다 보니 조금은 마음이 진정되었소이다. 평범한 마차의 속도였다면 혼자 내려서 뛰어가려고 했을지도 모르오."

신수(神獸)인 카게로우가 끄는 만큼, 케니히가 달리는 것보다도 마차의 속도가 더 빨랐다. 신이 보기에도 케니히가 조금은 평정심을 되찾은 것 같았다.

"지금 우리가 가는 곳에는 아마 케니히 씨와 동급이거나 더 강한 적들이 있을 거예요. 큰 도움은 안 될지도 모르지만 준비해둔 장비가 있으니까 사용해주세요."

신은 그렇게 말하며 아이템 카드를 케니히에게 내밀었다.

그것을 실체화하자 아뮬렛 형태의 액세서리가 나타났다. 상태 이상에 대한 저항력 상승과, 즉사 대미지를 단 한 번 무효화하는 효과를 가지고 있었다.

"괜찮겠소? 귀중한 물건 같소만."

케니히도 아뮬렛이 가진 효과까지는 알 수 없었지만 거기서 새어 나오는 마력을 느끼며 그렇게 말했다.

케니히는 감정 스킬이 없었지만 신 일행이 가진 장비도 엄청난 물건이라는 것을 어렴풋이 느끼고 있었다.

그런 신이 싸움을 앞두고 건네주는 물건이라면 당연히 평범한 아뮬렛일 리 없었다.

"그렇게 비싼 물건은 아니니까 신경 쓰지 마세요. 위험한 때를 대비한 보험 같은 거니까요."

신이 아뮬렛의 효과를 설명하자 케니히는 당연히 크게 놀랐다.

그런 효과를 가진 아뮬렛이라면 이쪽 세계에서는 국보로 지정되어도 이상할 것이 없었기 때문이다.

"평범한 사람이 아닌 줄은 알았소만, 그대들은 대체……."

"평범한 모험가입니다. 던전 보물상자에서 매직 아이템이 나온다는 건 아시죠? 우리는 던전에 자주 가는 편이라 이런 물건을 얻을 기회가 많았던 거죠."

"이런 수준의 아이템이 나오는 던전이라면 일반인은 들어갈 수 없소이다. 역시 선정자였구려."

"뭐, 대충 그렇습니다."

신은 애매하게 대답하며 쓴웃음을 지었다.

강력한 효과를 지닌 아이템은 당연히 저레벨 던전에서 얻을 수 없다. 선정자가 만족할 만한 아이템을 얻으려면 케니히의 말처럼 그에 상응하는 난이도의 던전에 들어가야만 했다.

모험가에게는 당연히 실력이 요구된다.

그저 레벨만 올린 일반인은 절대 따라갈 수 없는 실력이 말이다.

돈으로는 구할 수 없는 아이템을 아무렇지 않게 건네주는 신을 보며 케니히가 의구심을 품는 것도 당연했다.

"그보다도 케니히 씨의 무기를 잠깐 빌릴게요."

"음! 어느 틈에……."

신이 아무렇지 않게 들어 올린 것은 케니히가 허리에 차고 있던 『하우퍼』였다. 신은 전혀 알아채지 못한 채 무기를 빼앗겨 당황한 케니히를 진정시켰다.

그리고 무기에 일시적인 능력치 상승과 마법 스킬을 부여한 뒤에 케니히에게 돌려주었다.

"……검이 빛나던데, 무슨 짓을 한 것이오?"

"마차 안에서 무기를 손볼 수는 없으니까 일회용 마법 부여를 해뒀습니다. 케니히 씨가 정신을 집중하면 신체 강화와 마법 스킬이 발동될 거예요."

"……특수한 아이템이라도 사용한…… 것이오?"

"힘이 있어서 나쁠 건 없잖아요?"

신은 질문을 질문으로 받아치며 대답을 얼버무렸다.

아침에 황급히 출발하느라 본격적인 무기 강화를 하지 못한 것은 사실이었다. 이동 중에 습격당할 것에 대비한 임시방편이라고 할 수 있었다.

신의 아이템 박스 안에는 『하우퍼』보다 강력한 무기도 있었다. 하지만 요구 능력치가 너무 높아서 케니히가 다룰 수 있는 것은 거의 없었다.

게다가 섣불리 무기를 바꾸었다가 적응하지 못하면 의미가 없기에, 본격적으로 휴식을 취할 밤까지는 이대로 가기로 했다.

"밤이 되면 좀 더 좋게 만들어드릴 테니까 그때까지는 이걸로 버텨주세요."

"으음, 임시방편이라는 듯이 말하는 것치고는 검에서 느껴지는 마력이 눈에 띄게 강해졌소만……."

케니히는 묘한 위압감을 뿜어내는 자신의 애검을 보며 곤혹스러운 표정을 지었다.

"상대는 정예 인원을 잔뜩 모아서 의식 장소를 지키고 있을 거예요. 우리도 철저히 준비해서 가야 합니다."

신은 나중에 많은 질문을 받게 될 줄 알면서도 아낌없이 스킬을 사용했다.

물론 케니히의 생존을 위해서이기도 하지만 주된 목적은 해미 구출의 성공 확률을 높이는 것이었다. 힘을 아끼다가 실패한다면 아무 의미가 없기 때문이다.

신 일행은 강하다. 하지만 숫자가 너무 적었다.

그것을 보완하는 스킬이 있기는 하지만 단순한 보완으로 일을 완벽히 해내기는 힘들었다.

상대의 세력 규모도 아직 모르는 지금 대규모 정찰과 전투, 구출까지 동시에 수행하다 보면 어딘가에서 허점이 생겨나기 마련이었다.

케니히를 동행시킨 것은 이런 부분을 해소하기 위해서이기도 했다.

"목적지에 도착한 다음에는 어떻게 움직일 것이오?"

야영 준비가 끝나고 식사를 할 때 케니히가 그런 말을 꺼냈다.

이동 중에는 마부석에 앉아 있던 슈니가 대화에 참가하지 못했기 때문이었다.

"적에게 들키지 않고 잠입할 수 있다면 좋겠죠. 의식을 저지하는 것도 중요하지만 무엇보다 제물로 끌려간 사람들의 구출이 먼저예요. 일단은 교전을 피하는 쪽으로 가야 합니다."

"그렇구려. 제물이 없다면 의식도 못 할 테니."

신의 대답에 케니히는 납득하는 표정을 지었다.

상대를 방해하기 위해서는 그것이 가장 간편하면서도 빠른 방법이었다.

"내부 구조를 알 수 있으면 좋을 텐데 말이죠. 천연 동굴이면 지도 같은 건 없을 테고, 무엇보다 상대의 전력이 어느 정도인지 모르니까요."

"저와 신이 정찰을 하러 가는 건 어떨까요?"

"그게 좋겠지. 솔직히 말하면 시간을 끌고 싶지 않지만, 한편으로는 너무 서두르다 일을 그르칠까 봐 걱정이 돼. 고민 중이야."

신은 슈니의 말에 고개를 끄덕이며 대답했다. 서둘러야 할지 신중해야 할지 판단이 서지 않았다.

"우리는 대기할 수밖에 없겠네요."

"그렇소. 우리가 따라가봐야 신과 유키에게는 방해만 될 테니."

카게로우가 있지만 본인의 능력치가 낮은 티에라와 전방 담당인 슈바이드는 은밀 행동을 수행하기 힘들었다.

본인들도 그것을 잘 알았기에 얌전히 기다리기로 한 것 같았다.

"어쩔 수 없는 일이오."

케니히 역시 아쉬워하면서도 일단은 대기하기로 했다.

그 뒤로도 회의가 이어지다가 어느 정도 방침이 정해지자 신은 무기 강화를 시작했다.

"자, 시작해볼까."

휴대용 간이 화로를 아이템 카드에서 실체화한 뒤 마력을 주입했다.

그러자 화로 중심에 보라색 불꽃이 일렁이며 피어올랐다.

"색이 특이하네. 그러고 보니 그때부터 바뀐 것 같은

데……."

게임 시절에는 붉은 불꽃이었다. 지금 떠올려보면 이쪽 세계에 오고 처음으로 달의 사당 안에서 검을 만들었을 때도 불꽃이 약간 보라색처럼 보였던 기억이 났다.

하지만 아주 희미한 변화였기에 현실 세계가 된 영향일 거라 여기며 크게 신경 쓰지는 않았다.

지금 역시 불꽃에 정신을 집중해봐도 색깔 외에 다른 변화는 느껴지지 않았다.

신은 혹시나 싶어 적당한 검을 불꽃에 대보았지만 특별한 일은 일어나지 않았다. 검에서 느껴지는 마력도 신에게는 익숙했다. 아무 위화감도 없었다.

"신? 왜 그러세요?"

"아아, 그냥. 아무것도 아니야."

신은 색 외의 변화가 없는 것을 확인하고 케니히에게서 맡아둔 『하우퍼』를 던져 넣었다.

보랏빛 불꽃에 달궈진 『하우퍼』는 불과 몇 초 만에 붉게 달아올랐다.

원래 간이 화로의 화력으로는 전설급 무기를 벼릴 수 없었다. 하지만 신의 마력과 특제 간이 화로의 성능 덕분에, 처음부터 다시 만들지는 못하더라도 강화 정도는 충분히 할 수 있었다.

"설마 전설급 무기에 간섭할 수 있는 것이오? 실력 좋은 드워프라도 힘들다고 들었소만."

"선정자는 상식에 얽매이지 않으니까요. 말해두지만 할 수 있는 건 강화뿐입니다."

신은 자신이 전설급 무기 자체를 만들 수는 없다고 분명히 밝히는 것을 잊지 않았다.

리온이 가진 전설급 대검『무스페림』이 이 세계에서 엄청난 귀중품이라는 것은 신도 잘 알고 있었다.

물론 케니히의 성격상 신에 대한 이야기를 쉽게 퍼뜨릴 것 같지는 않았다. 하지만 굳이 많은 것을 드러낼 필요도 없었다.

"강력한 전설급 무기를 강화할 수 있다는 것만으로도 충분히 귀중한 능력이외다."

"하지만 강화할 물건이 없으면 아무 소용도 없죠."

희귀나 고유 등급조차 귀중하게 여겨지는 이 세계에서는 그런 능력을 활용할 기회가 좀처럼 없었다.

사실상 있으나 마나 한 재능이었던 것이다.

"자, 이걸로 됐습니다. 강도와 날카로움이 더욱 강화됐어요. 그리고 사용자에게 부여된 마법 효과를 증폭하는 효과도 추가했고요. 일회용 마법 부여와 잘 조합하면 쓸 만한 비밀 무기가 될 수 있을 거예요. 일단 위화감이 없는지 확인해보세요."

신은 그렇게 말하며 강화한『하우퍼』를 케니히에게 내밀었다. 은색으로 빛나는 검신의 중심에 선명한 에메랄드그린 색의 선이 두 줄 생겨나 있었다.

"……훌륭하오."

케니히는 강화된 『하우퍼』를 보며 중얼거렸다.

그리고 칼자루를 힘껏 쥐고 신에게서 조금 떨어지며 『하우퍼』를 휘둘러보았다. 휙 하는 소리와 함께 마검이 공중에 은색 궤적을 남겼다.

케니히는 그 모습을 보고 힘 있게 고개를 끄덕이더니 다시 자세를 잡고 『하우퍼』를 연속으로 휘둘렀다.

아마도 특정 유파의 동작일 것이다. 물 흐르는 듯이 휘둘러지는 『하우퍼』의 움직임에 암흑 속에서 수많은 은색 궤적이 그려지고 있었다.

"역시 대단하구려. 전혀 어색하지 않소."

일련의 동작을 마친 케니히가 감탄하며 신에게 말했다.

"다행이네요. 그러면 다음은 갑옷입니다. 자, 벗으세요."

케니히는 실전을 가정하고 『하우퍼』를 휘두르기 위해 지금도 갑옷을 입고 있었다.

케니히는 신의 말에 고개를 끄덕였다. 다음 순간, 갑옷이 빛나며 서서히 사라지더니 카드로 바뀌었다.

게임 시절에 메뉴를 조작할 때와는 전혀 다른 모습이었다. 게임이었다면 장비 변화가 순식간에 일어나기 때문이다.

예전에 베일리히트에서 발크스와 싸울 때 봤던 현상과 매우 비슷했다. 하지만 그때도 발크스가 카드를 사용한 것인지는 확실하지 않았다.

"물어볼 게 있는데, 그 갑옷은 뭔가 특수한 처리가 되어 있는 겁니까? 그런 식으로 카드화하는 건 처음 봐서요."

"그렇소이까? 이건 『영광의 낙일』 이전의 기술을 부활시키려던 자들이 개발한 것이오. 검은 파벌과 붉은 파벌의 기술자들이 협력해 실용화했다고 들었소이다."

무기와 관련된 기술이기에 대장일과 연금술에 강한 파벌이 지혜를 짜낸 모양이었다.

"그렇군요. 아직 완전하지 않아서 약간의 딜레이가 있나 보네요."

"그럴 것이오. 하지만 일일이 입고 벗지 않아도 되니까 매우 유용하게 사용하고 있소. 다만 장비에 이런 처리를 할 수 있는 대장장이나 연금술사, 마법사는 많지 않다고 하더이다. 내 갑옷도 교회에 소속된 고위 연금술사가 힘겹게 효과를 부여해준 것이니 말이오."

신은 케니히의 이야기를 들으며 카드를 다시 실체화했다. 이번에는 화로에 넣지 않고 갑옷에 손을 댄 채 마력을 불어넣었다.

갑옷을 강화하며 감정해보았지만 게임에 존재하지 않던 기술이라 자세한 정보는 얻을 수 없었다.

'이것도 아츠 같은 건가.'

신은 아직 아츠에 대해 거의 알지 못했다.

지라트와 싸운 뒤에 베일리히트에 돌아왔지만 금방 성지 카르키아로 순간 이동되었다. 그 뒤로는 바르멜 방어전에 참가했고 최근에는 미리가 유괴를 당했다.

신은 지금까지 이쪽 세계에 대해 천천히 배울 만한 여유가 없었던 것이다.

"……이제 완성됐습니다."

신은 강도 강화와 약간의 능력치 상승 효과를 부여한 뒤에 카드화한 갑옷을 케니히에게 돌려주었다.

케니히는 갑옷을 다시 장착해 착용감을 확인했다. 사이즈는 바뀌지 않았기에 신체 능력이 얼마나 강화되었는지만 가볍게 움직이며 시험해보고 있었다.

"자, 내일도 이른 시간에 출발해야 해. 빨리 자자."

"보초는 어쩔 생각이오?"

"필요 없습니다. 신수의 경계 범위 내에 들어올 수 있는 몬스터는 그렇게 많지 않거든요."

웬만한 경계 아이템보다는 유즈하와 카게로우의 위기 감지 능력이 더 뛰어났다. 따라서 기습을 당할 일은 거의 없다고 봐도 되었다.

덧붙이자면 출발 전에 마차를 간이 거점으로 사용할 수 있도록 여러 가지 개조를 해둔 상태였다.

안에서 자고 있을 때는 구역의 보스 몬스터가 아닌 이상 돌파할 수 없는 【월(장벽)】과 【배리어(방벽)】가 전개된다.

게다가 신과 슈니의 경계 능력은 자고 있는 동안에도 느슨해지지 않았다. 기습을 당할 가능성은 거의 없다고 봐도 좋을 정도였다.

"확실히 그렇겠구려. 몬스터가 오히려 피해갈 것 같소. 우리가 자고 있어도 무서워서 다가오려 하지는 않을 테니 말이오."

신의 말에 케니히도 납득하며 대답했다.

일행은 저녁 식사를 마친 뒤에 마차에서 잠을 청하기로 했다.

어두운 방 안을 희미한 빛이 비추고 있었다.

사방이 20메르 정도 되는 방의 중심에는 직경 15메르의 마법진과 그를 둘러싼 결계가 펼쳐져 있었다. 마법진 위에는 어린아이부터 어른까지 20여 명의 남녀가 보였다.

"제길! 풀어줘! 여기서 나가게 해달라고오오!"

누구의 것인지 모를 외침이 방 안에 울려 퍼졌다.

마법진 안에서 움직이는 사람들은 다들 필사적으로 결계를 두드리고 있었다. 대부분은 남성이었고 품에 어린아이나 여성을 끌어안고 있는 사람도 있었다.

그들의 손에는 무기가 없었고 입고 있는 옷 역시 전투와는 거리가 멀어 보였다.

그렇다. 마법진 안에 있는 사람들은 전부 일반인이었다.

"이봐, 이봐. 아직도 하고 있어? 너도 참 별나다니까."

필사적인 외침에 섞여 한심하다는 듯한 목소리가 마법진 바깥쪽에서 들렸다.

마법진에서 뿜어져 나오는 빛이 목소리의 주인공을 비추었다.

그의 얼굴은 한때 에이라인이라 불린 인간과 똑같았다.

"흠, 그 기척은 아다라 군인가. 오랜만이군."

대답하는 목소리는 에이라인의 얼굴을 한 인물을 아다라라고 불렀다. 그것이 그의 진짜 이름이었다.

"이런 게 도움이 되겠어?"

"사람들 사이에는 티끌 모아 태산이라는 말이 있다더군. 뭐, 이건 내 취미 같은 거니까 어차피 큰 기대는 안 해. 사랑하는 사람을 구하기 위해 필사적으로 발버둥 치는 모습은 역시 보기만 해도 감동적이거든."

"어차피 그 뒤의 절망을 강조하기 위한 거 아냐? 스콜어스 너도 여전하군."

방의 위쪽― 관람석처럼 마련된 장소에 있던 아다라는 눈앞에서 미소 짓는 스콜어스에게 대답했다.

스콜어스는 귀공자풍의 외모를 가진 남자였다. 방의 불빛에 비친 하얀 머리카락과 붉은 눈동자가 보는 이의 시선을 잡아끌었다. 파티 같은 곳에 나간다면 귀족 아가씨들의 관심을 한 몸에 받고도 남을 정도였다.

사람들의 절규를 들으며 즐거워하는 그의 성격이 알려지지 않는다면 말이다.

"서로 섬기는 주인은 다르더라도 마왕의 부하라면 공감할 수 있을 거라 생각하는데 말이지."

"나는 기생형이고 넌 발생형이지. 태생이 다르니까 취향도 다른 것 아냐? 변이형 녀석들 같으면 저걸 보자마자 바로 잡아먹으려 들 텐데?"

모든 데몬은 최상위의 대공(大公)급 중에서도 최강의 힘을 지닌 세 마왕 중 한 명의 부하로 살아간다.

데몬들은 태어날 때부터 인간의 절망이나 비명을 양분 삼으며 마왕 부활을 목표로 살아가는 존재였다.

다만 지나치게 개성이 강한 개체는 그런 속박조차도 일그러뜨린다.

아다라와 스콜어스 역시 너무 강한 개성으로 인해 데몬이 가진 굴레에서 벗어난 자들이었다.

"네 생각은 이해해. 하지만 나로서는 좀 더 협조적으로 행동해줬음 하는데. 부하는 아직 깨어나지 못했고 마그눔크 군은 소멸해버렸으니 말이야."

스콜어스는 못 말린다는 듯이 어깨를 으쓱거리며 말했다.

동료의 죽음에 대해 분노하는 기색은 조금도 없었다.

"응? 그 녀석은 분명 어떤 나라에 잠복해 있다고 하지 않았나?"

"네가 지금 데리고 있는 인간이 살던 나라였지."

스콜어스는 그렇게 말하며 아다라의 뒤쪽으로 시선을 옮겼다. 그곳에는 빌헬름이 무표정한 얼굴로 서 있었다.

지옥창『바키라』를 오른손에 들고서 말이다.

"분명 베일리히트 왕국이라고 했던가. 그 녀석은 그래도 어중이떠중이에게 당할 정도는 아니었을 텐데."

"근접 타입 공주는 그곳에 없었다고 하더군. 아무래도 우리가 모르는 실력자가 있었던 모양이야. 큰 소동을 일으키지 않고 그를 봉쇄할 수 있을 정도의 실력자가 말이지."

장애물이 늘어났음에도 스콜어스의 표정은 밝았다. 이러니저러니 해도 스콜어스 역시 강한 상대가 없어 무료하던 참이었다.

"자, 이쪽은 이제 슬슬 끝나가는군."

스콜어스는 시선을 다시 아래쪽으로 내렸다. 마법진 안에서 어떤 변화가 일어나고 있었다.

결계를 두드리던 자들 외에 축 늘어져 있던 사람들의 몸이 빛나기 시작한 것이다.

"아, 아아, 내, 내 아이가!!"

갓난아기를 안고 있던 남자의 목소리가 한층 크게 울려 퍼졌다.

의식도 없이 간신히 숨만 붙어 있던 갓난아기의 몸이 빛으로 흩어지며 사라져버린 것이다.

남자의 품 안에는 갓난아기가 입었던 작은 옷만 남았다.

"……!"

그 모습을 목격한 자들은 한층 필사적으로 결계를 두드려댔다.

힘껏 내리치는 주먹에 피가 배어나면서도 그들은 팔을 멈추지 않았다.

"이럴…… 수가…….."

"젠장!! 사라지지 마, 사라지지 말라고오오!!"

하지만 그들이 아무리 힘을 담아도 결계는 조금도 흔들리지 않았다.

애초에 빌헬름 정도의 힘이 없다면 돌파할 수 없는 결계였다. 아무 힘도 가지지 못한 일반인이 할 수 있는 일은 없었다.

"아, 아아아아아아아아아아아!!"

한 명, 또 한 명씩 비통하게 절규하며 땅에 무릎을 꿇었다.

그들의 손에는 목숨과 바꾸어서라도 지키려던 존재의 잔해만이 남아 있었다.

"뷰우우우우티푸우우우울!! 희망이 사라지는 순간의 표정, 아아, 이것이야말로 예술! 그리고 이 통곡, 이 절망! 아름다워! 정말 아름다워!!"

스콜어스는 양팔을 펼치며 갈채를 보냈다.

마치 최고의 공연이라도 감상한 듯한 기립 박수였다.

하지만 그가 지켜본 것은 눈물과 오열, 피로 얼룩져 생기를 잃은 자들의 최후였다.

그리고 그들 역시 빛이 되어 사라져갔다.

모두가 사라지고 나자 빛나던 마법진의 극히 일부분이 붉게 물들었다. 잘못 봤다고 해도 수긍할 만큼 아주 희미한 변화였다.

"이거야 원."

환희에 얼굴을 일그러뜨리는 스콜어스를 보며 아다라는 어깨를 으쓱거렸다.

아다라도 스콜어스의 행동을 이해하지 못하는 것은 아니었다. 다만 그것이 시간 낭비라 생각하고 있을 뿐이었다.

아다라는 좀 더 질 좋은 인간을 찾아내는 것이 더 효율적이라고 생각했다. 그래서 해미도 납치하려 한 것이다.

"응? ……호오. 이거, 데려온 보람이 있었는데?"

등 뒤의 기척이 변화한 것을 느낀 아다라가 뒤를 돌아보자 그곳에는 빌헬름이 아까와 똑같이 서 있었다. 그리고 바키라를 쥔 손에 잔뜩 힘이 들어가며 삐걱거리는 소리를 내고 있었다.

몸에 들러붙은 안개도 곳곳이 붉게 빛나다 사라지더니 다시 안개에 뒤덮이는 것을 되풀이하고 있었다. 마치 안개를 태워 없애려는 것 같았다.

조종당하며 의식이 없는 와중에도 눈앞에서 벌어진 참극에 반응한 것이다.

그것은 빌헬름이 아다라의 지배에 저항하고 있다는 분명한 증거였다.

"좋아, 그렇게 나와야 재밌지. 앞으로 몇 명을 더 죽이면 그 창으로 나를 찌르려고 하려나?"

지배가 풀릴 가능성이 있음에도 아다라의 얼굴은 스콜어스처럼 환희에 일그러지고 있었다.

자신의 즐거움을 위해 사람이 얼마나 죽어도 상관하지 않는 점은 둘 다 똑같았다.

취향이 다소 다를 뿐이지, 데몬이 가진 본성은 동일했던 것이다.

애초에 굴레에서 해방되었다 해도 그들의 최우선 목표가 사라지는 것은 아니었다. 목표를 향해 나아가는 과정에서 명확한 차이가 드러날 뿐이다.

그것은 아다라처럼 강적과의 싸움에 대한 집착이 될 수도 있고, 스콜어스처럼 절망에 대한 과도한 탐닉이 될 수도 있었다. 혹은 동족에 대한 차별 의식을 갖게 되는 경우도 있다.

실제로 스콜어스는 대공급이나 공작급이 아니면 같은 데몬이라 해도 존재 자체를 인정하지 않았다. 백작급이었던 마그눔크 역시 이용하고 버릴 도구로만 취급했다.

"이야, 혹시 지금 네 지배에 저항하고 있는 건가? 기운이 넘치는군."

바로 그때 아래쪽에서 검은 로브를 입은 자들이 나타나 마법진 안에 방금 전과 비슷한 인원의 사람들을 투입했다.

스콜어스는 그 광경에서 시선을 돌려 빌헬름을 돌아보았다.

"내가 항상 말했잖아. 이런 건 질이 중요하다고. 가로채려고 하지 마."

"그런 비겁한 짓은 안 해. 그냥 저 인간의 절망이 무슨 맛일지 궁금할 뿐이야."

스콜어스는 혀를 날름거리며 입술을 핥았다. 생물이 가진 부정적 감정을 양분으로 삼는 데몬 중에서도 스콜어스는 유별난 대식가였다.

감정 에너지는 음식처럼 명확한 양을 재기 힘들지만 그렇다고 무한하게 흡수할 수 있는 것은 아니었다.

같은 데몬이라도 레벨과 등급, 그리고 개체에 따라서 흡수, 저장할 수 있는 에너지의 양이 달랐다.

스콜어스는 대공급 데몬 중에서도 특히 많은 에너지를 저장할 수 있는 개체였다.

"저 인간을 보니 생각났는데, 지그루스로 간 구울은 어떻게 됐지? 보고 왔다면서?"

스콜어스는 지금까지 깜빡했다는 표정으로 말했다.

해미 유괴를 직접적으로 돕지는 않았지만 지그루스에 몬스터를 파견한 것은 다름 아닌 스콜어스였다.

"아아, 특별히 쓸 만하지는 않았어. 사제로 변장해 기다리고 있던 녀석에게 당했지."

아군이 당했음에도 아다라의 말투는 가벼웠다. 애초에 동료의식이라는 것이 존재했는지도 의심스러웠다.

"함께 간 메그라데에게는 내가 손을 써놨는데, 그것도 쓸모없었나?"

마기로 몬스터를 강화하는 일은 데몬에게 식은 죽 먹기였다. 몬스터를 보다 강력하면서도 순종적으로 변화시킬 수 있었다.

메그라데는 높은 전투력과 생명력을 갖고 있었고 웬만한 선정자도 상대가 되지 않았다. 팔미락은 파괴하지 못하더라도 도시를 반쯤 초토화하는 것쯤은 가능하다는 것이 스콜어스의 예상이었다.

"강화된 상태로 당했다고. 끝까지 관찰하다간 들킬 것 같아서 재빨리 돌아왔지만, 그 녀석은 위험했어. 신수를 부리더군. 우리와 동급이거나 그 이상인 게 분명해."

그렇게 말하는 아다라는 빌헬름에 대해 이야기할 때보다도 훨씬 일그러진 얼굴을 하고 있었다. 어째서 얌전히 돌아왔는지 의아할 정도였다.

"……아아, 그렇지. 함께 있던 녀석들도 위험하기는 했지만 아는 얼굴이 하나 있더군."

"호오. 그거 흥미로운데. 누구였지?"

"슈니 라이자야. 너도 들어는 봤겠지? 하이 휴먼의 부하였던 녀석 말이야."

"그 여자가? 그러고 보니 달의 사당이 사라졌다고 했었지. 난 또 죽었나 생각했는데. 데몬 중에는 그 여자 혼자 상대할 수 없는 녀석들도 있잖아. 원한을 산 적도 있었고."

"너도 남 말할 처지는 아냐."

아다라는 히죽거리는 미소를 거두지 않으며 말했다.

아다라와 스콜어스는 서로를 적대시하지 않지만 보통은 같은 마왕을 섬기는 데몬들끼리 무리를 이루게 된다.

그리고 다른 마왕의 부하들과는 사이가 별로 좋지 않았다.

실제로 스콜어스는 다른 마왕을 섬기는 후작, 백작 급의 데몬들을 적지 않게 죽였다.

마기의 영향을 받은 몬스터는 적은 확률로 데몬이 되는 경우가 있었다. 그런 유형의 데몬은 게임 시절부터 변이형으로 불렸다.

스콜어스가 죽인 것은 바로 그 변이형 데몬의 부하들이었다.

그런 짓을 하면 당연히 변이형 데몬들의 원한을 사게 된다. 실제로 습격받은 것도 한두 번이 아니었다.

"네가 그렇게 말하면 안 되지. 다른 대공급 데몬들도 다들 비슷하잖아. 나와 너처럼 개성을 가진 개체는 서로 신경 쓰지 않지. 내가 죽이는 건 그저 본능만 따르는 하찮은 녀석들뿐이야."

"그것도 그렇군. 뭐, 어쩌면 슈니 라이자와 그 동료들이 이쪽으로 올지도 모른다는 것만 기억하고 있으라고."

"알았어. 후후, 슈니 라이자의 절망에서는 과연 어떤 맛이 나려나."

"너도 참 유별나다니까. 난 방으로 돌아갈 테니까 무슨 일이 있으면 연락 줘."

아다라는 입에서 침이라도 흘릴 것 같은 스콜어스를 내버려둔 채 발걸음을 돌려 자신의 방으로 향했다. 그 뒤를 빌헬름이 말없이 뒤따랐다.

잠시 지나자 동굴 안에서 또다시 사람들의 통곡이 메아리쳤다.

풀려난 속박 | Chapter 3

"물어볼 게 있는데, 해안 동굴은 어느 쪽에 있어?"

지그루스에서 출발한 지 며칠이 지났다.

마부석에 앉아【천리안】스킬로 전방을 주시하던 신은 해안선을 확인하고는 마차 안쪽을 향해 말했다.

지도로는 그 거점의 대략적인 위치밖에 확인할 수 없었기에, 직접 가본 슈니와 슈바이드에게 길 안내를 부탁하기로 한 것이다.

"지형이 바뀌었구려. 예전에 왔을 때는 암석 지대가 있었소이다."

"저도 그렇게 기억해요. 이 근처에는 아무리 봐도 암석 지대가 없는 것 같네요."

똑같이【천리안】으로 주위를 둘러본 슈바이드와 슈니가 대답했다.

신도 신경을 집중해 살펴보았지만 해변이 이어질 뿐, 동굴 입구가 있을 법한 암석 지대는 보이지 않았다.

"표식이 될 만한 건 없었어?"

"아니, 기억나지 않소이다."

"글쎄요. 특별한 건 없었던 것 같아요."

"……혹시 마지막으로 와본 게 언제쯤이야?"

신은 두 사람의 수명을 생각하며 문득 떠오른 질문을 했다.

"정확하진 않지만 300년쯤 전이었던 것 같소."

"저는 400년쯤 전이었다고 기억해요."

"그렇구나……."

신은 두 사람의 대답을 듣고 동굴 자체가 사라져도 이상할 게 없다고 생각했다.

이쪽 세계에는 육해공 어디든 몬스터가 존재했다. 동굴을 무너뜨릴 만한 몬스터도 얼마든지 있었다.

꼭 몬스터가 아니더라도 300년이면 자연재해로 무너지거나 지형이 바뀌어도 이상할 것이 없었다.

"흐음……."

『유즈하, 반응이 느껴져?』

『가까운데 뭔가 이상해.』

신이 유즈하의 추적술에 기대를 걸며 묻자 유즈하는 조금 당황하는 기색을 보이며 대답했다.

심화로 자세한 사정을 들어보자 근처에 반응이 있는 것은 감지되지만 방향까지는 모르겠다는 이야기였다.

아무래도 유즈하가 아직 어리다 보니 제대로 설명하지 못하는 것 같았다. 신은 추적술 반응을 감지하기 어렵게 만드는 무언가가 발생하고 있다는 결론을 내렸다.

『유즈하의 이야기를 어떻게 생각해?』

『마기의 영향을 받았을 것이오. 그건 사람의 감각까지도 혼란스럽게 만드니 말이오. 유즈하가 사용한 기술에 뭔가 악영향을 끼쳐도 이상할 것은 없소이다.』

슈바이드는 마기의 영향이라고 추측했다.

레벨이 높은 데몬에게는 마법 스킬이 잘 통하지 않기 때문에 이 또한 유즈하의 추적술에 영향을 끼칠 수 있었다.

『저도 같은 의견이에요. 유즈하의 힘도 아직 완전하지 않잖아요. 의식 장소가 이 근처에 있다면 결계 같은 것이 쳐져 있을 수도 있겠죠.』

슈니의 의견도 설득력이 있었다.

데몬, 그리고 정점의 파벌에 소속된 인간들도 자신들의 위치를 들키고 싶지는 않을 것이다. 따라서 사람들의 접근을 막거나 발견하기 힘들게 만드는 은폐 공작이 되어 있다고 봐야 했다.

"데몬이 가까운 거리에 있다는 말은 아마 맞을 거야."

심화 중이라 신과 슈니가 입을 다물고 있을 때 티에라가 말했다.

"알 수 있어?"

"데몬이 발산하는 마기는 인간의 감정에서 발생하는 것하고 약간 다르거든. 데몬하고 직접 대면해보고 느낀 사실이니까 틀림없어."

"그렇다면 어쨌든 이쪽이 맞을 가능성이 높겠군. 그걸 알게 된 것만으로도 다행이야. 어쨌든 해변을 따라 달려가보자. 바다를 보는 방향에서 내가 왼쪽으로 갈게. 오른쪽은 유키가 맡아줘."

신은 티에라의 이야기를 들으며 자신의 생각을 밝혔다.

"알겠어요. 우리가 가면 짧은 시간 내에 상당한 거리를 탐색할 수 있을 테니까, 30분 정도 달려가보고 아무것도 없으면 일단 여기로 돌아오는 게 어떨까요?"

"그래. 입구가 꼭 해변 근처에 있을 리는 없으니까 그렇게 하자."

신은 슈니의 의견에 동의하며 말했다.

신과 슈니가 마음먹고 달릴 경우 스포츠카보다도 훨씬 빠른 속도를 낼 수 있었다. 상세한 탐색은 불가능하지만 강화된 동체시력 덕분에 동굴 같은 큰 입구를 그냥 지나칠 리는 없었다.

만약 은폐 공작이 되어 있어도 신과 슈니는 함정이나 숨겨진 문을 발견하는 스킬을 갖고 있었다. 그런 공작이 되어 있다면 오히려 입구를 발견하기 쉬워진다.

"장소 탐색이라면 나는 도움이 되지 못하겠구려."

케니히는 아쉽다는 듯이 말했다.

"1시간쯤 뒤에는 돌아올게요. 여기가 녀석들의 의식 장소 근처라면 습격해올 가능성도 있으니까 경계를 부탁드릴게요."

"알겠소. 신 공도 조심하시오."

마차를 해변 앞에 세워두고 신과 슈니는 서로 다른 방향으로 달려나갔다.

신은 모래 먼지를 일으키며 물가에서 조금 떨어진 곳을 달렸다.

바다의 광경은 거의 바뀌지 않았지만 반대편에서는 나무와 화초가 엄청난 속도로 스쳐 지나갔다.

"반응은 그대로야?"

"쿠우, 안 바뀌었어."

신은 수상한 곳이 없는지 주위를 살피며 어깨에 앉은 유즈하에게 물었다.

장소를 옮기면 다른 반응을 느끼지 않을까 싶어 데려온 것이었다.

"멀어지는 느낌도 없어?"

"쿠우? 음~ 멀어진 것 같기도 하고 그대로인 것 같기도 하고."

방해 효과는 아직도 유지되는 것 같았다.

유즈하의 말을 들어보면 지금 잘못된 방향으로 나아가는 것인지도 몰랐지만 혹시 모르기에 신은 조금 더 달려가보았다.

"쿠우! 멀어졌어!"

10분 정도 더 달려갔을 때 유즈하가 소리 높여 말했다. 거리가 멀어지면서 다른 반응이 느껴지는 것까지는 방해할 수 없었던 모양이다.

"슈니 쪽이 맞았던 건가. 돌아가자. 꽉 붙잡아!"

신은 모래를 성대하게 헤쳐놓으며 발에 급제동을 걸었다. 그리고 유즈하가 관성 때문에 날아가지 않도록 왼팔로 붙잡은 뒤에 지금까지 왔던 길을 돌아가기 시작했다.

"쿠우! 빨라!"

"이제 주위를 살피지 않아도 되니까 말이지! 더 빨리 간다!"

돌아가는 길에 아무것도 없다는 것을 알았기에 올 때보다도 더욱 빠른 속도를 낼 수 있었다.

신은 뛰기 불편한 모래밭에서 바닥이 단단한 곳으로 올라오면서 슈니에게 심화를 보냈다.

『여기는 신. 아무래도 슈니가 간 방향이 맞는 것 같아. 계속 달려갈수록 적의 반응이 멀어졌다고 해. 상대가 이동 중일 수도 있으니까 공중까지 잘 살피는 게 좋을 것 같아.』

『알겠습니다. 이동 중일 경우는 뒤를 쫓을게요.』

『부탁할게. 나머지 인원들에게는 내가 슈니 쪽으로 향하라고 전해둘게. 무슨 일 있으면 연락 줘.』

신은 일단 심화를 끊었다.

상대에게 들키지 않고 미행하려면 슈니의 직업인 【쿠노이치】가 안성맞춤이었다. 기동력과 잠입 능력은 물론이고 미행에 필요한 스킬을 모두 갖고 있었다.

만약 들킨다 해도 강화된 『창월』로 무장한 슈니를 쓰러뜨릴 수 있는 적은 많지 않았다.

만약 슈니보다 강한 상대라 해도 그녀의 능력치와 장비 정도면 쉽게 도망칠 수 있었다.

"문제는 데몬이 몇 마리나 있느냐는 건데……."

신은 슈바이드에게 심화로 상황 전달을 한 뒤에 적의 세력에 대해 예상해보았다.

데몬은 작위가 높을수록 사람의 모습에 가까워지며 힘도 강해진다. 티에라가 팔미락에서 본 모습을 통해 추측해보면 공작급 이상의 데몬이 하나 이상 있는 것은 틀림없었다.

공작급이면 지능도 사람과 비슷했다. 게임에서처럼 다른 데몬들과 연계하지 않고 혼자 행동할 리는 없었다.

그리고 플레이어인 밀트가 가담하고 있으므로 입수한 정보를 토대로 다른 데몬과 협력할 가능성도 있었다.

"게임의 설정이 그대로 이어졌다면 티에라가 본 한 마리뿐일 테지만……. 슈니의 이야기를 들어보면 데몬은 최근에야 활동을 재개했다고 하니까 활동 중인 데몬 자체가 얼마 안 되는 건가?"

신은 적어도 마왕이라 불리는 세 마리의 데몬이 부활하지 않았다고 확신했다. 마왕이라 불리는 개체들은 부활과 동시에 주위에 짙은 마기를 흩뿌리며 데몬 군대를 만들어내기 때문이다.

신은 게임 시절에 여러 길드가 협력해 마왕의 군대와 싸우는 장면을 본 적이 있었다.

그 정도의 사태가 벌어진다면 지금 그들이 있는 대륙도 무사할 리가 없었다.

다른 대륙에서 부활했을 수도 있겠지만 그런 긴급 사태가 발생했다면 황금상회의 베레트가 즉시 알려왔을 것이다.

"어쨌든 지금은 입구부터 찾아내야겠지."

전방에서 해변을 질주하는 마차가 보이자 신은 일단 생각을 멈추었다.

그리고 마차가 일으키는 모래 먼지를 피하며 접근한 뒤에 마부석에 앉은 티에라를 향해 손을 흔들었다.

"어, 벌써 돌아왔어?!"

"그래. 일단 마차에 탈게."

신은 놀라는 티에라에게 가볍게 대답한 뒤에 마차에 올라탔다.

모래밭이라는 악조건 속에서도 마차 안은 거의 흔들리지 않았다. 겉모양을 제외하면 이미 마차라고 할 수도 없는 엄청난 주행 능력이었다.

"자, 이제가 진짜 시작이야. 일단 확인하고 싶은데, 티에라도 액세서리를 확실히 착용한 거지?"

"물론이지. 방어구부터 무기까지, 능력치가 허락하는 최대한으로 업그레이드했잖아. 뭐, 내가 가장 약하니까 걱정하는 건 이해해."

미지의 장소로 향하는 데다 그녀 자신의 레벨도 많이 올랐기 때문에 티에라는 새로운 장비를 장착하고 있었다.

상반신에는 코르셋 형태의 가죽 갑옷 위로 짙은 녹색 재킷을 걸쳤고, 하반신에는 갈색 핫팬츠를 입고 은색 깃털 장식이 달린 컴뱃 부츠를 신고 있었다.

팔에는 윤기 있는 가죽으로 만들어진 방어구를 장착했다.

아이템의 보너스 효과 덕분에 티에라의 능력치는 훨씬 상승한 상태였다.

티에라는 예전 장비보다 가슴 부위가 강조되었다는 것이 신경 쓰였지만 자신이 장비할 수 있는 최고의 아이템이었기에 불만을 제기할 수도 없었다.

그리고 무기 역시 새롭게 교체되었다.

다만 티에라는 아무리 노력해도 자신의 능력이 가장 뒤떨어진다는 것을 여전히 의식하는 모양이었다.

"미안. 그럴 의도는 아니었는데. 등급이 높은 데몬 중에는 선정자라도 상대하기 힘든 녀석들이 잔뜩 있거든. 슈니에게 무리하게 싸우지 말라고 한 것도 이기지 못할 가능성이 없지 않기 때문이야."

신은 슈니에 대한 부분에서만 목소리를 낮추었다.

"스승님이…… 진다고?"

티에라는 믿어지지 않는다는 표정으로 신을 돌아보았다.

전용 무기인 『창월』을 되찾은 슈니는 웬만한 보스 몬스터보다도 훨씬 강했다. 게다가 사용 제한이 일부 풀린 광범위 섬멸 마법 스킬까지 사용할 수 있었다. 패배라는 단어가 이 정도로 안 어울리는 인물도 많지 않았다.

하지만 그렇다 해도 데몬을 상대할 때는 방심할 수 없었다.

"뭐, 나와 슈바이드도 있으니까 그렇게 위험해질 일은 없을 거야. 카게로우도 있고."

신은 그렇게 말하며 마차를 끄는 카게로우를 바라보았다.

어떻게 보면 카게로우와 데몬보다 위험한 존재가 신의 어깨 위에서 쿠우쿠우 울고 있지만 지금 그것을 신경 쓰는 사람은 아무도 없었다.

"신 공이 돌아왔다면 유키 공 쪽에 반응이 있는 것이오?"

신과 티에라의 대화가 끝나기를 기다렸다가 케니히가 말을 꺼냈다. 슈바이드에게서 현재 이동하는 이유를 들었는지, 당황하는 기색은 없었다.

"네. 의식 장소가 있는지는 모르겠지만 티에라가 팔미락에서 목격한 녀석은 분명히 근처에 있습니다."

"그렇소이까. 무사했으면 좋겠구려."

케니히는 애매하게 중얼거렸다.

『슈니입니다. 동굴 입구를 찾았어요.』

계속 달린 지 5분 정도가 지났을 때였다.

그토록 기다리던 슈니의 보고가 들어왔다.

『좋아! 입구 주변 상황은 어때?』

『접근하기 전이라 확실히 모르겠지만 뭔가 이상해요. 은폐도 되어 있지 않고 침입자를 알리는 함정은 물론이고 보초도 없는 것 같아요. 【매직 소나(마력파 탐지)】로 확인 중인데 동굴이 내부로 이어지는 건 틀림없어요.』

기쁨도 잠시, 신은 슈니의 이야기를 듣자 그곳이 평범한 동굴일지도 모른다는 생각이 들었다.

하지만 뒤이어 전해진 소식에 일단은 안심할 수 있었다.

【매직 소나】는 원래 땅에 파묻힌 아이템이나 광석을 찾는 용도였지만 그것을 응용해서 지하의 숨겨진 통로를 찾아내거나 미탐색 맵을 확인할 수도 있었다.

슈니가 동굴 내부를 조사할 수 있는 것도 그 덕분이었다.

"적의 거점을 발견했어요. 추적 반응의 주인공도 거점으로 향한 것 같네요."

슈니가 밝혀낸 사실을 한 차례 듣고 나서 신은 마차 내의 멤버들에게도 내용을 전달했다.

케니히는 원거리에서 아무렇지 않게 정보를 주고받는 것에 놀랐지만 전부터 심화에 대해 알고 있었는지 이내 납득했다.

심화를 사용할 수 있는 모험가는 극히 적었지만 신 일행이라면 충분히 가능하다고 생각한 모양이었다.

"그게 정말이오?!"

"네. 유키가 하는 말이니 틀림없을 거예요. 그러니까 잠시 떨어져주세요."

신은 대답하면서 살벌한 기세로 다그치는 케니히를 진정시켰다.

상대측에 가담한 밀트가 슈니마저 속이는 환영을 만들어낼 수도 있겠지만, 만에 하나 그런 일이 발생한다면 오히려 상대를 칭찬해야 했다. 슈니를 탓할 수는 없는 것이다.

함정 제작에 모든 것을 바친 장인의 작품은 척후 임무의 전문가라도 간파하기 힘들었다.

"입구 부근에는 함정이 없는 것 같지만 혹시 모르니까 잠시 뒤에 마차에서 내려서 도보로 움직이겠습니다. 케니히 씨는 이걸 받아주세요."

신은 아이템 카드에서 녹색 외투를 실체화해 케니히에게 건넸다.

"이것은……?"

"은폐 효과에 특화된 매직 아이템입니다. 그 대신 방어 능력은 거의 없지만요."

신이 꺼낸 것은 미라주 버터플라이라는 몬스터의 유충이 내는 실을 가공해서 만든【은사(隱糸)의 외투】였다.

고레벨의 탐색, 기척 감지 같은 탐지계 스킬이 없으면 발견할 수 없는 몬스터의 실을 이용한 만큼, 외투 하나만 입어도 주변과 동화되는 은폐 능력을 가졌다.

소리나 진동은 감지될 수 있지만 시각을 통해 발견하는 것은 거의 불가능했다.

일행은 잠시 달려가다가 마차를 멈추었다. 그리고 도보로 출발하기 전에 신은 티에라에게 외투를 건네주었다.

"이건 티에라 거야. 카게로우에게는…… 필요 없을 것 같군."

"그래. 카게로우는 알아서 숨을 수 있으니까."

"그루."

카게로우는 작게 울며 주위에 녹아들듯이 모습을 감추었다. 티에라의 말처럼 이 정도면 문제없었다.

그리고 신과 슈바이드 역시 자력으로 해결할 수 있었다.

"유키는 이 앞 숲 속에 있다고 해. 일단은 거기로 가자."

신은 만약의 사태에 대비해서 마법 스킬 【은폐】와 【무음 영역】을 사용해 은밀성을 향상시켰다.

그리고 모래밭에는 발자국이 남으므로 해변에서 떨어진 곳을 걸어가기로 했다.

마차가 남긴 바큇자국이 걱정되었지만 엄청난 속도로 달려온 탓에 무엇의 흔적인지 구분하는 것이 불가능했다. 요란하게 뒤집힌 모래가 그대로 뒤덮인 것이다.

마차를 수납하고 그 자리만 대충 정리하자 감쪽같았다.

'일단 경계는 해둘까.'

신은 만약의 사태에 대비해 【서치】와 【기척 감지】 외에도 【함정 감지】 같은 탐지계 스킬을 총동원해서 주위를 경계했다.

몬스터나 함정의 기척은 느껴지지 않았지만 왠지 모르게 피부가 따끔거리는 느낌이 들었다.

스킬과는 달리 말로 표현할 수 없는 감각이었다.

'스킬에 의존하지 않는 기술이 내 능력치만큼 발달하지 못해서 애매하게 느껴지는 걸까?'

신은 평소에 해오던 생각이 다시금 떠올랐다.

아무리 능력치가 높아도 게임에서 쌓은 경험만으로는 현실 세계의 달인처럼 기척을 없애거나 감지하는 일이 불가능했다.

신의 경우는 사람을 상대로 목숨을 걸고 싸울 때만 그것이 가능했다.

몬스터의 기척은 스킬을 통해서만 감지할 수 있었다.

"이 일이 끝나고 나면 다시 단련해야겠군."

왜 지금 그런 생각이 드는지는 본인도 알 수 없었다. 그저 이대로는 안 된다는 느낌이 들었다.

"응? 뭐라고?"

"아니야, 아무것도."

무음 영역 내에서는 기본적으로 소리가 사라지지만 범위

내의 소리를 밖으로 내보내지 않는 형태로 사용할 수도 있었다. 그래서 평소처럼 이야기해도 문제는 없었다.

"자, 이제 슬슬 유키가 있는 숲이 보일 텐데…… 저기로군."
미니맵에 표시된 슈니의 반응이 보이자 신은 속도를 높이며 진로를 바꾸었다. 그리고 5분 정도 나아가자 나무가 조금씩 보이기 시작했고 10분 뒤에는 나무들이 밀집한 숲이 보였다.

"저기 있네."
슈니도 신의 반응을 감지했는지 숲 속에서 신호를 보내왔다. 파티를 맺은 상태에서는 멀리서도 서로의 모습을 확인하고 대화를 나눌 수 있었다.

"우리가 올 때까지 별일 없었어?"
"아니요. 특별히 드나드는 사람은 없었어요. 입구는 저쪽이에요."
슈니가 가리킨 방향으로 모두의 시선이 향했다.

"아, 그래서 안 보였던 거로군. 혹시 아무도 모르는 출입구 아닐까? 해저 동굴을 이용한 것 같은데."
"확실히 그럴 수도 있겠소이다. 그렇다면 보초가 없는 것도 납득이 가오."
그들이 바라본 곳은 바다였다. 하지만 신과 슈바이드의 눈에는 수중에 존재하는 3메르 정도의 동굴 입구가 보였다.

슈니의 말처럼 보초나 함정의 기척은 느껴지지 않았다.

"저기, 난 바다밖에 안 보이는데."

"나도 그렇소."

"입구는 바닷속에 있는 것 같아. 해변에서 20메르 정도 떨어진 곳이야. 딱 그 주변부터 수심이 갑자기 깊어지거든. 입구라기보다 3메르 크기의 구멍이라고 해야 정확하려나."

신은 수중을 투시하는 능력이 없는 티에라와 케니히에게 자신이 본 것에 대해 말해주었다.

몬스터가 출현하는 해안가에서 수영이나 낚시를 하는 사람은 없기 때문에 누군가에게 발각될 리도 없었다.

"바닷……속?"

"그래. 아마 제대로 된 입구가 따로 있겠지. 아무리 봐도 뒷문이야. 침입하기 딱 좋아."

신의 예감이 정확하다면 매우 운이 좋다고 할 수 있었다. 상대방도 파악하지 못한 통로가 쉽게 발견될 리는 없으니까 말이다.

"하지만 정말 적이 모르고 있을까? 자기들이 사용할 장소라면 최대한 꼼꼼하게 조사할 것 같은데."

"그건 나도 같은 생각이오."

티에라와 케니히가 각각 의문을 제기했다.

"동굴 내부는 이미 유키가 마법 스킬로 조사하고 있어. 어느 정도 내부로 들어가면 물이 사라진다나 봐. 그리고 수중에서 싸울 수 있는 수단도 있으니까 안심해. 아, 티에라는 이미 거의 준비가 되어 있었지."

"아아, 그래서 '그걸' 준비한 거구나."

신의 말을 들은 티에라가 납득했다는 듯이 고개를 끄덕였다. 바닷가에 오면서 티에라의 방어구에는 어떤 마법 부여가 되어 있었던 것이다.

"티에라 공이 말하는 '그것'이 무엇이오?"

"마법 부여 중에 수중에서 활동하기 위해 방어구의 형태를 변화시키는 것이 있거든요. 티에라가 착용한 장비에 그 효과를 부여하고 정상적으로 발동되는지도 확인했습니다."

수중 활동을 보조해주는 스킬도 존재하지만 전신 갑옷처럼 무거운 장비를 입고 있으면 큰 효과가 없었다.

헤엄치기 전에 가라앉아버리기 때문이다.

그런 경우 스킬이 발동되는 동안에만 익사하지 않는 효과밖에 없었다.

그리고 가벼운 장비를 착용했어도 이동, 공격, 방어의 모든 움직임이 느려진다.

그것이 【THE NEW GATE】의 육상용 장비로 수중 활동을 할 경우에 벌어지는 일이었다. 물고기처럼 헤엄치려면 상응하는 준비와 훈련이 필요했고 그 첫걸음이 바로 【형체 변화】 마법을 부여하는 일이었다.

"형상이 바뀐다면 방어력이나 질량이 바뀐다는 것이오?"

"피부가 노출되는 경우가 많지만 갑옷과 동일한 강도와 내구력을 가진 특수한 막이 몸의 표면에 생겨나니까 방어력은 그대로라고 생각해도 됩니다. 질량은 상당히…… 아니, 말이 안 될 정도로 가벼워지고요. 이유는 저도 모르지만요."

쉽게 말해【형체 변화】를 부여한 방어구는 수영복으로 바뀐다.

그리고 피부 표면을 감싸듯 생겨난 방어막이 적의 공격으로부터 사용자를 지켜주는 것이다.

이 상태에서는 움직이는 속도도 지상과 크게 다르지 않기에, 익숙해지기만 하면 평소와 거의 똑같은 전투력을 발휘할 수 있었다.

익숙해진 사람은 펭귄 혹은 인어처럼 자유자재로 물속을 헤엄칠 정도였다.

다만 게임 시절에는「그런 설정이니까」라는 말로 설명이 됐지만 지금은 그렇지도 않았다. 어째서 수영복으로만 바뀌는 건지, 또 어째서 질량이 줄어드는 건지 물어봐도 신은 대답할 수 없었다.

덧붙이자면 변화하는 수영복의 형태는 마법 부여가 되는 시점에 자동으로 결정된다.

대부분은 평범한 수영복으로 바뀌지만 낮은 확률로 아슬아슬하거나 특이한 디자인이 나오기도 했다.

"기본적으로 물속에 들어가면 알아서 수영복으로 바뀌게

됩니다. 임의로 변화시키는 것도 가능하니까 케니히 씨의 갑옷에 마법 부여를 한 뒤에 방법을 알려드릴게요."

"그런데 저기, 수영복이라는 것이 무엇이오? 수중용 장비를 말하는 거요?"

"으음, 그렇게 생각하시면 돼요. 겉모양은 옷하고 비슷하지만요."

"옷? 흐음…… 스킬이란 심오하구려."

케니히는 수중용 의복이라는 말이 별로 와 닿지 않는지 턱에 손을 갖다 대며 생각에 잠겼다.

"뭐, 입어보면 알 거예요. 이 마법 부여는 금방 끝나니까 잠시 움직이지 말아주세요."

신이 그렇게 말하며 케니히의 갑옷에 【형체 변화】의 마법을 부여하자 갑옷 전체가 빛을 내더니 반바지 형태의 수영복으로 변화했다. 『하우퍼』만 그대로 남아 허리에 매달려 있었다.

"이, 이건…… 정말로 방어력이 있는 것이오?"

"괜찮습니다. 제가 직접 시범을 보여드릴 테니까 칼로 살짝 그어보세요."

"으, 으음."

신이 장비를 변화시켰다. 그의 경우는 수영 선수들이 입는 타이트한 형태의 수영복이었다. 레어 형태 중 하나로 수중 이동 속도가 약간 오르게 된다.

신이 팔을 내밀자 케니히는 망설이면서도 시키는 대로 『하우퍼』의 칼날을 살짝 그어보았다.

하지만 칼날이 신의 팔에 닿기도 전에 보이지 않는 무언가에 가로막혀서 피부를 건드리지 못했다.

"호오. 확실히 보기보다 충분히 방어가 되는구려."

케니히는 자신의 팔에도 시험해보고 방어막이 펼쳐진 것을 재확인했다.

"그러면 일단 저와 신이 정찰을 하고 오죠. 바닷속은 물살도 세니까 생각지 못한 위험이 있을지도 몰라요."

슈니가 두 사람의 대화가 끝나기를 기다렸다가 말을 꺼냈다.

미리 합의해둔 일이었기에 다른 멤버들도 반대하지 않았다.

"내가 앞장설게. 주변을 경계하면서 잘 따라와줘."

"네."

슈니는 해변으로 나오자 장비를 변화시켰다.

햇빛 아래서 슈니의 하얀 피부가 드러나기 시작했다.

잠시 뒤 푸른색의 얇은 비키니와 왼쪽 무릎까지 내려오는 순백의 파레오가 나타났다. 파레오는 왼쪽으로 길게 내려오는 대신 오른쪽 다리는 거의 가리지 않았다.

적진에 잠입해 납치된 사람들을 구출해야 하는 상황이었기에 신은 그녀의 가슴에 시선을 빼앗기지 않았다.

'이런 상황만 아니었어도 느긋하게 해수욕을 하고 싶은데

말이지.'

신은 마음속으로 데몬을 원망하면서 파도를 가르며 바닷속으로 뛰어들었다.

그리고 슈니 역시 옆에서 그를 따랐다.

바닷속은 몇 메르 앞까지 보일 정도로 투명했다. 현실이 된 이쪽 세계에서 헤엄치는 것은 처음이었기에 신은 천천히 몸을 적응시키듯 움직였다.

'위화감은…… 없군.'

이쪽 세계에 온 뒤로 적지 않은 전투를 치른 덕분인지 몸을 쓰는 일이 제법 익숙해져 있었다.

다른 사람의 몸을 빌리고 있는 듯한 위화감도 없었고 게임 시절처럼 마음먹은 대로 헤엄칠 수 있었다. 마력 같은 미지의 감각도 아니었기에 금방 적응이 된 모양이었다.

"호흡도 괜찮고. 슈니, 들려?"

신은 【다이브(잠수)·Ⅹ(텐)】을 발동하며 슈니에게 말을 건넸다.

이것은 수중 활동을 보조해주는 스킬로, 스킬 레벨이 높아지면 수중 행동 시의 제약을 완화해준다. 호흡과 대화도 할 수 있게 되어 평소 같은 의사소통이 가능했다.

레벨이 낮을 때는 10분 정도만 유지되지만 최대 레벨인 Ⅹ이면 휴식 없이도 하루 종일 잠수할 수 있었다.

"네. 대화도 문제없는 것 같네요."

신의 귀에 슈니의 목소리가 들렸다. 지상에서 듣는 것처럼 아무 잡음도 없었다.

"그러면 가볼까."

스킬이 이상 없이 발동된 것을 확인한 신과 슈니는 동굴 입구로 향했다. 주위에는 사람은 물론이고 몬스터의 기척도 없었다.

신과 슈니는 서로 고개를 끄덕여 보인 뒤 함정을 찾았지만 아무것도 발견하지 못했다.

"정말 아무것도 없는데."

"이 정도로 무방비하면 오히려 함정을 파놓고 유인하는 것 같다는 생각도 드네요."

슈니의 염려도 일리가 있었다. 신은 【매직 소나】, 【서치】, 【기척 감지】를 동시에 사용해 보다 깊고 넓게 동굴 안을 살폈다.

하지만 매복 중인 적의 반응은 없었다. 애초에 매복에 적합한 지형도 아니었다.

"조금만 들어가서 살펴보고 아무것도 없으면 다 함께 돌입하자. 저쪽에서 우리의 움직임을 파악하고 있는지는 우리가 판단할 수 없으니까 말이지. 최대한 경계하면서 들어가보는 수밖에."

"어쩔 수 없네요."

의혹을 품기 시작하면 끝이 없기에 신은 일단 결단을 내리기로 했다. 쓸데없이 시간을 끌다가 납치된 사람들이 위험해지면 구하러 온 의미가 없었다.

두 사람은 동굴 내로 들어가 함정을 경계하며 나아갔다.

"누군가 있어."

"우리를 발견하지는 못한 것 같네요."

신과 슈니는 10분 정도 나아가다가 작은 호수가 있는 널찍한 공간에 다다랐다. 그들이 진입해온 길은 호수 속으로 사라졌고 미니맵을 봐도 이곳과 통로는 이어져 있지 않았다.

수면을 비추는 빛과 【기척 감지】를 통해 느껴지는 반응을 보면 그 인물이 혼자 얕은 물가에 있다는 것을 알 수 있었다.

소리 죽여 호수에 들어간 신은 【은폐】를 발동한 뒤 수면 위로 얼굴을 내밀었다.

그곳에는 높은 곳에서 밝게 빛나는 구체(球體)와, 신에게 등을 돌린 채 허리까지 물에 잠긴 사람의 모습이 보였다.

구체의 정체는 광술계 마법 스킬 【인스턴트 · 라이트】였다. 공격력도 방어력도 없이 단지 빛나기만 하는 구체를 만들어내는 스킬이었다. 보통 어두운 동굴을 탐색할 때 쓰이곤 했다.

그리고 물 위로 드러난 사람의 상반신은 나체였다. 하얀 머리카락은 단발이었고 키도 작았다. 몸매도 가녀린 편이라 연약한 소년이나 조그마한 소녀 같았다.

신은 그 모습을 보고 설마 하며 【애널라이즈】를 발동했다.

―【밀트 레벨 255 기술사(奇術師)】

―부여 효과:【매료 · X】【수면 · Ⅷ】【혼란 · Ⅸ】

'내 예상이 맞았던 건가. 그건 그렇고 이게 다 뭐야…….'

신도 이 정도의 상태 이상은 예상하지 못했다.

애초에 수면 상태에 빠진 사람은 잠들어 있어야 했다.

그런데도 밀트는 멀쩡하게 움직이고 있었다.

물론 신은 그녀가 지금 어떤 상태인지 짐작 가는 바가 있었다.

신과 리온을 베일리히트에서 성지로 전송할 때의 그레릴 추기경도 마찬가지로【매료】와【혼란】에 걸려 있었다.

그런 상태에서도 조작판을 정확히 건드린 것을 보면 상태 이상에 걸리고도 어느 정도의 사고 능력이 남아 있던 셈이다.

그리고 지금의 밀트 역시 비슷한 상황으로 보였다.

신은 이제 어떻게 해야 할지 생각해보았다.

밀트는 해미를 납치한 장본인이다. 『사원의 허무』에 소속된 것도 틀림없었다.

따라서 적으로 판단해도 문제는 없었다.

게다가 지금은 장비를 벗어 방어력이 극단적으로 떨어진 상태였다.

허를 찔러 기습한다면 확실히 해치울 수 있었다.

『해미 씨를 납치한 장본인이군요. 지금이라면 큰 소동 없이 제압할 수 있지 않을까요?』

『확실히 제압할 수는 있겠지만 저 녀석은 플레이어였어. 그런데 마비 상태에서도 심화를 쓸 수 있을까?』

『쓸 수 있어요. 계속 잠재워두면 동료에게 연락하지 못할 테지만요.』

『이미 【수면】이 걸려 있어. 저 상태로 움직이고 있는 걸 보면 계속 자게 할 수는 없을 거야. 계속 기절시키는 것도 힘들 테고. 심화를 사용할 수 있다면 포박해도 의미가 없겠지. 그렇다면 남은 방법은…….』

—죽이는 것뿐이다.

신은 그 말을 입 밖으로는 꺼내지 않고, 하반신을 물에 담근 밀트에게 시선을 보냈다.

슈니는 그런 신을 불안하게 지켜보고 있었다.

'이런 경우는 게임에서도 본 적이 없고 해결 방법도 모르겠어. 그런데 왜 회복시킬 수 있을 것 같다는 느낌이 드는 거지?'

신은 말로 설명할 수 없는 감각을 느끼며 어떻게 행동해야 할지 잠시 고민했다.

죽인다는 것은 어디까지나 적에게 해당되는 이야기였다. 아무리 봐도 제정신이 아닌 밀트를 적으로 판단해도 될지 신은 판단할 수 없었다.

"……거기 누구야?"

신이 망설인 것은 불과 몇 초였다. 마치 그 침묵을 기다리기라도 한 것처럼, 희미한 물소리만이 지배하던 공간에 가벼운 소프라노 음성이 울렸다.

뒤를 돌아본 밀트의 붉은 눈동자는 틀림없이 신과 슈니를 보고 있었다. 하지만 동공이 풀려 있었다.

"······어라? 신······ 씨?"

"······?!"

밀트의 입에서 나온 이름을 듣자 신은 놀라고 말았다.

지금 신은 수면 위로 눈만 내놓고 있는 상태였다. 상대를 완전히 인식한 상태가 아니라면 【애널라이즈】는 발동하지 않았다.

밀트는 데스 게임에 갇힌 플레이어 중에서 상위에 속하는 능력치를 갖고 있었다. 따라서 【애널라이즈】로 신의 이름을 간파할 수는 있을 테지만 어떻게 그의 존재를 인식한 것인지 의문이 남았다.

『내가 대응할게. 밀트가 나만 발견한 것일 수도 있으니까 슈니는 계속 숨어 있어.』

『알겠습니다······. 그녀의 정령도 상태가 이상한 것 같아요. 부디 조심하세요.』

신은 앞을 바라보며 고개만 끄덕인 뒤에 밀트의 의식이 자신에게 집중되도록 일부러 요란한 소리를 내며 몸을 일으켰다.

그러는 사이에도 그의 시선은 밀트를 놓치지 않았다.

"내가 있다는 걸 어떻게 알았지?"

"나는 정령술 중에서도 물 속성을 중점적으로 파고들었거든요. 운디네(물의 정령)는 내 가장 친한 친구이고 신 씨는 지금 물속에 있어요. 더 이상의 설명이 필요할까요?"

"그래, 게임에는 없던 기술…… 아니, 그런 식으로 생각할 만한 문제는 아니려나."

신은 정령이 어떤 것인지 알지 못했다. 따라서 너무 게임과 연관 지어 생각하면 안 될 것 같다는 생각이 들었다.

"이해가 빨라서 좋네요. 그런데 나도 물어볼 게 있는데 괜찮으려나? 아아, 다른 사람에게 알리지는 않았으니까 안심해."

"그거 고맙네. 그래서 뭘 물어보고 싶은데?"

신의 질문에 밀트의 표정이 진지해졌다. 그녀는 몇 초 동안 신을 물끄러미 바라보다 입을 열었다.

"당신 정말 신 씨 맞아?"

"적어도 난 그렇게 인식 중이야. 증거가 될지는 모르겠지만 널 죽였을 때의 일은 기억하고 있어."

신은 밀트와의 마지막 싸움에 대해 이야기하기 시작했다. 그중에는 신과 밀트만 알고 있는 사실도 포함되어 있었다.

"그렇구나~. 정말로 신 씨인가 보네. 하지만 이 세계에 오려면 죽어야 하잖아. 누구한테 당했어? 아니면 몬스터한테……?"

"죽지 않았어. 이쪽에 왔을 때는 얼마나 놀랐는지 모른다고."

"그렇겠지. 나도 처음에는 뭐가 뭔지 몰랐는걸."

신은 밀트의 반응을 살피며 대화를 이어나갔다. 시간이 지나도 감지 범위 내에 다른 반응은 나타나지 않았다.

한편 신은 밀트의 말투가 조금 바뀌었다는 것이 마음에 걸렸다. 정중하던 말투가 점점 어린아이처럼 바뀌고 있었다.

"여기에는 의식을 망치려고 온 거야?"

"글쎄."

"숨길 필요 없어. 그렇겠지. 신 씨가 그런 악행을 보고 그냥 넘어갈 리가 없어. 신 씨는 무섭고…… 마음씨가…… 따뜻하니까……."

"……밀트?"

점점 목소리에 힘이 들어가는 밀트에게 신이 말을 건넸다. 기분 좋게 이야기하던 밀트의 얼굴이 점점 괴로움에 일그러졌다.

"아, 아아…… 신…… 씨? ……아냐, 그럴 리가……. 나는…… 죽었나? 아…… 신 씨, 신 씨 신 씨 신 씨!!"

밀트는 신의 이름을 계속 부르며 몸을 움직였다.

수면에 파문을 남기며 순식간에 신에게 접근한 것이다. 정신은 불안정했지만 육체는 몸에 밴 움직임을 정확히 재현해

냈다.

그녀의 얼굴에는 광기 어린 미소가 맺혀 있었다.

"위화감이 느껴진다 했더니만. 그렇게 된 거였나."

신은 작게 투덜거리며 밀트의 공격을 받아냈다. 그녀가 내지른 오른팔을 왼손으로 잡아내고, 이어지는 왼쪽 무릎 공격을 오른손으로 막아냈다.

팔다리를 하나씩 잡힌 밀트는 이어서 오른발로 신을 걸어차려고 했다. 신은 잡고 있던 팔다리를 놓으며 턱을 노린 발차기 궤도에서 몸을 피했다.

그와 동시에 상태 이상을 회복시키는 【큐어】를 발동했지만 공격을 시작한 밀트의 몸을 검은 안개가 뒤덮고 있어 효과가 없었다.

다만 신의 【큐어】를 맞은 안개는 거의 공중에 흩어졌다. 한 번만 더 사용하면 효과가 나타날 것 같았다.

안개가 옅어진 영향인지 밀트의 표정에 곤혹스러움이 섞이기 시작했다. 무언가를 두려워하듯 거리를 벌리고 아마추어처럼 산발적인 공격을 남발하고 있었다.

신은 밀트의 마법 공격을 압도적인 저항력으로 받아내며 그녀에게 천천히 다가갔다.

"만나고, 싶어……. 없어……. 어디, 싸우고……. 졸려, 무서워……."

신은 밀트의 입에서 단편적으로 흘러나오는 단어를 듣고

그녀가 데스 게임 시절의 기억을 떠올리고 있는 것 같다고 생각했다.

그토록 집요하게 싸움에 집착하는 이유를 알고 있기 때문에 가능한 추측이었다.

"……나는, 살아 있어? 눈은, 떠졌어? 안 돼……. 그러면, 또……."

그리고 그것은 밀트가 다음으로 꺼낸 한마디에 확신으로 바뀌었다.

"누구든 좋으니까— 나를 죽여줘."

"거절한다."

멍한 눈에서 눈물을 흘리며 꺼낸 말을 신은 거부했다.

그리고 오른손으로 양팔을 제압한 뒤 왼손으로 밀트의 얼굴을 잡았다.

"빨리 정신 좀 차려!"

신이 발동한 스킬이 밀트의 몸을 뒤덮은 안개를 흩뜨렸다.

방금 전보다 강한 마력을 담은 【큐어】는 안개의 저항을 무색하게 만들며 밀트에게 걸린 상태 이상을 전부 소멸시켰다.

밀트는 정신적인 부담이 컸는지, 상태가 회복되자마자 의식을 잃고 말았다.

아무래도 알몸인 채로 누일 수는 없었기에 신은 망토를 실체화해서 덮어주었다.

"이 녀석을 조종할 수 있을 정도라면 베일리히트에서 나타났던 것과는 차원이 다른 데몬이 있다는 건데."

"공작급일까요? 아니면……."

"대공급인지도 모르지."

밀트의 능력치라면 장비에 따라 카게로우와도 호각으로 싸울 수 있었다. 게다가 주특기가 독인 만큼 상태 이상에 대한 내성도 신경 쓰는 편이었다.

그런 밀트가 강력한 상태 이상 공격을 당했다.

밀트를 조종한 자는 적어도 밀트와 동급이거나 그 이상의 능력을 가진 것이 틀림없었다.

"음……."

신과 슈니가 이야기를 나누는 사이 밀트가 신음 소리를 냈다.

천천히 눈을 뜬 밀트는 사람의 기척을 느꼈는지 두 사람 쪽으로 시선을 향했다.

"어라…… 신…… 씨?"

"안녕. 잘 잤어?"

"어, 응…… 앗, 아니? 어째서 신 씨가……?! 우왓!! 어째서 난 알몸이지?!"

의식이 선명해진 밀트는 지금 자신이 처한 상황을 인식하며 당황한 기색을 감추지 못했다. 방금 전까지의 기억도 없는지 「여긴 어디?!」 「몸이 왜 끈적끈적하지?!」 같은 말을 소리치며 허둥대고 있었다.

"아…… 어쨌든 진정해봐."

"신 씨까지 알몸…… 서, 설마 내 몸을……?!"

"안 건드렸어! ……잘 봐봐. 아래는 수영복을 입었다고. 누가 알몸이라는 거야."

덮어준 망토로 몸을 감싸며 올려다보는 밀트의 말이 끝나기도 전에 신은 바로 끼어들었다.

"저기, 머리에 일격을 가하는 건 아무리 그래도 심하지 않나요?"

"아니, 이 녀석이라면 괜찮아."

"으으, 너무해……."

신은 슈니에게 아무 문제 없다는 표정을 지어 보인 뒤 밀트를 내려다보았다.

신의 촙 공격에 그나마 정신을 차린 밀트는 다시 한 번 주위를 살피고 있었다.

"이봐, 이제 좀 진정이 돼?"

"머리는 아프지만. 하지만 이렇게 가차 없는 걸 보니까 역시 신 씨가 맞네. 어쨌든 내가 왜 이런 곳에서 발가벗고 있는지 설명해주지 않을래?"

"그 전에 네가 어디까지 기억하는지 말해봐. 난 방금 전까지만 해도 너한테 공격을 받았어. 뭐, 그 전에 옷부터 입고."

신은 자기 질문이 먼저라는 듯이 밀트에게 설명을 요구했다.

시키는 대로 옷을 입고 간신히 민망하지 않은 모습이 된 밀트는 머리를 긁적이며 이야기하기 시작했다.

"—그러니까 뭐, 내가 기억하는 건 이 정도야. 그 뒤로는 기억이 상당히 흐릿해. 분명하게 정신을 차린 건 신 씨의 얼굴이 눈앞에 있을 때였던 것 같아."

밀트의 말에 따르면, 강한 상대와 싸우기 위해 『사원의 허무』에서 활동하고 있었다. 그런데 『정점의 파벌』의 의뢰로 호위를 맡기 위해 이 동굴에 들어온 뒤부터 기억이 애매해진 것이다.

누군가를 만났던 것은 틀림없는데 그게 누구인지는 기억하지 못하는 듯했다.

"그렇구나. 마음대로 부려먹고 있었나 보네."

"하아…… 변명의 여지도 없어."

밀트는 자신의 실책을 인정하며 힘없이 고개를 숙였다.

자신이 조종당했다는 것이 어지간히 충격적이었던 모양이다.

"신 씨. 당신은 내가 납치했다는 아이를 구하러 온 거지?"

"그 밖에도 구해야 할 녀석이 있긴 해."

"나도 데려가주지 않을래? 내가 한 일은 내가 책임지고 싶어."

말투는 조용했지만 신은 밀트가 분노하고 있다는 것을 알았다.

밀트는 PK로 살아가던 시절에도 상대에게 꼭 승낙을 받고 나서 싸울 만큼 쓸데없이 성실한 구석이 있었다. 아무리 조종 당했다지만 자신의 행동을 남 탓으로 떠넘기고 싶지는 않은 모양이었다.

"전력이 많아지는 거야 좋지만 네가 납치한 녀석의 같은 편도 함께 왔는데?"

"그래도…… 아니, 그래서 꼭 돕고 싶다고 해야 하려나. 내가 사람을 공격하는 건 상대방이 먼저 살의나 적대감을 드러내거나 서로 {목숨 걸고} 싸우기로 동의했을 때뿐이야. 납치니 협박이니 하는 건 절대 하기 싫고 앞으로도 안 할 거야. 하지만 이번에 내 의지는 아니었지만 결국 선을 넘고 말았어. 이 빚은 갚아줘야지."

밀트는 굳은 의지가 담긴 표정으로 말했다.

신은 그런 모습을 보자 밀트가 자신들을 속이려는 것은 아니라는 생각이 들었다.

『슈니는 어떻게 생각해?』

『적어도 연기는 아닌 것 같아요. 그녀의 계약 정령도 안도한 기색을 보이거든요. 아무래도 상태가 이상하던 주인을 걱정하고 있었나 봐요.』

신은 심화로 슈니의 의견을 들은 뒤에 데려가는 것도 괜찮겠다고 생각했다.

적이었던 상대를 아군으로 받아들이는 셈이지만 밀트 역시 동료로 데려가지 않으면 멋대로라도 따라올 것이 분명했다.

"알았어. 따라와서 안 될 건 없고 도와준다면 우리야 고맙지. 하지만 멋대로 행동하면 끝이야. 우리 일에 방해가 되면 그냥 넘어가지 않겠어."

"그건 나도 알아. 신 씨와 싸우는 건 굉장히 매력적이지만 지금 상태로는 나도 즐기지 못할 것 같아."

밀트는 못 믿는 게 당연하다는 듯이 고개를 끄덕였다.

"그런 일에 매력을 느끼지 말라고. 시간이 조금 지체됐으니까 일단 돌아가야겠어. 장비에【형체 변화】는 부여되어 있겠지?"

"그럼. 봐봐."

신의 말을 듣자 밀트는 장비를 변화시켰다.

일본식 디자인의 노출이 심한 전투복이 밀트의 몸에 맞추어 형태를 바꾸었다.

"왜 학교 수영복이⋯⋯."

밀트의 의상을 본 신의 기분이 복잡해졌다.

밀트의 장비가 놀랍게도 학교 수영복으로 변화했기 때문이다. 가슴에는 정성스럽게「밀트」라는 글자까지 들어가 있었다.

수영복 디자인을 바꾸고 싶으면【형체 변화】를 다시 부여하면 된다. 따라서 마음에 들 때까지 몇 번이고 바꿀 수 있었다.

그 때문인지 게임 시절에는 학교 수영복이나 끈 수영복 같은 마니아 취향의 디자인을 거의 찾아볼 수 없었다. 굳이 그런 수영복을 고르는 여성은 없기 때문이다.

"훗훗훗. 놀랍게도 이 형태에서는 수중 이동 속도가 플러스 10퍼센트!"

"운영자는 대체 무슨 생각을 하는 거야……."

신은 예상외의 보정 수치에 어이없어하며 수중을 고속으로 이동하기 시작했다.

"일단 소개할게. 이쪽은 내 서포트 캐릭터였던 슈니야. 강하니까 괜히 건드리지 말라고."

서로 소개는 해주어야 할 것 같아 신은 일단 말을 꺼냈다.

"그리고 이 녀석은 밀트. 게임 시절에는 『독(毒) 로리의 밀트』라고 불리던 상급 플레이어였어."

"독 로리…… 라고요?"

"잠깐?! 그렇게 소개하는 건 너무해! 누군 좋아서 이렇게 조그마한 줄 알아?!"

신은 태연한 얼굴로 밀트의 별명을 폭로했다.

밀트의 키는 현실에서와 똑같은 145세메르였다.

현실의 본인 얼굴을 그대로 적용했다고 하는데 앳돼 보이는 외모는 예쁘다는 말보다 귀엽다는 말이 더 어울렸다.

다만 그녀의 체격은 기껏해야 중학생, 높게 잡아도 고등학생 정도로밖에 보이지 않았다.

VR의 특성 때문에 얼굴은 몰라도 체격까지 바꿀 수는 없기 때문이다.

"겉모습이 어려 보이고 독을 사용하니까 붙은 별명이야. 그 것 말고『미니멈 버서커』라는 별명도 있었어."

"왜 꼭 작다는 의미가 들어가느냐고! 그리고 내 메인 직업 은 기술사란 말이야. 내가 키는 작아도 가슴은 크거든?!"

밀트는 그렇게 말하며 자신의 가슴을 손으로 받쳐 올렸다.

그러자 안 그래도 타이트한 수영복이 밀트의 손에 터질 것 처럼 되고 말았다.

아바타의 외모를 설정할 때 너무 허세를 부린 것이 아닌가 싶었다. 가만히 있어도 존재감을 드러내는 모성의 상징이 살 짝 민망할 정도로 강조되고 있었다.

그것이 밀트의 외모와 어우러지며 '학교 수영복+거유+로 리'라는 위험한 광경을 연출해냈다.

"그런 바보짓을 할 여유가 있으면 속도나 높여. 그리고 뭍 으로 올라가면 조금 자중하는 게 좋을 거야."

"자기가 먼저 내 별명을 폭로해놓고 마지막에는 무시하다 니……. 옛날의 신 씨처럼 쌀쌀맞게 느껴져."

"기분 탓이야. 그보다 몸은 이상 없어?"

"아, 응. 그건 괜찮아. 조종당했다고는 해도 나 자신은 자고 있었던 거나 마찬가지니까 말이지. 두통이나 현기증도 없어. 방금처럼 놀려도 멀쩡하잖아."

투정을 부리던 밀트도 신이 일부러 감정을 자극했다는 것을 깨닫고 얌전해졌다.

그런 모습이 무리를 하는 것처럼은 보이지 않았다. HP와 MP도 변화가 없었기에 수치상으로는 완벽하게 회복된 것처럼 보였다.

"그보다 이 스타일을 보고도 아무 반응이 없는 신 씨가 존경스러워. 현실 세계보다는 남자들이 제법 좋아하는 몸매가 됐다고 생각했는데. 아쉬워라."

밀트는 어디까지가 진심이고 어디까지가 농담인지 모를 말을 중얼거렸다.

신 역시 밀트가 매력적이라고 생각했다. 하지만 아무리 매력적이라도 이런 상황에서 섹시함이나 알몸 같은 것에 반응할 만큼 신은 호색한이 아니었다.

"나는 여전히 너를 잘 모르겠어."

"베일에 싸인 여성이니까요."

"그런 옷 입고 가슴을 펴지 마. 이제 거의 다 왔어."

신은 수면 위의 빛을 올려다보며 말했다. 그리고 몇 분 뒤에 세 사람은 해변에 도착했다.

"신 공, 그분은……?"

케니히는 두 사람과 함께 돌아온 밀트를 보고 경계심을 드러내며 물었다.

"아…… 사정을 설명할 테니까 일단 끝까지 들어주세요."

함께 행동하는 이상 신도 그녀의 정체를 밝힐 수밖에 없었다.

밀트는 다름 아닌 해미를 납치한 장본인이었다. 어설프게 숨겼다가 나중에 들키는 것보다는 미리 털어놓는 것이 현명했다.

"……."

설명이 끝나자 케니히는 잠시 침묵했다.

밀트라는 이름을 밝혔을 때 케니히는 칼자루에 손을 가져갔지만 그래도 마지막까지 신의 이야기를 들어주었다.

"정말 아무것도 기억하지 못하는 것이오?"

잠시 입을 다물고 있던 케니히가 조용한 목소리로 물었다.

피해자 측, 그것도 해미의 경호 담당인 케니히의 입장에서는 조종당해서 어쩔 수 없었다는 말을 쉽게 납득할 수 없었다.

"그 일에 대해서는 변명의 여지가 없어. 하지만 내 입장에서도 마음대로 이용당했다는 건 기분이 나빠. 모처럼 신 씨가 구해줬으니까 은혜는 갚을 거야. 설득력은 없을 테지만 이래 봬도 신수와 대적할 만한 실력은 있다고 자부하거든."

밀트는 케니히를 똑바로 바라보며 이야기했다.

그녀의 진지한 눈동자가 물러설 뜻이 없다고 말하는 듯했다.

"뭐, 이렇게 되는 게 당연하겠지."

신은 이미 예상하고 있었기에 당황하지 않고 케니히만 따로 불러냈다.

"신 공을 의심하는 것은 아니지만 정말로 괜찮은 것이오?"

"무슨 말을 하려는 건지 압니다. 하지만 여기서 따로 행동하는 건 좋은 방법이 아니에요. 저 녀석의 실력이 어느 정도인지는 케니히 씨도 잘 알잖아요."

완전한 상태가 아니었다지만 밀트는 케니히를 가볍게 제압해버렸다. 게다가 능력치 자체도 케니히보다 위였다.

신의 미니맵과 감지 능력을 총동원해도 파티원이나 서포트 캐릭터가 아닌 해미의 행방을 찾아내기는 힘들었다.

인위적으로 확장된 동굴 내부는 이미 확인한 범위만 해도 상당히 넓었다. 적에게 들키지 않고 함정을 회피하면서 사람을 찾는 것은 쉽지 않은 일이었다.

게다가 만약 따로 움직이다가 밀트가 적에게 발각된다면 신 일행도 행동에 제약을 받을 수밖에 없었다.

무엇보다도 적들 중에 대공(大公)급 데몬이 있을지도 모르는 지금, 전력이 늘어난다고 손해 볼 것은 없었다.

"일단 이걸 사용하면 배신할 염려는 줄어든다고 생각하는데요."

신은 그렇게 말하며 브루크의 방에서 회수한 『예속의 목걸이』를 꺼내 보였다.

"흐음……."

케니히는 괴롭게 신음했다.

밀트의 눈빛이 살아 있다는 것은 케니히도 이미 알고 있는 모양이었다.

게다가 악인도 아닌 사람에게 『예속의 목걸이』를 사용하고 싶지는 않은 것이리라.

"……어쩔 수 없구려."

모든 사정을 고려한 케니히는 결국 밀트를 받아들였다.

"밀트라고 해. 종족은 하이 픽시고 직업은 기술사. 이 아이는 내 베스트 프렌드인 운디네인데 이름은 네르야. 그건 그렇고 다들 강하네. 나중에 나랑 싸워주지 않을래?"

신과 케니히가 조금 떨어진 곳에서 따로 이야기를 나누는 사이 밀트는 나머지 일행에게 간단한 자기소개를 하고 있었다. 다만 마지막 한마디가 옥에 티였다.

그 뒤로는 밀트가 기억하는 동굴 내부 정보에 관해 들으며 해미가 붙잡힌 곳이나 의식 장소를 대략적으로 추측해냈다.

그리고 모두가 각자의 역할을 확인한 뒤에 즉시 이동을 개시했다.

✝

"설마 물속에서 대화하게 될 줄이야."

동굴로 향하는 도중에 신의 옆에서 헤엄치던 티에라가 중

얼거렸다.

그녀가 입은 수영복은 선명한 녹색 비키니였고 가슴에서 【다이브(잠수)·Ⅴ】스킬이 부여된 목걸이가 흔들렸다.

"어떤 원리로 대화가 되는지는 스킬을 사용한 나도 모르지만 말이지."

"얼굴 주위에 공기가 생기는 것도 아닌 것 같은데 호흡이 되는 것도 신기해. 뭐, 덕분에 나도 모두와 함께 갈 수 있게 됐으니까 그냥 넘어갈게."

신 일행은 물속을 나아간 끝에 동굴 내부에 진입했다.

유즈하와 카게로우도 개헤엄으로 따라오고 있었다.

일행은 밀트를 만났던 호수를 지나 함정과 경비의 눈을 피해 안쪽으로 나아갔다.

신과 슈니의 감지계 스킬을 사용하면 웬만한 함정은 전부 발견할 수 있었다.

"위쪽은 거주 구역하고 창고가 대부분이군. 중요한 장소는 더 아래쪽에 있는 건가?"

"아마 그럴 거야. 계속해서 내려갔던 기억이 있거든. 본거지만큼은 아니지만『정점의 파벌』은 나름대로 큰 조직이라 여기도 꽤 넓어. 동굴 벽도 무너지지 않도록 보수되어 있고."

"그럴 테지. 구멍이 이렇게 뚫려 있으면 지진 한 방에 끝장이니까."

통로는 벽이 울퉁불퉁하기는 해도 성인 네 명이 나란히 걸어갈 수 있을 만큼 넓었다.

그 외에 대형 홀과 개인실, 창고 같은 공간도 많았기에, 아무 보강도 하지 않았다면 쉽게 무너져 내렸을지도 모른다.

신 일행은 미니맵으로 특별한 방이 있는지 찾으며 아래쪽으로 계속 내려갔다. 각 층을 꼼꼼히 조사했기 때문에 속도가 느려질 수밖에 없었다.

"뭐지?"

1시간 정도를 계속 내려갔을 때【매직 소나(마력파 탐지)】를 사용한 신의 미니맵에 한층 넓은 공간이 표시되었다.

창고로 쓰던 방보다도 더욱 넓은 곳이었다. 그곳에서 안쪽으로 더 이어지는 듯했지만 마력파 탐지의 범위가 아슬아슬하게 닿지 않아 미니맵에는 표시되지 않았다.

"의식 장소일까요?"

슈니가 속삭였다.

"아마 그렇겠지. 밀트는 어떻게 생각해?"

"그 예상이 맞을 거야. 아주 큰 공간이었던 것 같거든."

의식 장소 근처에 해미가 붙잡혀 있을 가능성도 있기에 신 일행은 일단 주위를 탐색하며 의식 장소로 내려갔다.

"……신."

지하로 이어지는 계단을 내려가고 있을 때 신의 옆에 있던 슈바이드가 말을 꺼냈다.

"무슨 일이야?"

"아무래도 확실히 대공급 데몬이 있는 것 같소."

"내 감지 범위 내에는 아무 반응도 없는데?"

"무(武)의 기척이 느껴지오. 이렇게 흐릿한 것을 보면 틀림없소. 무신(武神) 타입이오."

일정한 방향을 돌아보며 말하는 슈바이드의 말은 확신으로 가득했다.

신은 슈니에게 눈짓을 보내 물었지만 그녀는 고개를 가로저었다.

슈니가 전에 마기 외의 기척을 느낀 것처럼 슈바이드 역시 다른 사람이 감지할 수 없는 무언가를 느끼는 것 같았다.

아무 근거도 없는 정보였지만 슈바이드의 말을 의심하는 사람은 아무도 없었다. 케니히와 밀트는 싸움을 업으로 삼은 사람이 강자의 기척을 느끼는 것을 자연스럽게 받아들이고 있었다.

티에라 역시 자신만이 느낄 수 있는 감각이 있었기에 아무 말도 하지 않았다.

"솔로 타입인가. 레이드 타입이 없다면 좋을 텐데 말이지."

무신 타입이라 불리는 인간형 데몬은 레이드 타입과는 달리 공략 조건이 동일하기 때문에 상대에 대한 정보 없이도 어느 정도는 대응할 수 있었다.

강적이라는 사실은 변함없지만 쓰러뜨릴 때까지 걸리는 시간과 피해를 생각해보면 그나마 나은 편이었다.

"이제 곧 의식 장소에 도착해요. 이야기는 이쯤 하죠."

슈니의 말에 모두가 입을 다물었다.

감지 범위 내에는 특별한 반응이 없었다.

신과 슈니가 앞장서서 의식 장소 안에 들어섰다.

"쿠우! 여기 기분 나빠!"

"그루!"

그 순간 유즈하와 카게로우가 앞으로 뛰쳐나갔다. 온몸의 털을 곤두세우며 주위를 위협하는 듯했다.

"왜 그러는 거야?"

신이 묻자 유즈하는 다급하게 대답했다.

유즈하에 따르면, 이곳은 지맥의 구심점 중 하나인데 원래의 흐름이 마기에 방해받고 있었다.

"그게 느껴지는 거야?"

"유즈하가 있던 곳하고 똑같아. 불길한 느낌이 들어. 쿠우!"

아무것도 없는 공터 같았지만 자세히 살펴보니 바닥 전체에 마법진이 그려져 있는 것을 알 수 있었다. 공터 내의 바닥과 벽을 이루는 재질도 일반적인 보강 자재와는 분명 달랐다.

아무래도 유즈하의 말처럼 그것들이 지맥의 흐름에 악영향을 끼치고 있는 듯했다.

"이렇게나 피비린내가 나는 걸 보면 분명 이곳에서 역겨운 짓을 벌였던 거겠지. 우리도 가만히 있을 수는 없어."

신 일행은 해미를 발견하지 못할 경우에 대비해서, 마법진이 효과를 발휘하지 못하도록 일부를 지운 뒤 새로 그렸다.

신은 이 정도로 큰 마법진에 대해 잘 알지 못했기에 지시는 슈니가 내렸다.

"자, 남은 건 이 앞인가."

작업을 마친 일행은 의식 장소 끝에 놓인 문 앞에 모여 섰다.

세로 4메르, 가로 3메르의 거대하고 묵직해 보이는 문이었다. 잠겨 있었지만 신 일행에게는 장난감이나 다름없었다.

보이는 만큼 무거운 문을 신과 슈바이드가 힘껏 밀어젖혔다.

잘 손질되어 있는지 아무 소리 없이 열린 문 너머에는 아무도 예상치 못한 광경이 펼쳐져 있었다.

"이건 대체……."

신은 무심결에 불쑥 중얼거렸다.

눈앞에는 10메르 높이의 거대한 수정(水晶)이 놓여 있었다. 인공적으로 연마된 유리처럼 투명한 수정이었다.

그 덕분에 수정 안에 있는 것, 아니 있는 사람의 모습이 선명하게 보였다.

"필마…… 인 건가요?"

슈니가 눈앞의 광경을 보며 중얼거렸다.

수정 안에서 잠든 것처럼 눈을 감고 있는 인물.

그것은 틀림없이 신의 두 번째 서포트 캐릭터인 필마 토르메이아였다.

†

　필마 토르메이아.

　어깨까지 내려오는 자홍색 머리카락과 같은 색의 눈동자를
가진 하이 로드였다.

　지금은 눈을 감고 있어 눈동자 색은 보이지 않았다.

　장수 종족이기 때문인지, 아니면 수정이 가진 특별한 효과
때문인지는 모르지만 500년이라는 세월이 흘렀음에도 신이
기억하는 모습과 크게 다르지 않았다.

　슈니에 필적하는 풍만한 가슴과 몸을 덮은 보라색의 마법
갑옷도 옛날과 똑같이 빛나고 있었다.

　"이건…… 계(界)의 물방울이 모인 결정(結晶)인가?"

　신은 경악하면서 필마가 갇힌 수정을 바라보았다.

　게임에서 보았을 때는 일반적인 마력 결정인 줄 알고 있었
지만 직접 【감정】 스킬을 사용해보니 그것은 고대급 재료인
계의 물방울이라는 아이템이었다.

　"엄청난 마력이 뿜어져 나오는 곳에 갔던 건가?"

　계의 물방울은 크기에 따라서 연마만 해도 무기로 쓸 수 있
는 제작 재료였다. 거기에 갇혀 있다면 제아무리 필마라도 탈
출할 수 없었으리라.

외모에 변화가 없는 것과 필마의 『익스베인』이 원래 주인을 인식하지 못했던 것은 필마가 계의 물방울이 가진 강력한 마력에 봉인되었기 때문일지도 모른다고 신은 생각했다.

"아는 사이요?"

"네. 지금껏 연락이 닿지 않던 동료입니다."

케니히가 묻자 신은 고개를 끄덕이며 대답했다.

이런 상태라면 당연히 연락이 닿을 수 없었으리라.

"저기, 신 씨. 데몬은 최근 들어 활동하기 시작했다고 했지?"

"그런 것 같아. 활동할 수 없었던 건지, 아니면 활동하지 않았던 건지는 아직 모르지만 말이지."

신은 슈니에게 들은 정보를 토대로 밀트의 질문에 대답했다.

"그게 이것하고 무슨 관계가 있지 않을까?"

밀트는 필마가 봉인된 수정을 가리키며 말했다. 그녀 역시 수정에서 무언가를 느끼고 있는 듯했다.

"……가능성은 있겠지. 마기도 그렇지만 이렇게나 커다란 수정이 지맥 위에 있는 거잖아. 여러 가지로 관련이 있을 것 같긴 해."

"맞아. 지맥 근처에서 계의 물방울을 얻는 퀘스트는 없었어."

계의 물방울은 보통 마력이 쌓이는 장소에서 생겨난다. 따라서 지맥처럼 힘이 흘러가는 곳에서는 발생하지 않았다.

"다른 곳의 지맥에서 마기와 관련된 일이 있기는 했어."

신은 유즈하를 처음 만난 신사(神社)에 대해 떠올렸다. 지금 단계에서 알 수 있는 것은 데몬들이 지맥을 건드리려는 모종의 이유가 있다는 사실 정도였다.

『쿠우, 저 돌 밑에서 커다란 힘이 느껴져. 하지만 저 돌은 기분 나빠.』

지맥과 관련이 깊은 유즈하는 수정과 그 밑에 봉인된 힘을 민감하게 느끼는 것 같았다. 하지만 그것이 귀중한 아이템이라는 것을 잘 모르는지 단순히 커다란 돌로만 취급하고 있었다.

평소에는 호기심이 왕성하던 유즈하가 지금은 신의 어깨 위를 떠나려고 하지 않았다.

"저기, 신. 뭐야, 이거……."

신이 이제부터 어떻게 해야 할지 고민할 때 티에라가 다가왔다.

"계의 물방울이라는 특수한 아이템이야. 이 정도로 큰 건 나도 처음 보는데……."

믿어지지 않는다는 표정의 티에라에게 신은 그 수정의 정체를 간단히 설명했다. 하지만 티에라의 표정은 여전히 심각해 보였다.

"왜 그래?"

"여기 담긴 마력이 오염되어 있어. 으으…… 어째서, 이런……."

신은 그런 티에라가 의아할 뿐이었다.

티에라는 오른손으로 입가를 틀어막으며 그 자리에 주저앉았다. 그리고 왼팔로 자신의 떨리는 몸을 감싸며 눈물을 흘리기 시작했다.

"어, 이봐, 티에라! 대체 왜 그러는 거야?!"

티에라의 갑작스러운 눈물을 본 신은 정신계 마법에 당했나 싶어 다급히 상태 화면을 확인했다. 하지만 아무 이상도 없었기에 티에라가 왜 우는 것인지 짐작조차 할 수 없었다.

"티에라, 진정해요. 귀를 기울이면 안 돼요."

티에라의 이상을 감지하고 달려온 슈니가 조용하면서도 단호한 목소리로 타일렀다. 그리고 양손으로 티에라의 얼굴을 자신 쪽에 돌리고 똑바로 눈을 마주 보았다.

"스승님, 이런, 이런 일이……."

"뭘 느꼈나요?"

"비명이…… 들렸어요. 그만해달라고, 살려달라고요. 그리고 그 말을 듣고 웃는 누군가의 목소리도……."

티에라는 몸을 떨며 말을 이어나갔다.

심상치 않은 분위기를 느낀 슈바이드와 케니히도 주변 탐색을 멈추고 티에라의 말에 귀를 기울이고 있었다.

"슈……유키, 이게 대체 무슨 소리야?"

"아마 여기서 죽은 사람들의 목소리를 듣고 있는 거겠죠."

티에라를 진정시키며 이야기를 들어주던 슈니가 말했다.

기본적으로 감각이 민감한 엘프는 영감 같은 것도 강한 모양이었다.

"자세히 설명할 수는 없지만 티에라는 다른 엘프보다도 감각이 더 예민하거든요. 저는 이런 종류의 감각이 둔한 편이지만 누군가가 속삭이는 소리 같은 건 들려요. 아마 상당히 많은 사람들이 이곳에서 죽었다고 봐도 되겠죠."

슈니는 눈썹을 찡그리며 티에라의 등을 쓰다듬어주었다.

"저쪽 방에 가득한 그 기운이 이 수정에 모여들고 있는 것 같아요. 아까 제가 고쳐 그린 마법진에 그런 기능이 있었어요."

"그런 거구나. 이 수정이 어딘가 이상하다는 건 나도 대충 느껴져. 유즈하가 말한 것처럼 지맥에 영향을 주기 위한 기점인지도 몰라."

슈니와 유즈하의 이야기를 듣고 나자 수정이 내는 빛이 불길하게 보였다.

"섣불리 건드리지 않는 게 좋으려나?"

"그렇소이다. 가까이 가보면 분명히 느껴지오. 이 마기는 위험하오."

슈니에게 티에라를 맡기고 수정에 다가간 신은 슈바이드의 말에 고개를 끄덕였다. 계의 물방울이라면 마기의 영향을 거의 받지 않지만 농도가 짙을 경우 이야기가 달라지는 것이리라.

"지맥이 오염되었다면 마기와도 관련이 있을 텐데. 징화해두는 게 좋을까?"

그때 신은 조종당하던 밀트의 몸에 덮인 안개를 떠올렸다. 지금은 그것이 마기의 일종이라는 것을 알 수 있었다.

"쿠우!"

"부탁이야……. 이건 너무 잔인해……."

유즈하가 털을 곤두세우며 짖었고 티에라는 눈물을 흘리며 애원했다.

"죄송합니다, 케니히 씨. 해미 씨를 구출하러 와놓고 저희 동료를 우선시하는 것 같아 죄송하지만 이쪽을 먼저 처리해도 될까요?"

"……아니, 신경 쓸 것 없소이다. 그분도 본인 때문에 이 일을 그냥 넘어가면 기뻐하지 않을 것이오."

신은 케니히에게 조심스럽게 제안을 꺼냈다.

하지만 신의 예상과는 달리 케니히는 바로 승낙해주었다.

"괜찮겠습니까? 이것 때문에 데몬에게 들킬지도 모르는데요."

"그때 일은 그때 가서 생각하면 되오. 나는 해미 님의 호위역이지만 한 명의 기사이기도 하오. 보다 많은 사람들을 지켜야 하는 의무가 있소. 특별한 감각을 느끼지 못하는 나도 이 수정에서 이상한 기운이 뿜어져 나오고 있다는 건 알 수 있소. 이런 물건이 좋은 일에 사용될 리가 없소이다. 대를 위해 소를 희생시키는 일도…… 때로는 필요한 법이오."

해미 한 사람 때문에 재앙의 근원을 방치해둘 수는 없었다.

케니히는 단호하게 말했지만 신의 눈에는 그가 마음속으로 심한 갈등을 겪는 것처럼 보였다.

"알겠습니다. 그러면 시작하겠습니다."

신은 케니히를 향해 고개를 끄덕여 보인 뒤 수정을 향해 신성계 스킬【하이 큐어】를 발동했다. 밀트에게 사용한【큐어】의 상위 버전으로 여러 개의 상태 이상을 단번에 회복시키는 스킬이었다.

신의 오른손에서 뻗어 나온 빛을 받으며 마기가 약해지고 있었다.

"역시 농도가 다른 건가. 그렇다면……!"

신은 한 손으로는 너무 오랜 시간이 걸리겠다고 판단하고 이번에는 왼손을 뻗으며 신성계 스킬【정화】를 발동했다.

두 신성 마법의 눈부신 빛이 지하의 폐쇄된 공간을 가득 채웠다.

빛에 닿은 마기는 그에 저항하듯이 징그럽게 꿈틀거렸다.

저항이 강해진 것을 느낀 신은 양손에 더욱 많은 마력을 담기 시작했다. 그러자 손에서 뻗어 나오는 빛의 세기가 강해졌다.

그리고 약 5분 뒤, 드디어 한계가 왔는지 수정에 달라붙어 있던 마기는 공중에 흩어지듯 사라져버렸다.

그와 동시에 마기의 영향에서 벗어난 수정이 원래의 빛을 되찾았고 일행은 안도의 한숨을 내쉬었다.

"마기는 사라진 거지?"

"응, 괜찮아. 이제 아무도 괴로워하지 않아."

"쿠우."

신이 확인하듯 중얼거리자 티에라와 유즈하가 대답했다.

수정을 오염시킨 마기는 이제 완전히 사라진 것 같았다.

"응?"

신이 수정을 보며 의아하다는 듯이 중얼거렸다.

수정의 표면이 옅은 붉은빛을 띠기 시작했기 때문이다.

"……뭔가가 잘못된 건가?"

"괜찮아. 수정을 뒤덮은 빛은 안에 갇힌 사람의 마력에서 나오는 거니까."

신이 불안해하자 근처에 있던 티에라가 명확히 설명해주었다.

농도가 짙은 마력은 빛으로 나타날 때가 있다고 티에라는 덧붙였다.

"아마 오랜 시간 안에 갇혀 있다 보니 필마의 마력에 동화된 것 같아요. 마기가 사라지니까 선명히 보이게 된 거겠죠."

티에라의 설명을 보충하듯이 슈니가 말했다. 엘프는 마력을 감지하는 능력도 높기 때문에 두 사람은 바로 알아챈 것 같았다.

신도 마음을 가라앉히자 희미하게나마 필마의 마력을 느낄 수 있었다.

"신 씨는 가끔씩 이렇게 성격이 급해질 때가 있다니까. 자기 서포트 캐릭터가 이용당한 것 때문에 속으로는 꽤나 화가 난 거지? 그래서 마력을 느끼지 못한 거고."

"그야 뭐……."

"이 세계에서는 NPC도 어엿한 사람이니까 말이지. 소중히 여기는 캐릭터, 아니, 지금은 사람이라고 해야 하려나. 아무튼 그런 존재를 건드린 것 때문에 화를 내는 건 당연하다고 생각해."

그것은 플레이어끼리만 이해할 수 있는 일이었다. 밀트는 고개를 살짝 끄덕거리며 「그래야 신 씨지~」라고 기분 좋게 중얼거렸다.

"정말이지 넌……."

신은 머리를 식히며 한숨을 쉬었다. 그제야 자신에게 정신적 여유가 없었다는 것을 깨달을 수 있었다.

"동료가 당했는데 아무렇지도 않을 수는 없어요."

슈니가 옹호해주었지만 신은 조용히 고개를 가로저었다.

"아니, 그렇다 해도 이건 내 실수야. 적어도 좀 더 확인하고 나서 판단해야 했어. 미안."

신은 이러면 안 된다고 생각했다. 어느 때에도 냉정하게 행동해야만 하는 것이다.

『쿠우?! 왔어!!』

"우옷?! 왜 그래?!"

모두가 한숨 돌리고 있을 때 유즈하가 갑자기 신의 어깨 위에서 소리쳤다.

그리고 신이 놀라는 것도 신경 쓰지 않고 수정을 향해 일직선으로 달려갔다.

"쿠~~ 쿠웃!!"

수정과 지면이 접한 곳까지 다가간 유즈하가 크게 울자 지하에서 금색과 은색이 뒤섞인 빛이 뿜어져 나와 유즈하의 몸을 휘감았다.

빛은 유즈하의 몸을 뒤덮듯 감싸더니 몇 초 뒤에 유즈하에게 흡수되듯이 사라졌다.

"유즈하? 방금 그건……."

『쿠우! 유즈하, 파워업!!』

유즈하는 얌전히 앉아 「쿠우!」 하고 울었다. 자세히 보니 몸이 한층 커지고 꼬리도 세 개에서 여섯 개로 늘어나 있었다.

아무래도 힘의 일부를 되찾은 것 같았다.

『지맥을 일그러뜨리던 힘이 사라져서 힘이 부활한 거야?』

『대충 그런 것 같아!』

……하지만 정신 연령은 여전히 똑같은 것 같았다.

"그렇다면 유즈하도 파워업한 김에 필마를 구해볼까."

신은 기분 좋아진 유즈하 옆에 서서 생산직 공통 스킬【창련(創鍊)】을 발동했다.

생산 계열이라면 어떤 직업이든 반드시 습득할 수 있는 기술로, 계의 물방울을 가공할 때 필요한 전용 스킬이었다.

"잠시만 기다려줘."

신은 그렇게 말하며 수정에 손을 댔다. 스킬이 발동되는 것과 동시에 신의 손을 뒤덮듯 생겨난 무지갯빛이 수정을 물들이기 시작했다.

그리고 어느 정도 색이 배어들자 신은 수정을 움켜쥐었다. 그러자 단단한 수정이 마치 점토처럼 신의 손을 부드럽게 받아들였다.

신이 힘을 주어 잡아당기자 챙 하는 맑은 소리를 내며 수정이 떨어져 나왔다.

"신 씨가 작업하는 걸 보니까 계의 물방울이 부드러워 보이네."

"실제로는 고대급 무기로도 깰 수 없는…… 어, 뭐지?"

떨어져 나온 수정을 아이템 카드로 바꾸려던 신이 놀라며 말했다.

손에 든 수정이 갑자기 공중에 떠오르더니 그에 호응하듯 필마를 가둔 거대한 수정도 함께 떠오르기 시작했다.

"쿠우?"

유즈하는 고개를 갸웃거렸지만 위험을 느끼지는 않았는지 도망치려 하지 않았다.

수정은 더욱 밝게 빛나며 액체처럼 분열되어 다섯 개의 빛나는 구체가 되었다.

안에 갇혀 있던 필마도 영향을 받았는지 은색과 붉은색이 뒤섞인 빛에 휩싸여 공중에 떠올라 있었다.

처음 보는 현상이었기에 신은 잔뜩 경계하며 지켜보았다.

"뭐지?"

다섯 개의 덩어리 중 하나가 필마의 몸에 흡수되었다. 그리고 나머지 네 개 중 세 개는 각각 슈니, 슈바이드, 티에라를 향해 이동했다.

"······?!"

멈추지 않고 날아가는 구체를 향해 세 사람은 무기를 겨누었다. 그리고 티에라 앞을 카게로우가 막아섰다.

"어?!"

"으음!!"

"그루!"

"크윽!"

세 사람은 맹렬한 기세로 날아온 구체를 향해 무기를 휘둘렀지만 빛은 무기를 통과해 세 사람의 몸에 빨려 들어갔다. 구체는 카게로우의 몸까지도 그대로 통과해버린 것이다.

빛이 흡수된 직후에 슈니, 슈바이드, 티에라의 몸이 빛나기 시작했다.

슈니는 은색과 파란색, 슈바이드는 은색과 검은색, 티에라
는 금색과 녹색, 노란색이 뒤섞인 빛이 나다가 몇 초 뒤에 사
라졌다.

"세 사람 모두 괜찮— 아닛?!"

신은 빛이 잦아들기 전에 달려가려고 했지만 공중에 떠 있
던 필마의 몸이 아래로 떨어졌기에 다급히 방향을 바꾸었다.
그리고 간신히 필마를 받아낸 뒤 다른 동료들 쪽으로 시선을
돌렸다.

"이건……."

"으음."

"저기……."

세 사람은 적지 않게 놀란 것 같았지만 괴로워하는 기색은
없었다.

"어떻게 된 거야? 괜찮아?"

"네. 몸에 이상은 없어요. 그런데 어찌 된 일인지 능력치가
올라갔네요."

"나도 그렇소. 전체적인 능력치가 향상되었소이다."

"저기, 아마 나도……."

"뭐라고?"

능력치가 상승했다는 말에 신도 놀랐다.

【THE NEW GATE】에서는 레벨업을 제외하면 환생 시스템

이나 능력치 상승 아이템을 이용하지 않는 한 능력치를 올릴 수 없었다.

칭호의 효과로도 올릴 수 있지만 기본 수치를 올리는 방법은 많지 않았다.

그리고 계의 물방울도 능력치와는 전혀 무관한 아이템이었다.

"그렇다면 같은 상태였던 필마도 올라간 건가?"

"그럴 테죠. 그 밖에는 특별한 변화가 없으니까요. 필마의 상태는 어떤가요?"

슈니가 신에게 안긴 필마의 상태에 대해 묻자 그에 반응한 것처럼 필마가 뒤척이며 눈을 떴다.

머리카락과 똑같은 자홍색 눈동자 한가득 신의 얼굴이 비치고 있었다.

"……주인님? 어? 어라? 어째서?"

필마는 잠이 덜 깬 것처럼 멍하니 신의 얼굴을 바라보았다.

그리고 잠시 지나자 잠이 확 깼는지 신에게 안긴 채 주위를 정신없이 두리번거렸다.

"어! 슈니! 지금 이게 무슨 상황인지 설명해줘!"

필마는 슈니를 보자마자 소리쳤다.

그러면서도 계속 신에게 안겨 있는 것은 그녀가 아직 혼란스러워한다는 방증일까.

"혼자 설 수 있겠어?"

"저기, 괜찮은 것 같아요."

신은 갑자기 얌전해진 필마가 어색하게 느껴졌다. 게임에서는 신이 설정한 대로 솔직하고 거침없는 성격이었기 때문이다.

"아니, 그것보다도! 설명!"

필마는 퍼뜩 생각났다는 듯이 외쳤다.

신은 이런 필마의 모습이 신선하기만 했다.

✝

"그렇구나. 무슨 상황인지 알겠어."

붙잡힌 해미를 구출하러 왔다고 간단히 설명하자 필마는 일단 납득했다는 듯이 고개를 끄덕였다. 신은 구두로 설명하면서도 케니히가 들으면 안 되는 부분을 심화로 덧붙였다.

다만 시간 관계상 간단한 설명밖에 할 수 없었으므로 나중에 자세히 말해주기로 했다.

"그러면 나도 도울게. 모처럼 이렇게 깨어났고 몸도 멀쩡하니까 바로 복귀해야지."

필마는 당연한 일이라는 듯이 선언했다. 스스로 확인해봤지만 특별한 이상은 없다고 한다.

다만 그녀 역시 능력치가 상승한 상태였다.

누구에게도 흡수되지 않은 나머지 구체 하나는 수정 형태로 돌아왔기에 신이 아이템 카드로 바꾸어 회수해두었다.

"그러기로 결정했으니까, 신. 그거 꺼내봐, 그거."

"알았어."

신은 품에서 꺼낸 것처럼 연기하며 아이템 박스에서 카드 한 장을 꺼내 필마에게 건네주었다.

필마가 그것을 실체화하자 검신이 2메르나 되는 진홍색 대 검이 나타났다.

검신은 중심의 진홍색이 점점 옅어지다가 양날 부분만 은 색으로 되어 있었다. 칼자루 바로 위쪽에는 네모난 형태의 맑 은 보석이 끼워져 있고 그곳에서 얇은 기하학적 문양이 검 전 체로 퍼져나가 있었다.

검 폭은 15세메르 정도이고 리온의 무스페림처럼 검 폭이 넓은 대검에 비하면 상당히 가늘어 보였다.

바로 그것이 필마의 주 무기인 고대급 상급품 대검 『홍월(紅 月)』이었다.

"역시 이게 제일 손에 익숙…… 응? 왠지 전보다 강해진 것 같은데?"

"뭐, 네가 없는 동안 많은 일이 있었거든. 나중에 설명해줄 게."

"오케이. 그러면 그 해미라는 아이를 얼른얼른 구하러 가 자."

필마 역시 상대의 악행이 마음에 들지 않는지, 파티에 복귀하자마자 의욕이 넘쳤다.

"……그냥 전력이 강화되었다고 생각하면 되는 것이오?"

케니히는 예상 밖의 일이 연이어 일어나자 상황이 어떻게 흘러가는지 도통 모르겠다는 표정이었다.

하지만 그 덕분에 필마가 슈니의 이름을 외친 것도 알아채지 못한 모양이었다.

"너무 어렵게 생각하지 않는 게 좋을 것 같네요. 생각보다 시간이 많이 걸렸으니까 이 일은 나중에 이야기하죠."

"그렇……구려. 지금은 해미 님을 구출하는 것만 생각해야 하오."

케니히도 고개를 가로저으며 신의 말에 동의했다.

"이봐~ 밀트! 빨리 안 오면 놓고 간다!"

"응~! 금방 갈게!"

수정이 있던 곳에 쪼그려 앉아 있던 밀트는 신의 부름에 대답하며 바로 돌아왔다.

"뭐가 잘못되기라도 했어?"

"지맥 위에 계의 물방울이 생겨난 원인을 알아낼 수 없을까 해서. 하지만 난【애널라이즈】가 서투니까 잘 모르겠어."

밀트는 순수한 전투 담당이었다. 그래서 분석계 스킬은 거의 익히지 않은 것 같았다.

"확실히 여기에 있다는 게 부자연스럽기는 해."

"그러면 어딘가 다른 곳에서 가져왔다는 거야?"

"그게 가장 납득이 가는 방법이겠죠."

필마가 봉인되어 있던 계의 물방울 결정은 자연스럽게 발생한 마력을 통해서만 생성된다.

제아무리 데몬이나 하이 휴먼이라도 인공적으로 계의 물방울을 만들어낼 수는 없었다.

데몬들은 앞방에 있던 바닥의 마법진으로 수정에 마기를 침투시켜 수정에 담긴 마력을 이용한 것에 지나지 않았다.

신은 제작 재료를 만들어내는 생성기를 갖고 있지만 필마를 가둘 만큼 거대한 수정을 만들어낼 수는 없었다.

"우연히 발견한 것을 이용한 걸까요? 결국 여기에 그냥 놓아두는 것 말고는 아무것도 못한 것 같은데요."

계의 물방울은 최고 레벨의 대장장이나 연금술사가 아니면 다룰 수 없을 만큼 단단했다. 필마를 수정에서 꺼내『예속의 목걸이』로 조종하지 못한 것만 봐도 데몬이 손을 쓸 수 없었던 것이 분명했다.

서포트 캐릭터의 숫자는 말 그대로 게임 시절에 만들어진 순서를 나타낸다.

필마의 숫자는 2.

만들어진 시기가 슈니와 거의 비슷한 만큼 그녀의 능력치는 미세하게나마 지라트보다 높았다.

만약 조종할 수 있었다면 가만히 놔두었을 리가 없었다.

"뭐, 그 문제는 본인들에게 직접 물어보면 알겠지. 어찌 됐든 한 번은 꼭 만나게 될 것 같으니까."

그것은 신의 순수한 직감이었지만 빗나갈 것 같다는 생각
은 들지 않았다.

†

신 일행이 지그루스에서 출발했을 무렵, 해미는 동굴 내의
방에 갇혀 있었다.

그녀의 감시는 아다라가 데려온 빌헬름과 『정점의 파벌』 중
에서도 최강급인 병사 두 명이 맡고 있었다.

감정 없는 표정으로 서 있는 빌헬름에게 명확한 의식은 없
었다. 주위 상황을 파악하고는 있었지만 스스로 무언가를 생
각하는 것은 불가능했다.

지금은 그저 허가 없이 접근하는 상대를 공격하기 위한 인
형에 가까웠다.

"……어째서 이런 일을……."

"당신이 성녀이기 때문이죠."

해미는 그런 빌헬름을 보며 힘없이 중얼거렸다. 그녀의 말
에 대답한 것은 빌헬름 옆에 선 스콜어스였다.

"당신은……."

"아아, 소개가 늦었군요. 저는 스콜어스라고 합니다. 만나
뵙게 되어 영광입니다."

스콜어스는 정중한 태도로 자기소개를 했다. 해미는 그의 미소에서 알 수 없는 무언가를 느끼며 등줄기가 오싹해졌다.

"여기는 어디인가요?"

그녀는 분명 팔미락 안의 자기 방에서 쉬고 있었는데 정신을 차리고 보니 이 방에 있었다. 생필품은 부족하지 않게 갖추어져 있어 지내는 데 불편한 점은 없었다. 그러나 왠지 모르게 지독한 한기가 느껴지는 방이었다.

브루크와 그의 필두 부하인 에이라인이 쓰러지고 다른 협력자들도 체포되면서 해미는 완전히 안심하고 있었다. 이런 상황이 벌어지리라고는 상상조차 하지 못한 것이다.

"말씀드려도 모르실 겁니다. 그보다도 보여드릴 것이 있습니다. 따라와주실까요?"

스콜어스는 그렇게 말하며 품에서 검은 목걸이를 꺼냈다.

예전보다 더욱 짙은 검은 색의 목걸이는 해미의 뇌리에 선명히 각인되어 있었다.

"그것은……!!"

"잘 알고 계시겠지요? 어떻게 해서 전에 걸고 있던 목걸이를 풀었는지 모르겠지만 이번 목걸이는 조금 특별합니다. 잘 어울리실 것 같군요."

해미는 제대로 된 저항조차 하지 못한 채 목걸이를 차고 말았다.

"으, 아……."

목걸이를 건 순간 해미의 온몸에서 힘이 빠져나갔다. 저항하려 했지만 멈춰버린 몸은 그녀의 말을 듣지 않았다.

"그러면 이쪽으로 오시죠."

"크윽."

만족스럽게 고개를 끄덕거리는 스콜어스의 손짓에 해미는 저항할 수 없었다. 그녀의 의사와는 상관없이 움직인 다리가 스콜어스를 따라 걸어가기 시작했다. 그나마 마음대로 움직이는 것은 입 정도였다.

감시를 명령받았기 때문인지 빌헬름과 경비병들도 말없이 두 사람을 따랐다.

10분 정도 걸어간 뒤 널찍한 장소에 도착하자 스콜어스는 멈춰 섰다.

"자, 제 앞으로 오십시오."

해미가 앞으로 걸어가자 시야 끝에 무언가가 빛나는 것이 보였다. 그녀는 관람석처럼 되어 있는 곳에 서 있었고 아래층에 거대한 마법진이 보였다. 그리고 안에 사람들 여러 명이 있었다.

빛의 정체는 바닥에 그려진 마법진이었다.

마법진 가장자리에 있는 사람들은 밖으로 나가려고 하는 것 같았지만 마법진을 감싸듯 전개된 결계가 그것을 저지하고 있었다.

"무슨…… 짓을……."

"당신을 위한 준비 과정입니다."

스콜어스는 아직도 영문을 알지 못하는 해미의 시선을 아래로 향하게 했다.

그리고 1분도 지나지 않아 변화가 일어났다. 안에 있던 사람들이 갑자기 빛을 내더니 사라지기 시작한 것이다.

그들의 절규가 공간 안에 울려 퍼지며 해미의 귀를 때렸다.

"아니……?!"

"사람의 목숨이 사라지는 순간의 빛은 정말 아름답지 않습니까? 그것을 장식하는 절규도 정말 감미롭죠."

스콜어스는 환희의 표정을 지으며 말했다. 진심으로 그렇게 생각해야만 나올 수 있는 표정과 음성이었다.

"무슨 짓을……! 당신은 생명을 대체 뭐라고 생각하는 겁니까?!"

"후후, 알아서 불어나는 비료지요. 마기를 만들어내는 토양으로도 쓸 만하고요. 그거 아십니까? 이 세상에서 가장 많은 마기를 발생시키는 생물이 바로 사람이거든요."

스콜어스는 해미의 노기 어린 목소리조차 듣기 좋다는 듯이 웃으며 대답했다.

그리고 해미의 머리를 붙잡아 억지로 아래층 사람들 쪽으로 돌렸다.

"으윽!"

"자, 똑똑히 보십시오. 지금 밑에 있는 사람들은 당신을 위해 준비된 거니까요."

"네……?"

스콜어스는 웃음을 거두지 않은 채 아직도 이어지는 아비규환의 현장을 가리켰다.

"모처럼 성녀님을 모셨으니 제대로 대접해드리지 않을 수 없겠죠?"

그의 웃음 뒤에는 명확한 악의가 숨겨져 있었다.

"지금 당신의 눈앞에서 울부짖는 사람들은 {당신이 있기 때문에} 괴로워하는 겁니다."

"무슨…… 소리를……."

"당신이 없었다면 저 사람들은 이런 일을 겪지 않았을 거라는 이야기입니다."

스콜어스는 해미의 귓가에 대고 속삭였다. 그에 호응하듯이 해미의 목걸이도 빛을 내기 시작했다.

"당신이 있기 때문에."

"내가…… 있어서……."

스콜어스의 말이 해미의 의식에 각인되고 있었다.

"사람들은 괴로워하고 있습니다."

"저 사람들은…… 괴로워하고 있다……."

진흙탕처럼 끈적끈적한 감정이 해미의 무방비한 마음에 흘러 들어갔다.

"당신 때문에."

"나…… 때문에."

데몬의 속삭임은 사람의 정신을 현혹한다. 그리고 그 효과
가 목걸이의 도움을 받으며 한층 강한 위력을 발휘하고 있었
다.

"성녀가 되면 사람들을 구할 수 있을 줄 알았습니까? 사람
들에게 도움이 될 거라고 생각했습니까? 눈앞에서 죽어가는
그들을 가만히 보고만 있는 당신이 대체 무언가를 할 수 있다
는 겁니까?"

"나, 나는…… 사람들에게, 도, 움이, 되고 싶ㅡ."

"아무것도 하지 못하고 있지요. 조종당하고, 납치당하고,
그저 누군가가 구해주기를 기다리고 있을 뿐입니다. 당신을
위해 지금까지 얼마나 많은 사람들이 희생된 걸까요?"

"아……."

스콜어스가 한 마디를 내뱉을 때마다 해미의 마음이 비명
을 질렀다.

자신을 구하기 위해 상처 입은 사람들이 있었다. 괴로움을
겪은 사람들이 있었다.

그것은 확실한 사실로 자각한 해미는 스콜어스의 말을 부
정할 수 없었다.

"보세요, 저 사람들도 당신에게 화를 내고 있습니다."

그것은 현실에 절망한 사람들의 절규였지만 스콜어스의 속
삭임과 목걸이의 효과에 사로잡힌 해미에게는 자신을 원망하

고 욕하는 목소리로 들렸다.

"나는…… 이러려고 했던 게…….'"

"전혀 자각하지 못했을 줄이야. 성녀님도 참 대단하시군요.'"

스콜어스는 어처구니가 없다는 듯이 과장된 몸짓으로 뺨에 손을 갖다 댔다.

그런 움직임조차 지금의 해미에게는 자신을 책망하는 것처럼 느껴졌다.

"이제…… 그만해요.'"

"무슨 말씀이세요. 저 사람들은 당신 때문에 죽는 겁니다. 그러니 당신은 끝까지 지켜봐야 할 의무가 있습니다.'"

"아니야, 나는…… 이런 걸 바라지 않았어!'"

"바라든 바라지 않았든 간에 당신과 엮인 사람들이 힘들어하고 있다는 것은 사실이지 않습니까?'"

"……"

해미는 스콜어스의 말에 반론할 수 없었다.

필사적으로 말을 이어나가려고 했지만 문장이 제대로 만들어지기도 전에 머릿속에서 흩어져버렸다.

"주위 사람들을 괴롭히기 위해 한순간의 구원을 내려주는 것. 그게 바로 당신이라는 존재입니다.'"

"아…… 아아…….'"

해미의 시야가 흔들렸다.

목걸이와 마기의 영향으로 그녀의 사고 능력은 산산조각 났고 사람들에 대한 죄책감과 자신에 대한 혐오감이 점점 부풀어 올랐다.

해미의 마음 깊은 곳에 존재하던 생각이 절망과 함께 힘을 얻고 있었다.

"어라, 이거 생각했던 것보다 효과가 있었군요. 정말 잘됐습니다."

몸을 웅크린 채 신음하는 해미는 스콜어스가 자신을 내려다보며 중얼거리는 것을 깨닫지 못했다.

자책과 절망에 짓눌린 그녀의 마음은 깊은 어둠 속으로 가라앉고 있었다.

"……."

해미가 스콜어스의 악의에 굴복한 상황에서도 빌헬름은 여전히 꼼짝도 하지 않은 채 서 있었다.

그의 눈빛에는 여전히 명확한 의지가 드러나지 않았다. 정교하게 만들어진 인형이라고 해도 부정할 수 없을 만큼 생기가 없었다.

이윽고 제물이 된 사람들의 비명이 멈추고 엎드린 채 움직이지 않는 해미의 감시를 명령받으면서도 빌헬름은 그저 가만히 서 있을 뿐이었다.

마기의 대공 | Chapter 4

"자, 방침은 정해졌으니까 빨리 이동하죠. 서둘러서 나쁠 것은 없습니다."

신은 그렇게 말하며 입구 쪽을 바라보았다.

필마가 갇혀 있던 방에는 신 일행이 들어왔던 문밖에 없었다. 이제 해미를 구하기로 결정한 이상 이곳에 계속 머무를 이유는 없었다.

"저기, 신 씨. 이 방에 숨겨진 통로 같은 건 없으려나? 도주용 통로 같은 건 나중을 위해 미리 막아놓는 게 좋지 않아?"

"나도 찾아봤지만 반응은 없었어. 유키는 어때?"

"저도 느껴지지 않네요. 제물을 바치는 공간은 옆방이니까 이쪽은 아무나 함부로 들어오지 못하도록 입구를 하나만 만든 게 아닐까요?"

밀트의 말에 신과 슈니는 다시 한 번 주위를 살펴본 뒤 대답했다. 그리고 아무것도 없다는 것을 확인한 뒤에 일행은 바로 밖으로 나왔다.

신은 모두가 나오기를 기다렸다가 바깥에서 자신의 특제 자물쇠를 채워두었다. 이제는 특정한 마력을 주입하거나 힘으로 부수지 않는 한 문을 열 수 없었다.

"자, 이제부터 이동할 경로에 대해 이야기할게. 이 위쪽에 우리가 왔던 것과 다른 통로가 있어."

신은 관전석처럼 되어 있는 위쪽을 가리키며 말했다.

"저 위에서 구경거리를 감상하기 위한 자리와 연결된 통로야. 그리고 그 앞에는 제법 커다란 공간이 있거든."

"그렇게 말하니까 꼭 보스가 있는 방 같네."

"맞아. 게다가 그 안에서 빌헬름의 반응이 느껴져."

신은 필마의 말에 고개를 끄덕이며 자신이 감지한 사실을 이야기했다.

미니맵에는 통로 옆방에 다섯 개의 빛이 나타나 있었다. 그 중 하나가 빌헬름이었다.

"빌헬름이 있다면 근처에 해미 씨가 있을지도 모르겠네요."

"한 곳에 모여 있는 것도 왠지 심상치 않아."

모두들 슈니와 필마의 생각에 동의하는지 아무 이의 제기도 없었고 일행은 즉시 이동했다.

일반인이라면 닿을 수 없는 높이였지만 신을 비롯한 달의 사당 멤버와 밀트는 단 한 번의 점프로 가볍게 관전석까지 뛰어올랐다.

문제는 점프력이 부족한 케니히였지만 이쪽도 금방 해결되었다.

"저기, 죄송해요."

"……괜찮소. 상대가 신수(神獸)라면 어쩔 수 없는 일이오."

티에라가 미안하다는 듯이 말하자 케니히는 진지한 말투로 대답하며 고개를 끄덕였다.

위에서 신이 로프라도 던져야 하나 생각한 순간, 카게로우가 케니히를 {입에 문 채} 뛰어올랐다.

티에라와 신 일행이라면 모를까, 케니히를 등에 태울 생각은 없는 모양이었다.

카게로우의 입에 물린 채 진지한 얼굴로 이야기하는 케니히와, 카게로우의 등에 올라탄 티에라의 모습은 상당히 비현실적이면서도 우스꽝스러웠다.

그런 묘한 분위기 속에서 밀트가 진지한 말투로 입을 열었다.

"……뭔가 불쾌한 느낌이 들어."

그녀의 시선은 신 일행의 눈앞에 놓인 통로 안쪽을 향하고 있었다.

"확실히 이건 노골적이로군."

신도 밀트의 말뜻을 금방 이해했다.

통로 안쪽은 빛이 닿지 않기 때문인지 완전한 어둠에 휩싸여 있었다. 밀트가 말하는 불쾌한 느낌은 그 암흑 너머에서 전해지고 있었다.

아직 눈에 보이는 것은 아무것도 없었지만 무언가가 피부 위를 기어 다니는 것 같은 불쾌감이었다.

"기분 나빠…… 마기가 너무 짙어."

티에라는 양팔로 자신의 몸을 감싸며 말했다. 지나치게 예민한 감각 때문에 안 좋은 영향을 받는 듯했다.

"있어. 데몬이야."

"이 정도의 기척이라면 대공(大公)급일 수도 있겠네요."

"그래. 상대가 본격적으로 대응하기 전에 해미 씨를 구하지 않으면, 정말 위험해질 수도 있겠어."

기척에 대한 것은 둘째 치더라도 신의 감지 범위와 정확도는 일행 중에서 가장 뛰어났다.

신에게 보이는 미니맵에는 통로 건너편에 있는 방 한 곳에 빌헬름의 이름이 표시된 마크가 있었다. 마크의 색은 중립을 나타내는 녹색이었다.

빌헬름 외에는 녹색이 하나, 붉은색이 둘이었다.

그리고 마지막으로 검붉은 마크 하나가 표시되고 있었다.

"데몬의 한 마리야. 빌헬름을 제외한 다른 사람의 반응은 셋이고. 아마 그중 하나가 해미 씨겠지."

해미의 경우는 원래 이름이 표시되어야 했지만 보이지 않았다. 그래서 일단 추측으로 말한 것이다.

"그쪽은 나처럼 조종당하고 있는 건가?"

"아직은 알 수 없어. 공격해올 때까지 녹색 마크인 경우도 있었거든."

신이 밀트에게 대답하자 케니히도 입을 열었다.

"조금 더 기다리는 편이 좋지 않겠소?"

"해미 씨를 구출하려면 그래야겠지만, 이대로 기다리면 위험해질 것 같은 느낌이 듭니다."

케니히의 제안도 틀린 이야기는 아니었다. 데몬이 없을 때를 노려서 빈틈을 노리는 것은 해미 구출을 최우선시하기로 한 그들의 행동 방침과도 일맥상통했다.

하지만 밀트를 마주쳤을 때 회복시킬 수 있다고 느낀 것처럼, 신은 여기서 데몬이 물러가기를 기다렸다간 치명적인 사태가 벌어질 것이라는 확신이 들었다.

슈바이드가 고개를 돌리며 물었다.

"뭔가 신경 쓰이는 일이라도 있는 것이오?"

"실은 밀트를 만났을 때도 그랬는데 가끔씩 내 직감이 묘하게 예민해질 때가 있거든. 여기서 기다리는 건 좋은 방법이 아니라는 확신이 들어."

"그렇군. 아마 【직감】의 효과일 것이오. 나도 경험한 적이 있소이다. 그렇다면 갈 수밖에 없겠군."

"동감이에요. 능력치가 높은 사람의 【직감】은 적중률도 높으니까요."

"그치? 나도 같은 의견이야."

이쪽 세계에서 싸워온 슈바이드와 슈니, 그리고 플레이어였던 밀트도 신의 의견에 수긍했다. 그들은 다들 【직감】 스킬을 갖고 있었기에 직간접적인 경험을 했던 것이다. 말을 꺼내지는 않았지만 유즈하 역시 동의하는 낌새였다.

"해미 님의 안전 확보를 우선시하고 싶지만 더욱 위험해진다면 어쩔 수 없구려. 나도 결심했소."

"맞아. 이렇게 마기가 짙은 곳에 오래 있게 하는 건 좋지 않아."

"그루."

케니히, 티에라, 카게로우도 이견은 없었는지 무기를 든 채 신을 바라보았다.

"일단 들키기 전에 나와 유키가 해미 씨를 구출하고 다음부터는 임기응변으로 갈 수밖에 없어. 데몬은 아마 네임드급일 거야. 나, 유키, 필마, 슈바이드가 상대할게. 케니히 씨는 해미 씨의 안전 확보를 부탁드립니다. 티에라는 유즈하, 카게로우와 함께 나머지 적들을 제압해줘."

"어라? 나는?"

"밀트는 빌헬름을 상대해줬으면 해. 아마 밀트하고 비슷한 상태에 빠져 있을 거야. 넌 원래 대인전이 특기잖아."

"그야 상관없지만 난 그 빌헬름이라는 사람의 얼굴도 모르는데?"

각자에게 지시를 내리던 신은 아이템 박스에서 사진 한 장을 꺼냈다.

"아, 스크린샷이구나. 오케이. 기억했어."

그 사진은 스크린샷을 실체화한 것이었다. 게임에서는 데이터로 저장되지만 이쪽 세계에서는 마음속으로 스크린샷을

찍는다고 생각하며 의식을 집중하면 MP를 소비해서 자동으로 사진이 생성된다.

이 사진은 라시아에게【정화】를 습득시키러 갔을 때 다양한 시도를 하다 방법을 발견해 찍은 것이었다. 물론 어떤 원리인지는 알 수 없었다.

"다들 준비는 됐어? ……간다."

모두의 준비가 끝난 것을 확인한 신은 앞장서서 이동을 시작했다.

신의 허리에는『진월』을 제작할 때 함께 만든 검 중 하나를 차고 있었다.

그것은 칼집부터 검신까지 하얀색으로 통일된 칼이었다. 약간의 장식도 없어서, 칼집에 넣으면 훈련에 쓰이는 목도처럼 보였다. 고대급 상급품 일본도로 이름은『무월』이었다.

신은 마법 버전【은폐】를 모두에게 걸어준 뒤 모습을 숨긴 채 어둠 속을 걸어갔다.

【암시(暗視)】스킬이 없는 티에라와 케니히는 일시적으로 같은 효과를 내는 아이템을 사용한 상태였다.

함정을 경계하면서 천천히 나아가자 어둠 속에 떠오른 희미한 빛이 보였다. 자세히 살펴보니 그것은 방의 입구 옆에 설치된 광원(光源)이었다.

"아무래도 목적지에 도착했나 보군."

어둠 속에서 중후한 문이 빛을 받으며 드러나 있었다. 신은 다가가서 조사해보았지만 특별한 함정은 없었다.

신의 미니맵에 따르면 이 방에는 해미와 빌헬름, 데몬, 그리고 나머지 두 사람이 있었다. 거리 때문이었는지 지금은 해미의 이름도 표시되었다.

신이 【투시】로 안을 들여다보자 방의 중심에 해미가 앉아 있고 그 앞에 백발 남성의 모습을 한 데몬이 서 있었다.

빌헬름과 두 감시병은 벽 쪽에서 조각상처럼 대기하고 있었다.

"데몬하고 해미 씨가 너무 가까운데…… 응?"

손을 쓰기 힘든 상황에서 어떻게 움직여야 할지 신이 고민하고 있을 때 백발 데몬이 움직였다.

마기를 발산하는 데몬의 오른손이 고개를 숙인 해미의 머리 쪽으로 뻗어가고 있었다.

어둑어둑한 방 안에서도 선명히 보일 만큼 짙은 마기였다. 그것을 본 신은 무언가를 생각하기도 전에 허리에 찬『무월』을 뽑았다.

"쉬잇!!"

뽑으며 휘두른 칼날의 궤적을 따라 참격(斬擊)이 허공을 갈랐다.

검술계 무예 스킬 【허공 베기】의 원거리 강화 참격은 통로와 방 사이를 가로막은 문을 쉽게 돌파했다. 그리고 찰나의 속도로 공간을 가로질러 데몬의 오른팔을 날려버렸다.

"어?! 내, 내 팔이?!"

신은 동요하는 데몬의 목소리를 들으며 문을 박차고 실내로 뛰어들었다.

"해치워―."

"우쭐대지 마라!!"

이어서 왼팔을 노린 신의 공격을 데몬은 정면에서 받아냈다.

옷 위로는 아무것도 드러나지 않았지만 안에 무언가가 들어 있는 모양이었다. 날카로운 소리와 함께 불꽃을 튀기며 칼날이 왼팔을 파고들었다.

하지만 놀랍게도 왼팔을 절단하기 전에 칼날이 멈추었다.

"흥!!"

데몬은 신이 추격타를 가하기 전에 온몸에서 마기를 뿜어냈다.

그것은 데몬이 오른손에서 발산하던 것처럼 일반적인 마기와는 명백하게 다른 색을 띠고 있었다.

신은 마기에 닿기 전에 『무월』을 거두며 데몬에게서 거리를 벌렸다.

"제길, 안 닿았던 건가."

신은 해미도 함께 구해내려 했지만 마침 데몬이 가로막는 방향에 있던 탓에 손이 닿지 않았다.

해미는 마기에 직접 닿은 것은 아니지만 간접적인 영향을 받는 것인지 얼굴을 괴롭게 찡그리고 있었다.

신과 데몬의 공방전보다 조금 늦게 나머지 일행도 움직이기 시작했다.

갑작스러운 신의 행동에 동요한 것은 아군도 마찬가지였다. 그들의 반응은 크게 둘로 나뉘었는데 슈니, 필마, 슈바이드, 밀트는 즉시 상황을 파악하고 신을 뒤따랐고 티에라, 케니히는 가만히 멈춰 서 있었다.

"가자!"

"알았소!!"

신을 따라 제일 먼저 들어간 것은 필마와 슈바이드였다. 슈니는 【은폐】를 사용해 조용히 모습을 감추었다.

"쿠웃!"

"그루으!!"

"앗! 케니히 씨, 우리도 가요!!"

"크윽, 한발 늦었군."

유즈하와 카게로우의 재촉에 티에라도 움직였다. 그리고 티에라의 목소리에 퍼뜩 정신을 차린 케니히도 마지막으로 달려나갔다.

"아니, 정말이지 허를 찌르는 것도 정도가 있죠. 언젠가 올 거라고 생각은 했지만 뭘 이렇게 빨리 온 겁니까?"

"너희가 어떻게 예상하든 내 알 바 아냐."

데몬은 팔이 잘려나갔을 때의 동요가 가라앉았는지 곤란하다는 듯이 투덜거렸다.

하지만 그런 태도와는 달리 그의 눈동자는 빈틈없이 신과 필마, 슈바이드를 향하고 있었다.

"우와, 생각보다 강하네!"

"이 사람들도 선정자야?!"

벽 쪽에서 대기하던 남자들과 빌헬름도 움직인 것 같았다. 신의 귀에 뒤쪽에서 전투를 시작한 밀트와 티에라의 목소리가 들렸다.

"많이도 오셨군요. 유감스럽지만 아직 환영 준비가 끝나지 않았는데요."

"할 일이 끝나면 돌아갈 거야. 부담 갖지 말라고."

신은 빈틈없이 『무월』을 겨누며 데몬과 대치했다.

그의 오른쪽에는 『홍월』을 든 필마가, 왼쪽에는 『지월』을 든 슈바이드가 각각 데몬에게 무기를 겨누고 있었다.

"이런, 이런. 성격들도 급하셔라. 뭐, 모처럼 오셨으니까 제 소개를 해드리죠."

데몬은 그렇게 말하며 과장된 동작으로 왼팔을 가슴에 대며 인사하는 포즈를 취했다.

"내 이름은 스콜어스. 마왕 메아헤르가의 부하이자 대공 중의 한 명입니다."

자신의 이름을 밝힌 데몬 스콜어스는 사냥감을 노리는 눈으로 신 일행을 노려보았다.

"미안하지만 난 자기소개 같은 거 안 해."

"상관없습니다. 당신에게는 관심이 없으니까요. 내 관심을 끄는 건 저쪽에 있는 여성분입니다."

스콜어스는 필마 쪽으로 시선을 돌렸다.

"만나 뵙게 되어 영광입니다. 필마 토르메이아 양. 계의 물방울에 갇혀 있어 건드리지 못했던 당신이 알아서 나와주다니, 정말 잘됐군요. 슈니 라이자도 있다고 들었지만 그건 나중을 위한 즐거움으로 남겨둬야겠군요."

스콜어스의 말에 필마의 눈썹이 꿈틀거렸다. 자신을 마치 준비운동 상대처럼 취급하는 말에 자존심이 상한 모양이었다.

"내가 나오기만 하면 어떻게든 할 수 있었을 거라는 뜻이야? 날 너무 과소평가하는 것 같은데?"

"기분이 상하셨다면 사과드립니다. 하지만, 네, 말씀하신 대로입니다. 수정 안에서 잠든 당신을 감상하는 것도 나쁘지는 않았지만 역시 사람은 감정을 드러냈을 때가 가장 눈부신 법이죠. 당신의 절망에서 얼마나 좋은 맛이 날지, 너무 기대가 돼서 견디기 힘듭니다."

스콜어스는 굳이 변명하지도 않고 필마의 질문에 편하게 대답했다.

욕망으로 가득 찬 시선이 필마를 똑바로 향하고 있었다.

『아무래도 우리는 안중에도 없는 것 같소이다.』

『나쁠 건 없어. 방심해준다면 해미 씨를 구하기 쉬워지니까.』

신은 슈바이드와 심화로 대화를 나누며 스콜어스의 주의를 해미에게서 떨어뜨려놓을 방법을 생각했다.

모습을 숨긴 슈니가 해미에게 접근하는 것에 맞춰서 다른 동료들도 조금씩 위치를 옮겼다.

"……아니?"

"아, 왔나 보군요."

필마가 중얼거린 말에 대답하듯이 스콜어스가 말했다.

두 사람이 느낀 것은 방 전체에 전해지는 진동이었다.

"갑자기 흔들리는 것 같지 않아?"

"이럴 때 지진이?!"

밀트는 손에 든 쌍검으로 바키라를 튕겨내면서, 그리고 티에라는 휴먼 남성의 다리를 활로 쏘면서 주변을 경계했다.

『이거 안 좋은데. 슈니! 서둘러!』

신은 필마에게 정신이 팔린 스콜어스를 공격해 들어가면서 슈니에게 심화를 보냈다.

신의 말을 듣고 슈니가 해미 구출을 위해 움직였다. 하지만 그보다 먼저 천장을 꿰뚫고 나타난 그림자가 해미와 슈니 사이에 착지했다.

"그렇게는 못하지!"

슈니의 움직임을 예상하고 있었다는 듯이 두 자루의 장검이 뻗어와 그녀를 덮쳤다. 짙은 녹색의 양날 양 손 검이 『창월』과 부딪치며 불꽃이 튀었다.

"크핫! 엘프의 완력이 아니잖아, 이 녀석은!"

검을 교차한 상태로 그 그림자— 아다라가 웃으며 외쳤다.

진짜 모습을 드러내지 않은 탓인지 아다라는 조금씩 밀리고 있었다. 손에 든 장검도 『창월』의 날에 흠집이 났다.

하지만 아무리 가짜 모습이라지만 데몬은 데몬이었다.

특수 능력을 사용한 것인지, 아다라가 양손에 든 검과 동일한 무기 두 자루가 느닷없이 공중에 나타났다. 그리고 그 칼끝이 해미를 향했다.

"무슨 말을 하려는 건지는 알겠지? 그쪽의 큰 녀석도 움직이지 마. 지금 당장 죽여버려도 지장은 없거든?"

두 번째 데몬의 참전에 신 일행은 섣불리 움직일 수 없게 되었다.

【애널라이즈】로 레벨이 보이는 만큼 눈앞의 개체가 강력한 힘을 가졌다는 것도 알 수 있었다.

"비겁하게……."

"우리는 데몬이야. 칭찬 고맙군. 그것보다 너야말로 무기를 거둬. 조금도 힘을 빼지 않고 있잖아."

아다라는 그렇게 말하며 검을 든 팔에 힘을 주었다. 아다라의 장검과 『창월』이 불꽃을 튀겼다. 하지만 손상되는 것은 아다라의 검 쪽이었다.

한 가지 덧붙이자면 공격에 나서는 순간부터 슈니의【은폐】
스킬은 풀려 있었다.

"그분에게 상처를 입히면 이대로 당신을 베겠습니다."

"오오, 무서워라. 누가 협박을 하는지 모르겠군."

아다라는 아직도 여유 만만했다.

"뭐, 그것도 재미있겠군."

공중에 뜬 칼날이 아다라의 의지대로 해미를 관통하려 했
을 때였다.

"우왓! 신 씨, 피해!"

"……?!"

밀트의 목소리가 들린 다음 순간에 방 안을 칠흑의 섬광이
뚫고 지나갔다.

"우오오오오오옷!!"

다음 순간, 아다라의 비명이 울려 퍼졌다.

섬광은 신 일행 사이를 누비듯 스쳐 지나가더니 아다라에
게 명중했다. 슈니의 『창월』을 받아내고 있는 상태에서는 피
할 방법이 없었던 모양이다.

"뭐야, 힘이 빠져나가고 있어!"

만신창이가 된 아다라의 복부에는 피 문양이 그려진 칠흑
의 창이 꽂혀 있었다.

독자적인 의지를 가진 것처럼 움직인 그것은 빌헬름이 들
고 있던 지옥창 『바키라』였다.

†

빌헬름의 의식은 마음속 가장 깊은 곳에 가라앉아 있었다.

그는 잠에 들기 직전의 나른함 속에서 어디선가 들려오는 목소리에 힘없이 대답했다.

'졸려.'

의식은 완전히 가라앉기 일보 직전이었다. 이대로 간다면 두 번 다시 깰 수 없는 잠에 빠져들 것이다.

주위를 뒤덮은 것은 한 치 앞도 보이지 않는 깊은 어둠이었다. 모든 것을 집어삼킬 듯한 검은색으로만 물들어 있었다.

—! ……?!

'제길, 뭐지?'

신경 쓰지 않으면 된다. 빌헬름은 그렇게 생각했지만 한편으로는 그 목소리가 들려올 때마다 정신이 조금씩 뒤흔들렸다.

가라앉으려는 빌헬름의 의식을 필사적으로 붙잡아두려는 명확한 의지가 있었다.

그것은 암흑 속에서 뻗어온 한 줄기의 실처럼 빌헬름이 마지막 경계선을 넘지 않도록 붙잡아두고 있었다. 마치 그 목소리를 들으라고 말하고 있는 것 같았다.

그 덕분에 빌헬름은 흐릿한 의식 속에서 생각했다.

'아…… 나는, 나는? ……누구지?'

처음 생각한 것은 자신의 이름이었다. 자신을 나타내는 기호이자 명칭이다.

하지만 떠오르지 않았다.

마치 무언가의 방해를 받는 것처럼 의식이 불안정했다.

'뭐지. 나는…… 뭐지?'

빌헬름은 앞이 보이지 않는 어둠 속에서 몸을 움직여보려고 했다. 하지만 팔과 다리는 말을 듣지 않았다.

팔 하나를 움직이는 것만으로도 진흙 속을 나아가는 듯한 저항감과 무게감이 느껴졌다.

—!!

'제길, 안 들려.'

무언가 중요한 것을 듣지 못하고 있다. 빌헬름은 계속해서 그런 느낌에 휩싸여 있었다.

'움직이기 힘들어. 뭐야, 이건.'

몸이 마음대로 움직여주지 않자 빌헬름은 더욱 초조해졌다.

이름도 모르는 누군가에게 마음대로 이용당하는 것처럼 불쾌했다. 가슴속에 생겨난 그 감정이 빌헬름의 반항심을 돋웠다.

그와 함께 몽롱하던 의식이 서서히 선명해져갔다.

—줘.

'아직이야. 아직 부족해.'

빌헬름은 어둠 속에서 발버둥 치듯이 아직도 애매한 감각에 휩싸인 몸에 힘을 주었다.

의식만 남은 상태에서 자신의 몸을 인식할 수 있을 리가 없지만 어찌 된 영문인지 어둠 속에는 실오라기 하나 걸치지 않은 빌헬름의 모습이 있었다.

눈을 뜨자 앞은 온통 어둠이었다. 기껏해야 1메르 앞이 보일까 말까 한 정도였다.

하지만 그곳에는 분명 자신이라는 존재가 있다는 것을 빌헬름은 인식하고 있었다.

무언가를 쥐고 있는 감각이 들어 오른손을 내려다보자 섬뜩한 모습으로 변모한 자신의 무기가 있었다.

"이게 뭐야?"

빌헬름은 소리를 내어 말했다.

신이 벼려준 그의 애창은 백은으로 빛나는 성창 『베이노트』였다. 하지만 그의 오른손에 쥐고 있는 것은 짙은 보라색 아우라를 두른 칠흑의 창이었다.

창의 표면에는 의미를 알 수 없는 기하학적 문양이 그려져 있고 그 위로 피 같은 붉은색이 흐르고 있었다.

"지옥창…… 바키라?"

왜인지 창의 이름이 머리에 떠올랐다. 빌헬름은 처음 들어보는 이름이었다.

— 해줘.

"······또 들려오네."

귓가에 닿는 소리가 누군가의 목소리라는 것은 구분이 갔다. 그러나 무슨 말을 하는 것인지 알 수 없었다.

"쳇, 답답하군!"

빌헬름은 초조한 목소리를 내뱉었다.

아무리 귀를 기울여봐도 목소리는 들릴락 말락 하는 순간에 사라지고 말았다.

그리고 목소리가 사라질 때마다 반드시 들어야만 한다는 다급한 감정이 솟구쳤다.

목소리가 들려오는 방향은 일정하지 않았고 전혀 법칙성이 없었다. 마음대로 움직일 수 없는 만큼 초조함만 더해갔다.

"기분 더럽군. 그보다 여기는 어디지?"

빌헬름은 가슴속에서 들끓는 감정을 억누르며 냉정해지려고 노력했다.

이해할 수 없는 상황에서 급하게 움직이면 반드시 좋지 않은 일이 생긴다.

애매하던 의식도 그런 생각을 할 수 있을 만큼 회복되고 있었다.

"무기는 있어. 장소는 몰라. 애초에 난 여기에 오기 전에 뭘 하고 있었지?"

빌헬름은 자신이 놓인 상황을 확인하며 기억을 되짚었다.

하지만 과거의 기억을 떠올리려 해도 아무것도 나오지 않았다.

간신히 생각해낼 수 있는 것은 몬스터와 싸우는 자신의 모습이었다. 언데드 몬스터를 마구 쓰러뜨리다가 무언가를 느끼고 숲에 들어갔고 그곳에서 무언가와 맞닥뜨렸다.

그 뒤의 기억부터는 분명하지 않았다. 다만 강하게 빛나는 무언가를 본 것 같았다.

"너무 단편적이로군. 게다가 아직도 이름이 생각 안 나. 대체 어떻게 되어가는 거야?"

몬스터와 싸울 때의 몇 안 되는 기억은 선명했다. 그러나 정작 자신에 대한 것이 생각나지 않았다.

"……응?"

그런 빌헬름의 오른손에 진동이 전해져왔다.

오른손을 들어 올려보자 『바키라』가 희미하게 떨리고 있었다. 창을 뒤덮은 짙은 보라색 아우라 일부가 타오르듯 붉게 달구어졌고 이따금씩 불꽃 같은 것이 튀었다.

"뭐야, 이게……."

빌헬름은 갈라진 목소리를 냈다. 『바키라』를 쥔 오른팔이 자신이 알던 것과 달랐기 때문이다.

그의 팔은 비늘에 뒤덮이고 날카로운 손톱이 돋아나 있었다. 마치 드래그닐 같았다.

"아니, 잠깐. 아니야. 나는…… 로드였어."

『그건 맞으면서도 틀린 말이군.』

"……!! 누구냐?!"

자신의 중얼거림에 대답이 돌아올 줄 몰랐던 빌헬름은 목소리가 난 방향을 향해 즉시 바키라를 겨누었다.

『안녕, 내 자신.』

"……?"

가볍게 말을 건네온 것은 드래그닐로 보이는 남자였다.

『이봐, 이봐. 모르겠어? 뭐, 이렇게 대화를 나눌 일은 원래 없을 테니까 말이지. 아니, 정말 굉장하군. 하이 휴먼이 손을 댄 무기는 사람의 마음을 헤아리는 건지도 모르겠어.』

눈썹을 찡그리는 빌헬름에게 남자는 계속 말을 이어나갔다.

하이 휴먼이라는 단어가 나오자 빌헬름의 뇌리에 한 남자의 모습이 떠올랐다.

"질문에 대답해."

『말했잖아. 『나』라고. 그러니까 뭐냐, 또 한 명의 자신이라고 하면 알려나? 아아, 이중인격 같은 건 아냐. 나는 네가 가진 또 하나의 힘 자체야. 하이 휴먼의 기술과 창에 담긴 꼬마들의 바람 덕분에 이 모습이 되었어.』

"무슨 소리를 하는 거야?"

『지금은 형태가 바뀌었지만 『베이노트』는 사람의 희망이나 바람이 담겨야만 비로소 만들어낼 수 있어. 네가 예전에 사용한 『베놈』에는 말도 안 될 만큼 순수한 바람이 담겨 있었거든.

뭐, 잘도 이렇게까지 모았다는 생각이 든다니까.』

"바람이라고……?"

남자는 수다스럽게 떠들어대고 있었다.

꼬마들, 바람, 베이노트. 그런 단어가 나올 때마다 빌헬름의 뇌리에 자신이 만난 사람들의 기억이 되살아났다.

『그런 얼굴을 했는데도 꼬마들이 잘도 무서워하지 않는군.』

"뭐라? 갑자기 무슨 소리야?"

『그렇게 거친 척하는 건 자신이 주목받도록 만들기 위한 연기지. 아니, 절반 정도는 원래 성격이려나. 주위의 시선이 중요한 것에 쏠리지 않도록 일부러 악평을 유도하고 있어. 고아원에 가끔씩만 가는 것도 그것 때문이고.』

"고아……원? 크윽?!"

『생각해내. 잊어버린 건 아니잖아. 그곳은 네가 처음으로 {사람}이 될 수 있었던 장소야.』

고아원이라는 말에 반응해 빌헬름의 머릿속에서 수많은 기억이 재생되었다.

"으윽…… 아아, 제길— 생각났어."

머리를 감싸 쥐던 빌헬름이 남자 쪽을 돌아보았다. 마치 그의 말이 마지막 열쇠가 된 것처럼 기억은 완전히 회복되어 있었다.

『다행이군. 여기에는 그다지 오래 있을 수 없거든.』

"무슨 뜻이야?"

『내 뒤를 봐.』

빌헬름은 의아한 표정을 지으면서도 남자의 등 뒤로 시선을 돌렸다. 그곳에는 주위의 어둠보다도 더욱 어두운 구멍 같은 것이 존재했다.

빌헬름은 계속 남자를 바라보고 있었지만 지금까지 전혀 인식하지 못했다.

『설명하지 않아도 보면 알겠지? 여기에 떨어지면 넌 돌아올 수 없어.』

"그럴 테지."

『참고로 넌 거의 떨어질 뻔했어. 네 창에 감사하라고. 거기 담긴 바람이 널 붙잡아주었으니까.』

"붙잡아준…… 건가. 그래서? 넌 날 깨우는 역할이었던 건가?"

『아니, 내 담당은 너에게 힘의 사용법을 알려주는 일이야. 모처럼『크리티컬(완성종)』로 태어났는데 힘을 절반도 끌어내지 못하니까 말이지. 그러니까 변신도 안 한 데몬 따위에게 당하는 거라고.』

남자는 어이가 없다는 듯이 어깨를 으쓱거렸다.

"나에게 아직 제대로 쓰지 못하는 힘이 있다는 거야?"

『제대로 쓰는 건 기껏해야 3할 정도야. 원래 종족 보너스는 두 개뿐인데『크리티컬』은 서너 개 갖고 있지. 네가 가진 보너스는 특히 강력해. 하지만 그 탓에 원래 가진 능력조차 제대로 쓰지 못하고 있는 거야. 주위의 마력을 모아 신체 능력을 올리는 네 마안(魔眼)도 효율이 형편없어.』

남자는 너무 조잡하다고 말했다.

빌헬름도 모르는 지식을 남자는 당연한 일처럼 파악하고 있었다.

"왜 네가 그걸 알고 있는지 모르겠지만, 지금은 됐어. 네가 정말 또 하나의 나라면 가르쳐줘. 어떻게 하면 쓸 수 있게 되는지."

『간단해. 나를 받아들이면 돼. 힘의 사용법은 몸이 기억하는 거야. 나머지는 그걸 자각하기만 하면 된다고.』

"너를? ……드래그닐의 힘을 거부한 적은 없어."

『그게 그렇지 않다니까. 말했잖아. 네가 사용하는 건 3할 정도라고. 드래그닐의 원래 힘이 발현되면 한쪽 눈 정도만 바뀌는 것으로 끝날 리가 없어.』

남자의 말을 들어보면 드래그닐에 더 가까운 외형이 되는 것 같았다.

『넌 아직 내 힘을 두려워하고 있어. 『크리티컬』로 불리지만 실은 언제 폭주할지 모르는 『미스 킬러(혼성종)』일지도 모른다고 말이지.』

"쳇, 네가 내 자신이라는 말이 거짓은 아닌가 보군. 마음속까지 꿰뚫어 보다니."

『그야 당연하지. 네가 어떤 경위를 거쳐서 그렇게 생각하게 되었는지는 나도 잘 알아. 하지만 단언할 수 있어. 너는 달라. 그런 가짜와는 다르다고.』

남자의 말에는 흔들리지 않는 확신이 담겨 있었다.

"……그런 거냐."

『아아, 그래. 그리고 말이지. 사용할 수 있는 건 뭐든 사용해. 이 세계에는 강한 녀석이 얼마든지 있어. 두려워하다가는 분명히 지게 된다고.』

남자는 그것이 무엇인지는 말하지 않았다.

굳이 이야기할 필요도 없다고 말하는 듯했다.

『자, 빨리 마음을 정해. 너를 여기 조금 더 머무르게 하는 건 쉽지만 시간의 흐름이 약간 달라서 말이지. 저쪽은 이제 여유가 없어.』

"무슨 뜻이야?"

『목소리가 들리지 않아?』

"목소리라고?"

빌헬름은 짐작 가는 바가 아무것도 없었다.

『귀를 기울여봐. 이제 들려올 거야. 네 마음속에 불을 붙이기에는 충분할 텐데?』

"무슨 소리를……."

―구해줘…… 이제 차라리…… 죽여줘.

무슨 소리를 하는 거냐.

그렇게 말하려던 빌헬름의 입이 멈추었다.

들린 것이다. 선명하게 들린 것이다.

무척 약하고 당장이라도 사라질 것만 같은 가느다란 목소리가 말이다.

"쳇! 그런 건가. 그러면 빨리 해!!"

들어본 적이 있는 목소리였다.

이야기해본 적은 몇 번밖에 되지 않았다. 하지만 빌헬름은 기억하고 있었다.

미리와 같은 힘을 가진 소녀. 그 힘 때문에 브루크의 타깃이 되어 자신을 죽여달라고 애원하던 소녀의 목소리였다.

『그럼, 그래야지!!』

기다리고 있었다는 듯한 외침과 함께 빌헬름 앞에 있던 남자의 모습이 붉은빛으로 변해 흩어졌다. 그리고 그것이 물결치듯이 빌헬름의 몸속으로 들어왔다.

"으윽⋯⋯ 우, 우오오오오오오오오오오!!"

그와 동시에 몸 깊은 곳에서 힘이 용솟음쳤다.

혈관에 녹은 쇠가 흘러 들어오면 이렇게 되지 않을까 싶을 만큼의 뜨거움이 빌헬름의 몸속에서 휘몰아쳤다.

그와 함께 바키라에 새겨진 기하학적 문양이 명멸하기 시작했다.

"웃⋯⋯기지 마⋯⋯."

강하게 악문 이가 삐걱거리는 소리를 냈다.

그녀가 지난번과 같은 소리를 하는 것에 대해 빌헬름은 화가 솟구쳤다.

"그렇게 쉽게 죽는다느니, 죽여달라느니……."

그것은 제대로 설명해주지 않은 또 하나의 자신에 대한 불만이자, 목소리에 담긴 체념과 절망에 대한 분노였다.

"웃기지 말라고오오오오오오오오!!"

몸속에서 휘몰아치는 뜨거운 피가 빌헬름을 포효하게 했다.

그에 대답하듯이 바키라의 빛이 더욱 강해지며 주위의 어둠을 밀어내기 시작했다.

그와 함께 빌헬름의 의식도 수면 위로 떠올랐다.

†

빌헬름의 변화를 가장 먼저 알아챈 것은 무기를 맞대고 있던 밀트였다.

"저기, 그 무기는 『바키라』 맞지? 거기에 그런 효과가 있었던가?"

대답이 돌아올 거라고 생각한 것은 아니었다. 하지만 말을 하지 않을 수 없었다.

『바키라』를 뒤덮은 아우라는 이미 전체의 8할 정도가 보라색에서 붉은색으로 변해 있었다.

밀트는 그것이 무엇을 의미하는지 몰랐지만 나쁜 일은 아니라는 것만은 직감을 통해 알 수 있었다.

밀트는 계속되는 찌르기를 몸을 돌려 피한 뒤 옆으로 휘두른 창을 무기로 받아냈다.

그녀는 지금 좁은 장소에서 싸울 때 사용하는 보조 무기인 신화급 쌍검 『미바르』를 사용하고 있었다.

어둑어둑한 실내에서 『바키라』와 『미바르』의 칼날이 부딪치며 불꽃을 튀겼다.

"이렇게 뜨거운 칼날은 오랜만이야. 그렇구나. 너도 저항하고 있는 거지?"

칼날을 통해 뜨거운 의지가 전해져왔고 한 번의 공격마다 창술이 더욱 날카로워졌다.

그것은 누군가에게 조종당하는 인형이 절대로 가질 수 없는 강렬한 자아의 발현이었다.

단순히 싸우는 것만을 목적으로 한 {사투}를 해온 밀트였기에 그것을 잘 알 수 있었다.

"저기, 네 이름을 알려줘."

"……."

밀트를 꿰뚫기 위해 뻗은 『바키라』가 갑자기 딱 멈추었다.

『바키라』를 덮은 보라색 아우라는 이미 흔적조차 남지 않았고 타오르는 듯한 붉은 아우라가 『바키라』뿐만 아니라 빌헬름의 몸을 뒤덮은 아우라까지도 불태우기 시작했다.

"― 빌헬름 에이비스다."

거친 아우라와 달리 대답하는 목소리는 더없이 평온했다.

허공을 바라보듯 초점이 맞지 않던 빌헬름의 두 눈에도 이미 명확한 의지가 깃들어 있었다.

"쉬잇."

빌헬름은 조용한 숨소리와 함께 밀트에게 맞지 않도록『바키라』를 살짝 휘둘렀다. 그러자 마지막까지 저항하던 안개가 공중에 흩어졌다.

"내가 상대할 필요도 없었으려나?"

"아니, 감사 인사를 해두지. 어중간하게 끝내서 미안하지만 먼저 해야만 하는 일이 있어서 말이야. 계속 싸우고 싶으면 다음에 다시 와줘."

빌헬름은 밀트의 질문에 대답하면서『바키라』를 고쳐 들었다.

"그럴 기회가 있으면 꼭 부탁할게. ⋯⋯어라?"

밀트가 새로운 싸움에 설레는 것도 잠시, 밀트의 머리 위에 의문 부호가 떠올랐다.

왜냐하면 빌헬름이 찌르기 대신 투척 자세를 취했기 때문이다.

"이런 웃기는 짓을 하고도—."

자세를 취한 순간 빌헬름의 눈빛이 험악해졌다.

눈앞에 선 밀트의 온몸에 소름이 돋을 정도로 기운이 심상치 않았다.

빌헬름의 시선은 밀트 뒤의 신 쪽을 향하고 있었다.

"—무사할 줄 알았냐!!"

"우왓! 신 씨, 피해!"

빌헬름이 무엇을 하려는지 알아챈 밀트가 즉시 소리쳤다.

밀트의 경고와 동시에 빌헬름의 손이 흐릿해지더니 잔상과 함께 『바키라』가 발사되었다.

『바키라』는 주인의 의지에 부응하듯이 조금의 어긋남도 없이 목표를 향해 날아갔다.

"쿠오오오오옷!!"

검은 섬광으로 변한 『바키라』에 꿰뚫린 순간, 슈니와 검을 맞대던 아다라의 몸이 크게 뒤로 튕겨나갔다.

복부에 박힌 『바키라』의 붉은 아우라가 점점 강하게 빛나고 있었다.

"뭐야, 갑자기 왜 힘이 빠지는 거지?"

예상 밖의 일에 직면한 아다라는 고통으로 일그러진 얼굴로 『바키라』를 뽑아내려 했다.

"윽, 이 녀석!"

하지만 『바키라』를 쥔 손에서 전해지는 통증에 아다라의 표정이 더욱 일그러졌다.

밀트는 붉은 아우라가 아다라의 손을 침식하며 무언가가 타오르는 소리를 들었다.

"무기를 변화시킨 건 큰 실수였군."

빌헬름은 『바키라』를 투척한 뒤에 신 일행에게 다가왔다.

그와 동시에 『바키라』가 더욱 강하게 빛났고 붉은색 아우라가 빌헬름의 몸을 감쌌다.

"크으, 하아아아아!!"

아다라는 시간을 끌면 더 위험해진다는 것을 깨닫고 『바키라』를 억지로 뽑아내어 공중에 떠 있던 검과 자신의 손으로 파괴하려 했다.

하지만 그보다 먼저 빌헬름이 입을 열었다.

"돌아와."

"아닛?!"

그 순간 『바키라』가 공중에서 안개처럼 사라지더니 다음 순간 빌헬름의 손안에서 나타났다.

그리고 아다라가 밀려난 틈을 타고 슈니가 해미를 구출했다. 신은 그녀의 목걸이에 손을 갖다 대며 빌헬름에게 물었다.

"이봐, 이봐. 내가 모르는 기능이 추가된 것 같은데?"

"저기 있는 금발 녀석이 창에 쓸데없는 짓을 해놨거든. 뭐, 결과적으로 누구에게 쓸데없었는지는 뼈저리게 느꼈을 테지."

빌헬름은 『바키라』를 고쳐 쥐며 신의 물음에 대답했다.

신은 이미 아다라를 공격한 무기가 『바키라』라는 것을 간파하고 있었다. 그가 놀란 것은 무기를 순간 이동시키는 능력이 원래 『베이노트』의 것이기 때문이었다.

"그래서 『바키라』가 된 건가……. 하지만 양쪽 능력을 모두 사용하는 건 반칙이라고."

『베이노트』는 무기 자체의 성능 외에 데몬과 언데드에 대한 추가 대미지가 있었다. 하지만 증가율 자체는 크지 않았다.

그에 반해 『바키라』는 마기를 흡수해 사용자의 능력치를 향상시키는 효과가 있다. 무기 자체가 마기를 상대하는 데 특화되어 있는 만큼, 그 증가율은 『베이노트』와 비교도 되지 않았다.

『바키라』는 마기에 덮여 있을 뿐이지, 마기를 발산하는 것은 아니었다. 그럼에도 발산하는 것처럼 보이는 것은 주위의 마기를 흡수하기 때문이었다.

외관이 섬뜩하고 제작할 때 짙은 마기가 필요하다는 점 때문에, 상세한 성능을 모르는 플레이어들이 오해하는 경우가 많았다.

그리고 그 성능이 데몬에게 가장 효과적으로 발휘된다는 것은 누가 봐도 명백했다.

마기의 결정체인 데몬은 『바키라』에 더할 나위 없는 먹잇감이니 말이다.

"이런, 이런. 꽤나 한심한 꼴이로군."

쓰러진 아다라에게 스콜어스가 말을 건넸다. 같은 편을 가볍게 날려버린 공격을 보고서도 여전히 여유로운 태도였다.

"어쩔 수 없잖아. 타이밍이 나빴다고, 타이밍이. 그리고 지금 네가 채워둔 목걸이도 풀리고 있다고."

그 말에 대답하는 아다라도 『바키라』에 찔린 것치고는 목소리가 멀쩡했다.

"꽤나 여유가 넘치시는군."

"아니, 이래 봬도 많이 놀랐어. 어두운 방향으로 변화시켰는데 전혀 {이쪽}하고 연관이 없어. 사람이 만드는 무기는 역시 재밌다니까."

아다라의 복부는 이미 상처가 사라진 뒤였다. 고위 데몬다운 엄청난 회복력이었다.

"모처럼 잡은 인질, 아니 산 제물도 빼앗겼고, 이곳도 들켰어. 이제 슬슬 물러나야 하지 않나?"

"그렇겠군. 여기 있는 자들 전부라면 제법 좋은 토양이 될 테지."

아다라는 가벼운 말투로 동굴을 포기할 것을 제안했다. 스콜어스 역시 그리 깊게 생각해보지도 않고 그 제안에 동의했다.

"저기, 신. 여기 있는 모두라는데?"

"뭐, 저 녀석들이 완전체가 되면 우리는 지하 깊숙이 생매장될 테니까 말이지. 저 녀석들은 쉽게 죽지 않을 테지만 우리는 아마 압사하거나 질식사할 거야."

신은 필마의 말에 대답하면서 감시병을 쓰러뜨리고 달려온 케니히에게 해미를 맡겼다.

나머지 감시병을 쓰러뜨린 티에라와 밀트도 언제든 공격할 수 있는 자세로 대기 중이었다.

정확한 깊이는 알 수 없지만 지금 그들은 지하 10~20메르보다도 훨씬 깊은 곳까지 내려온 것 같았다.

제아무리 신이라도 대량의 토사에 깔릴 경우 살아남는다는 보장은 없었다.

땅 밑에 숨어드는 스킬도 존재하지만 깊이는 기껏해야 1, 2메르 정도였기에 도박이나 다름없는 생존 확률이었다.

"어라, 들켰군요. 이곳은 지하 100메르 정도니까 말이죠. 아무리 선정자라도……! — 저항하는 건 자유지만 지금은 이야기를 들어야 하는 상황일 텐데요?"

바로 그때 빌헬름의 공격이 스콜어스의 이야기를 중단시켰다.

"알 게 뭐야. 난 지금 너희 얼굴만 봐도 토할 것 같다고."

『바키라』의 찌르기를 왼팔로 튕겨내며 스콜어스가 항의했지만 빌헬름은 쉴 틈을 주지 않고 계속 공격했다.

"신! 너라면 빨리 해치울 수 있을 거 아냐!"

"우선 해미 씨의 치료부터 끝내고 싶은데 말이지. 이 목걸이는 전에 본 물건보다 위험해. 금방 풀어내지 않으면 정신이 어떻게 될지 몰라."

신 역시 느긋하게 이야기만 하고 있었던 것은 아니었다. 해미의 목걸이에 담긴 마기를 보고 상당한 위험을 감지했던 것이다.

실제로 교회 때는 한순간에 파괴했던 목걸이가 지금은 다소 시간이 걸리고 있었다.

일시적으로 적에게 등을 보인 상황이었지만 신과 데몬 사이에는 필마와 슈바이드가 빈틈없이 서 있었다.

"뭐라고? 그러면 오히려 이 녀석들을 빨리 해치워서 편하게 치료할 수 있게 해야겠군."

신의 말을 들은 빌헬름이 전의를 불태웠다. 그에 호응하듯이 『바키라』의 빛도 강해졌다.

"그래, 나도 사실 해미 씨의 목걸이를 파괴할 시간이 필요했던 것뿐이야. 이제 그 녀석들의 이야기를 들어줄 필요는 없어."

"그건 곤란하지요. 당신들은 여기서 죽어줘야 하니까요. 아아, 슈니 양과 필마 양은 제가 데려갈 테니 걱정 마십시오. ― 어라?"

말을 이어가던 스콜어스의 시선이 갑자기 한 곳에서 멈추었다.

"……이 기척은……."

스콜어스의 얼굴에서 웃음기가 싹 가셨다. 지금까지 여유만만하던 모습은 온데간데없었다.

"― 아다라, 상황이 바뀌었어. 저 여자를 죽여야 해. 너도 도와."

"뭐? 너답지 않게 갑자기 서두르는군."

"보면 알게 돼."

스콜어스가 그렇게 말하며 가리킨 것은 티에라의 모습이었
다.

"―아아, 그런 건가. 확실히 이건 죽일 수밖에 없겠군."

말하지 않아도 이해했는지 아다라는 말이 끝나기도 전에
앞으로 달려나갔다.

스콜어스 역시 다른 일행에게는 눈길조차 주지 않고 티에
라를 향해 맹렬한 기세로 뛰어갔다.

잔상이 남을 정도의 가속력이었다. 하지만 신 일행을 그 정
도로 뚫고 지나갈 수는 없었다.

"이봐, 이봐, 어디를 가려고? 갑자기 무시하지 말라고."

"그렇게나 여유 만만하더니 그러면 안 되지."

아다라는 빌헬름이, 스콜어스는 신이 맡아 저지했다.

그리고 슈니, 필마, 슈바이드도 언제든 엄호할 수 있도록
자리를 잡았다.

"― 어? 아……."

한편 타깃이 된 티에라는 메마른 목소리로 중얼거렸다. 지
금까지 느껴본 적 없는 살기와 위압감이 그녀에게 단숨에 쏟
아졌기 때문이다.

"Grururu……."

"쿠후~!!"

움직이지 못하는 티에라의 앞을 카게로우와 유즈하가 털을 바싹 곤두세우며 막아섰다. 두 신수의 뒷모습을 본 티에라는 엄청난 압력을 느끼며 그 자리에 주저앉고 말았다.

"괜찮아? 날 알아보겠어?"

"네……에……."

옆에 있던 밀트가 쓰러질 뻔한 티에라를 부축했다.

호흡은 거칠었지만 티에라는 간신히 의식을 잃지 않고 있었다.

대공급 데몬이 내뿜는 혼신의 살기를 받아내면서도 기절하지 않은 것만 해도 대단한 정신력이었다.

"비켜."

"방해하지 마시죠."

두 데몬의 말에 신과 빌헬름은 도발적인 미소로 대답을 대신했다.

"해치우면 그만이야."

"그래, 그게 좋겠군."

돌파하려면 시간이 걸릴 거라고 생각했는지 아다라와 스콜어스는 자신들의 진짜 모습으로 변하려 했다.

"우리가 가만히 놔둘 것 같으냐."

신은 변신하려는 데몬 앞에서 아이템 박스에서 꺼낸 아이템 하나를 실체화했다. 그의 손에 들린 것은 한때 티에라 앞에서 사용했던 결정석(結晶石)이었다.

"데몬과 싸우러 지하에 내려오면서 아무 준비도 하지 않았을 것 같으냐고!!"

신은 주저 없이 결정석에 마력을 불어넣었다.

결정에 새겨진 마법이 발동하는 것과 함께 주위의 풍경이 일그러졌고 다음 순간에는 실내에 있던 모두가 지하에서 평원으로 이동해 있었다.

그곳은 성지 카르키아와 요새 도시 바르멜 사이에 위치한 평원이었다. 한때 신이 리온과 함께 모닥불을 피웠던 숲 근처였다.

카르키아로 순간 이동된 직후에 슈니에게서 데몬에 대한 정보를 들은 신은 상급 데몬과 싸울 때를 대비해서 이곳을 몰래 점찍어둔 것이다.

『범람』 때 몬스터의 통행로로 쓰이는 이 평원에는 좀처럼 사람들이 접근하지 않는다는 것을 이미 확인한 뒤였다.

"이건 대체⋯⋯?"

"설명은 나중에 하죠. 케니히 씨는 해미 씨를 데리고 멀리 떨어져주세요. 그리고 이걸⋯⋯."

목걸이를 풀었지만 여전히 기절해 있는 해미를 싸움터에 있게 할 수는 없었다.

신은 만약을 위해 대미지를 대신 받아주는 아이템과 몬스터 접근 방지 아이템, 【배리어】를 펼치는 아이템을 케니히에게 건네주었다. 일정 거리 이상 멀어지면 모습을 감추는『은사(隱糸)의 외투』를 활용할 생각이었다.

"매번 놀라게 한다니까."

"마침 슈니에게서 데몬에 대한 이야기를 들었을 때였거든. 보험 삼아서 위치를 저장해둔 건데 이걸로 마음껏 싸울 수 있겠지?"

별로 놀란 것 같지도 않은 빌헬름에게 신은 가볍게 대답했다.

사실 대공급 데몬은 인간의 모습일 때 쓰러뜨리면 토벌 완료로 인정되지 않았다. 예외도 있기는 하지만 극히 드문 경우였다.

대공급 데몬 대부분은 인간형일 때 머리를 베면 그 자리에서 완전체로 변신한다.

신이 순간적으로 스콜어스의 팔부터 노린 것은 그런 이유이기도 했다.

모두의 눈앞에서는 두 데몬이 이미 변신을 완료한 뒤였다.

"이봐, 이봐. 이건 예상 밖이로군. 여기는 어디야?"

"상관없어. 표적은 남아 있으니까."

아다라와 스콜어스는 해미를 안아 들고 멀어져가는 케니히 쪽에는 눈길조차 주지 않고 티에라를 똑바로 내려다보고 있었다.

아다라의 변신 모습은 거대한 인간형이었다.

무신 타입으로 불리기도 하는 타입으로, 기본적으로 인간의 형태와 비슷하지만 팔은 네 개, 얼굴은 두 개였다. 25메르정도 크기의 거체를 중국 무장을 연상시키는 갑옷으로 감싸고 손에는 장검 두 자루와 도끼, 망치를 들고 있었다. 겉모습이 사람에 가까운 만큼 어느 정도는 공격 방법을 예상할 수 있는 유형이었다.

그에 반해 예측이 어려운 것이 스콜어스였다. 이쪽은 원래모습이 어땠는지도 판단하기 힘든 키메라 타입이었다.

얼굴은 곰치의 안면을 갑각으로 재현한 것처럼 울퉁불퉁하고 관자놀이에는 앞으로 뻗어 나온 뿔 같은 것이 보였다.

상반신은 마그눔크 같은 인간의 몸이 물고기의 비늘에 덮여 있고 오른팔이 있던 곳에서는 연체동물의 다리가 세 개, 왼팔이 있던 곳에서는 집게발이 두 개 생겨나 있었다.

하반신은 말과 호랑이를 합체한 듯한 모습이었다.

앞부분이 말, 뒷부분이 호랑이로 마치 혐오스러운 켄타우로스처럼 보이기도 했다. 말의 앞발과 호랑이의 뒷발을 합하면 전부 여섯 개의 다리를 갖고 있었다.

"유즈하, 티에라를 잘 부탁할게. 티에라는 유즈하를 타고 엄호해줘. 저 녀석들은 널 노릴 테니까 되도록 거리를 벌려. 그리고 이걸 장비해!"

"쿠우!!"

"아, 알았어!"

신은 지시를 내리면서 티에라에게도 방어용 아이템을 던져 주었다. 신 일행 중에서는 티에라만이 즉사의 위험을 안고 있었다.

"이거 재밌어졌네! 신 씨, 담당은 어떻게 나눌 거야?"

밀트는 강적의 출현에 흥분했는지 이미 『미바르』를 거두고 주 무기를 꺼내 들었다. 희푸른 불꽃을 두른 그것은 고대급 하급품 폴액스(Pollaxe) 『브레오간드』였다.

얼핏 보면 자루 부분만 해도 자신의 키보다 훌쩍 큰 『브레오간드』를 밀트가 다룰 수 있을 거라는 생각은 들지 않았다.

하지만 그런 식으로 얕보던 플레이어들이 전부 그 칼날에 두 동강이 났다는 것을 신은 잘 알고 있었다.

"그래. 스콜어스는 아마 레이드 타입일 거야. 나, 슈니, 카게로우가 상대하자. 필마, 슈바이드, 빌헬름, 밀트는 아다라를 맡아줘. 티에라와 유즈하는 회피를 우선시하면서 지원과 엄호를 해줘. 적은 강하니까 절대 방심하지 마!"

신의 외침에 호응하듯이 스콜어스와 아다라가 접근하는 소리가 크게 들렸다.

순간 이동을 통해 서로의 거리가 크게 벌어져 있었지만 거대해진 두 데몬에게는 몇 걸음도 되지 않았다. 신과 슈니가 모두에게 능력치 상승 스킬을 사용했고 빠르게 두 무리로 갈라졌다.

"일단은 두 마리를 서로 떨어뜨린다!! 카게로우, 앞장서!!"

"그루!"

두 마리가 가까이서 협력한다면 훨씬 위협적이었다. 그것을 저지하기 위해 신이 먼저 공격해 들어갔다.

신은 【리미트】를 완전히 해제한 상태로 카게로우의 뒤에 숨어 스콜어스의 시야에서 숨었다.

그리고 카게로우의 등 뒤에서 뛰쳐나가는 동시에 【은폐】 스킬로 몸을 숨겼고, 접근해오는 스콜어스를 향해 최대 속도로 돌진했다.

"날려주마!!"

"······?!"

신이 내지른 혼신의 발차기가 스콜어스의 상반신, 사람으로 치면 명치 부분에 작렬했다.

맨손/풍술 복합 스킬 【열봉시(烈蓬矢)】였다.

혼신의 힘을 담아 내뻗은 발차기는 이 세계의 상식을 넘어서 있었다.

천둥 같은 굉음과 함께 25메르 크기의 거대한 몸이 허공에 떠올랐다.

몇 초 동안 공중에 붕 떠 있던 스콜어스가 땅에 떨어지자 격렬한 모래 먼지와 함께 땅이 움푹 파였다.

날아간 거리와 땅에서 뒹군 거리를 합하면 족히 800메르가 넘었다.

신의 발차기를 맞은 부분은 움푹 들어간 것 같기도 하고 무언가가 도려낸 것 같기도 한 상처가 남아 있었다.

엄청난 위력을 보고 공격받지 않은 아다라까지 움직임을 멈춘 가운데, 쓰러진 스콜어스에게 추가 공격을 가하는 사람이 있었다.

"— 떨어지세요."

맑은 목소리가 전장에 울려 퍼졌다. 그 말과 함께 하늘에서 푸른 번개가 내리꽂혔다.

뇌술계 마법 스킬 【블루 · 저지】.

바르멜에 몰려든 몬스터 무리를 불태웠던 번개 폭풍이 조금의 자비도 없이 스콜어스의 전신을 불태웠다.

게임에서는 보스전에서만 쓸 수 있는 마법이었다. 물 계통 몬스터가 다수 융합된 스콜어스에게 번개 마법이 엄청난 효과를 발휘하면서 HP 게이지가 순식간에 줄어들었다.

단 두 번의 공격으로 전체의 10%에 달하는 대미지가 들어갔다.

스콜어스는 레이드 타입의 보스 몬스터였다. 여러 파티가 연계해서 도트 단위로 HP를 깎아나갔던 것을 생각하면 엄청난 양의 대미지였다.

"빨리 해치우고 저쪽을 도우러 가자."

"네!"

"그루으!!"

하이 휴먼인 신과 하이 엘프인 슈니, 그리고 신수 카게로우가 스콜어스를 공격하기 시작했다.

전력 차이는 분명했다. 대공급 데몬을 상대로 한 사냥의 시작이었다.

†

"휴우~! 제법이네, 신 씨! 나도 질 수 없지!!"

스콜어스를 향해 달려가는 신을 보며 밀트가 탄성을 질렀다. 레이드 보스를 걷어차 날려버리는 만행을 본 그녀는 자신도 모르게 웃음이 났다.

"갑자기 한 방 먹여버렸군. 저쪽이 끝나기 전에 이쪽을 해치우자. 힘을 아끼지 마!"

『바키라』를 든 빌헬름은 숨은 힘을 해방했다. 또 한 명의 자신이라는 남자의 말대로 힘을 제어하고 해방하는 방법도 이제 자연스럽게 이해할 수 있었다.

"오옷, 우오오오오오오오오오오오!!"

빌헬름의 심장이 강하게 고동쳤다. 몸에서는 아우라가 넘쳐흘렀고 팔에는 용 같은 비늘이 돋아났다. 왼쪽 눈의 동공이 세로로 찢어지고 머리에는 칼날 같은 뿔이 돋아나 있었다.

아우라와 비늘, 뿔 모두 선명한 붉은색이었다.

"후우우우우."

"헤에. 역시 재미있어, 넌."

이쪽 세계에서는 이질적인 빌헬름의 변화를 보면서도 밀트는 그저 즐겁게 웃을 뿐이었다.

진짜 모습으로 변한 아다라를 보면서도 여전히 전의를 불태우는 밀트와 빌헬름을 보며 슈바이드와 필마는 미소를 지었다.

"으음. 사기는 충분하군."

"저런 장면을 보면 누구라도 그렇겠지. 오랜만에 상대하는 대물이니까 나도 열심히 해볼까."

"방심하지 마시오."

"안 해. 우리와 몬스터는 근본적인 능력치 자체가 차원이 다르잖아."

농담 투로 떠들고 있지만 두 사람의 얼굴도 진지하기 그지없었다.

원래 대공급 데몬은 전사 계열의 STR과 VIT, 마법 계열의 INT가 700 정도인 파티가 다수 협력해야만 상대할 수 있었다.

아무리 능력치와 장비가 우수해도 전사 계열 네 명과 유격 담당 한 명, 몬스터 한 마리 정도로 싸울 수 있는 상대는 아니었다.

"적의 주의는 내가 끌겠소! 각자 알아서 판단하고 공격하시오!!"

"옛날 생각 나네!"

"방패 역할은 맡길게!"

"해치워주마아아!!"

슈바이드의 외침과 동시에 필마, 밀트, 빌헬름이 아다라를 향해 돌진했다.

급조한 파티로는 제대로 된 연계가 불가능했다. 그래서 슈바이드는 지금까지의 싸움에서 얻은 경험을 토대로 각자의 판단에 맡기기로 했다.

"고작 그 정도 숫자로 나를 상대하려 하다니. 죽이는 건 쉽지만 지금은 너희를 상대할 시간이 없다."

아다라는 밀트의 『브레오간드』와 빌헬름의 『바키라』, 필마의 『홍월』을 교묘한 검술로 받아내면서도 티에라에게서 시선을 떼지 않았다.

상대의 몸집은 20메르가 넘었다. 이쪽의 공격을 무시하고 계속 나아간다면 10분의 1 크기도 되지 않는 멤버들로서는 막아낼 도리가 없었다.

"그대의 사정 따위는 모르오. 뭐라고 하든 여기에 묶어두겠소이다."

오른손에 『지월』, 왼손에 『대충각(大衝殼)의 큰 방패』를 들고, 원래 장비인 용갑 갑옷을 입은 슈바이드는 아다라와 티에라 사이를 가로막으며 도발 스킬 【마인드 · 어트랙트】를 발동했다.

"어딜 보고 있는 것이오!!"

"으윽, 억지로 이끌리는 건가! 굳이 정면으로 오다니 재미 있군!!"

티에라를 주시하던 아다라의 시선이 강제적으로 슈바이드 쪽을 향했다.

광범위한 효과를 내는 【수라의 광분】과 달리 【마인드 · 어트 랙트】는 몬스터 한 마리의 모든 행동 타깃을 사용자로 변경시 키는 기술이었다.

그 효과는 물리, 마법, 시선과 공격 우선순위까지 포함되었 고 아다라 같은 단독 보스 몬스터와 싸울 때는 탱커의 필수 스킬이었다.

"견뎌낼 수 있다면 칭찬해주마!!"

아다라는 슈바이드를 향해 도끼와 망치를 내리쳤다. 무기 자체만으로도 슈바이드보다 훨씬 컸고 질량은 몇 배나 되었 다.

하지만 대지를 부술 정도의 공격 앞에서도 슈바이드는 큰 방패를 내민 채 꼼짝하지 않았다.

"자, 상대해주겠소!!"

슈바이드는 공격을 받는 순간에 방패술 무예 스킬 【버스 터 · 포트리스】를 발동했다. 그러자 에메랄드빛이 슈바이드의 몸을 빈틈없이 뒤덮었다. 그 위로 아다라의 공격이 명중했다.

땅이 울릴 만큼 엄청난 위력이었다. 공격의 여파로 대지가 완만하게 함몰되었고 사방으로 균열이 생겨났다.

하지만 대지를 딛고 선 슈바이드는 상처 하나 입지 않고 여전히 그곳에 서 있었다.

"아니?!"

그러자 오히려 아다라가 경악에 빠졌다. 몸통을 날려버리려던 도끼와 통째로 짓누르려던 망치가 슈바이드에게 닿은 순간부터 더 이상 나아가지 못하고 있었다.

망치는 방패에, 그리고 도끼는 갑옷에 막힌 것처럼 보이지만 자세히 살펴보면 에메랄드빛에 가로막혀 방어구에는 닿지도 못한 상태였다.

"크아아아앗!!"

맹렬한 기합 소리와 함께 슈바이드가 한 걸음 내디디며 방패를 휘둘렀다. 그 동작만으로도 아다라의 방패와 망치가 크게 튕겨나갔다.

【버스터 · 포트리스】역시 탱커 필수 스킬이었다.

모든 공격의 대미지를 무효화하고 직접 공격해온 상대를 일시적으로 밀쳐내는 넉백 효과가 있었다.

효과 시간은 전투 때마다 처음은 10초였다. 그 뒤로는 막아낸 대미지에 따라 대기 시간과 지속 시간이 증감하게 된다.

상대가 강하면 강할수록 효과가 상승하고 약하면 약할수록 떨어지는 것이다. 보스전을 위해 존재하는 스킬이나 다름없었다.

"빈틈이 생겼소. 공격하시오!"

【버스터 · 포트리스】의 효과로 균형을 잃은 아다라를 향해 밀트와 빌헬름이 공격해 들어갔다.

슈바이드를 잘 아는 필마는 그가 방패를 들었을 때부터 이미 공격 범위를 우회해서 접근하고 있었다.

"몸집이 작다고 너무 얕봤어!!"

필마는 하단에서 쳐올리듯이 【홍월】을 휘둘렀다. 진홍색의 참격은 뒤로 밀려난 아다라의 왼쪽 다리에 일직선의 상처를 입혔다.

다리 갑옷이 찢겨나가며 끈적끈적하고 탁한 피가 솟구쳤다. 상처부터 다리 전체에 걸쳐 금이 간 듯한 시각 효과가 나타나고 있었다.

검술계 무예 스킬 【블러드 · 페인】이었다.

공격력이 높을 뿐 아니라 명중된 부위의 움직임을 둔화시켜 이동과 공격 동작을 늦추는 효과가 있었다.

한쪽 다리가 반쯤 마비된 아다라는 무너진 자세가 더욱 기울어지고 말았다.

밀트와 빌헬름이 그 틈을 놓칠 리가 없었다.

"슬래시이이, 노바아!!"

필마가 입힌 상처를 더욱 헤집듯이 밀트가 『브레오간드』를 아다라의 왼쪽 다리에 내리쳤다.

도끼술 무예 스킬 【슬래시 · 노바】.

원심력을 살려 대미지를 한 곳에만 집중하는 스킬이었다.

필마의 공격이 다리 갑옷을 찢어놓은 덕분에 【브레오간드】의 거대한 칼날은 명중된 부위의 갑옷을 부수어 아다라의 다리에 무시할 수 없는 타격을 주었다.

"받아라아아아앗!!"

바로 그때 절묘한 타이밍으로 빌헬름이 뛰어들었다.

창술/뇌술 복합 스킬 【뇌호(雷號)】가 담긴 『바키라』가 아다라의 왼쪽 팔 하나의 어깻죽지를 찔렀다. 갑옷 틈새를 노린 공격이 아다라의 방어를 쉽게 뚫어내면서 『바키라』의 능력이 유감없이 발휘되었다.

"윽, 또냐!"

데몬에게 최악의 상성인 『바키라』의 일격은 아다라에게 대미지를 주는 동시에 능력치까지도 하락시켰다.

그와 동시에 빌헬름의 신체 능력이 폭발적으로 상승되었다.

물론 일반적인 『바키라』에 이 정도의 힘은 없었다. 아무리 대(對)데몬용 무기라도 그것 하나만으로 보스를 쉽게 쓰러뜨릴 수 있다면 게임의 밸런스가 맞지 않았다.

"우오오오오오오옷!!"

『바키라』를 중심으로 진홍색 번갯불이 휘몰아쳤다. 작렬하는 번개가 거대한 짐승처럼 포효하고 있었다.

"우오오오오오오!! 우쭐대지, 마라아아아아아아아!!!"

일방적으로 당하고 있었지만 아다라는 대공급 데몬이었다.

【뇌호】가 일으키는 천둥소리가 묻힐 정도의 포효가 물리적인 충격과 함께 주위를 압도했다.

포효를 들은 세 사람의 위기 감지 능력이 최고 수준의 경보를 울렸다.

아다라의 온몸에서 거무튀튀한 아우라가 피어올랐고 무너진 자세가 중력을 거스르며 회복되었다.

"짓눌러주마아아아아아아아아아!!"

그리고 다음 순간에는 네 개의 무기를 전부 내리쳤다. 지금까지와는 명백하게 위력이 다른 일격을 네 사람에게 동시에 가한 것이다.

하지만 모든 공격은 【마인드·어트랙트】의 효과로 슈바이드에게 집중되었다.

대지를 함몰시키고 깊은 균열을 만들어내는 네 개의 일격이 슈바이드를 동시에 덮쳤다.

"그렇게 놔두진 않겠어!"

빈틈을 노리던 티에라가 지금이라는 듯이 화살을 쏘았다.

티에라가 손에 든 것은 『영수(靈樹)의 공명궁(共鳴弓)』이라는, 특정 직업만 다룰 수 있는 무기였다.

시위에 건 화살에 번개와 함께 눈부신 빛이 깃들었다. 잠시 동안 힘을 모은 뒤에 발사된 화살은 바르멜에서 내쏘았던 것보다 빠르고 강하게 전장을 가로질렀다.

발사된 화살은 세 자루였다. 모든 무기를 공격에 사용한 아다라는 빠르게 날아오는 화살을 받아낼 수 없었다.

"크아아아!!"

섬광으로 변한 화살은 조준한 대로 아다라의 머리에 명중했다. 세 자루 중 하나는 아다라의 오른쪽 눈을 꿰뚫었고 상처에서 불타오르는 듯한 은색 빛이 뿜어져 나왔다.

"크으, 역시, 너는……!!"

티에라가 내쏜 화살에 맞은 아다라의 장검 하나가 힘을 잃은 것처럼 슈바이드에게서 빗겨났다.

그리고 아다라의 손에서 벗어나 지면에 처박히고 말았다.

"으음, 저 위력은 대체 뭐지?"

대공급 데몬의 능력을 잘 아는 슈바이드는 그 광경에 위화감을 느꼈다.

티에라의 공격이 상태 이상 효과를 가졌다 해도 효과가 나타나는 것이 지나치게 빨랐고 위력도 너무 강했던 것이다.

냉정하게 전체 상황을 관찰하던 슈바이드였기에 알아챌 수 있는 사실이었다.

"우리도……!"

"……질 수 없지!"

티에라의 엄호 덕분에 한 박자 어긋난 아다라의 공격을 필마와 밀트가 놓치지 않았다. 장검을 밀트가, 도끼를 필마가 방해한 것이다.

두 사람의 무기는 양쪽 모두 중량급이었다. 원심력을 살린

두 무기가 허공에 궤적을 그렸다.

"스파라스 · 덩크!!"

"임팩트 · 슬래시!!"

도끼술과 검술 중에서도 절단력보다 타격력에 중점을 둔 무예 스킬이 아다라의 팔을 파고들며 무기의 궤도를 바꾸었다.

남은 망치가 슈바이드를 내리쳤지만 방패를 든 슈바이드는 흔들리지 않고 그 일격을 받아냈다.

"뭐지? 너무 가볍군."

슈바이드가 선 땅에서는 깊은 함몰과 균열이 일어나고 있었지만 그의 입에서는 그런 말이 흘러나왔다.

확실히 위력은 있었다. 큰 방패에서 전해지는 진동도, 온몸을 짓누르는 위압감도 틀림없는 상위급 보스였다. 결코 방심할 수 없었다.

하지만 많은 보스 몬스터와 싸워온 슈바이드는 지금 느껴지는 위압감과 아다라의 전투력이 동떨어진 듯한 느낌을 받았다.

솔로 타입으로 불리는 보스 몬스터는 분명 혼자서 쓰러뜨릴 수 있었다. 그리고 호칭 때문에 크게 강하지 않은 보스로 착각하는 경우도 많았다.

하지만 그것은 잘못된 인식 때문에 생겨난 오해였다.

【THE NEW GATE】에서는 레이드 보스의 난이도에 따라

대략적으로 보스의 랭크가 매겨져 있었다.

랭크는 다섯 단계로 나뉘는데 초급부터 중급 플레이어가 싸울 수 있는 보스가 랭크 1이었다.

그리고 상급 플레이어가 파티를 결성해 도전할 경우 승률이 7할 이상인 보스가 랭크 2.

상급 플레이어가 좋은 장비를 갖추고 다수의 파티를 결성해 도전해도 승률이 3할 이하인 보스가 랭크 3.

상급 플레이어 중에서도 능력치가 특히 뛰어난 자들이 파티를 이루어도 승리가 불확실한 경우가 랭크 4.

그리고 클리어 가능 여부가 불분명한, 아니 운영진이 「쓰러뜨릴 수 있으면 쓰러뜨려봐」라고 말하는 듯한 보스 몬스터가 랭크 5였다.

"대공이라면 최소 랭크 3이었을 터."

슈바이드는 가만히 중얼거렸다.

플레이어가 혼자 쓰러뜨릴 수 있는 것은 랭크 3이 한계였다. 그렇게 인식되어 있기 때문에 플레이어가 말하는 솔로 타입은 랭크 3까지를 가리킨다.

신조차도 게임 시절에는 혼자서 랭크 4 보스를 이길 수 있다는 보장이 없었다. 랭크 5의 경우는 완전히 운에 맡기는 수준이었다.

대공급 데몬이라면 대부분이 게임 시절에도 맹위를 떨친 강력한 몬스터들뿐이었다. 랭크 4도 드물지 않았고 극히 일부분이지만 랭크 5도 존재했다.

따라서 랭크 3이라 해도 그것이 결코 약하다는 것을 의미하지 않았다.

"그 마기, 먹어주지."

하지만 슈바이드의 의구심과는 상관없이 전황이 바뀌고 있었다.

무기의 요격에 참가하지 않았던 빌헬름이 공격 뒤의 빈틈을 노려 아다라에게 바싹 접근한 것이다.

아다라의 상태 따위는 관심이 없다는 듯이 『바키라』에는 자비심이 없었다.

사실 아다라가 약해진 가장 큰 원인은 『바키라』였다.

『베이노트』는 아다라의 마기로 인해 『바키라』가 되었다. 그때문에 아다라의 마기와 상성이 좋았던 것이다.

마기의 허용치도, 변환 효율도, 흡수량도 아다라를 상대할때는 평소보다 훨씬 높았다. 그 수치는 두세 배 정도가 아니었다.

"네 힘을 보여보라고ㅇㅇㅇㅇㅇㅇㅇ!!"

『바키라』는 빌헬름의 의지에 호응하는 듯이 불타오르는 붉은색을 두르고 있었다.

쇠마저 녹이는 업화에 『바키라』의 창끝이 붉게 달아올랐다.

창술/화염 복합 스킬 【홍련열아(紅蓮烈牙)】였다.

그 일격 앞에서는 어떤 갑옷도 효과를 발휘할 수 없었다.

『바키라』의 칼날은 갑옷을 설탕처럼 녹이고 살을 태웠다.

그와 동시에 발동된 마기 흡수로 인해 아다라는 약화되고 빌헬름의 힘은 강화되었다.

의문이 생길 정도의 능력 강화를 받으면서도 빌헬름은 눈썹 한 번 꿈틀거리지 않았다.

그는 『바키라』가 무엇을 하는지 알고 있었던 것이다. 그리고 자신의 것이 아닌 힘이 어째서 넘쳐흐르는지도 알았다.

빌헬름은 이곳에 없는 누군가의 말을 마음속으로 되뇌었다.

"이야아아앗!!"

빌헬름은 앞으로 내지른 『바키라』를 움켜쥐고 있는 힘껏 휘둘렀다.

강화된 빌헬름의 완력은 아다라를 찌른 『바키라』를 억지로 움직였고 엄청난 열량으로 아다라의 한쪽 팔을 절반 넘게 태웠다.

흘러나오는 피마저 증발시킨 『바키라』는 아다라의 마기를 계속 먹어치웠다.

그 칼날이 갑옷을 찢어발기고 꿰뚫을 때마다 아다라의 능력은 떨어지고 빌헬름의 능력은 올라갔다.

"대데몬용 무기 중 하나라지만 저건 대체 어떻게 된 걸까? 넌 뭐 아는 거 없어?"

"내가 아는 『바키라』에는 저런 비상식적인 효과가 없었던 것 같은데."

직접 무기를 맞대본 필마와 밀트도 아다라가 눈에 띄게 약해졌다는 것을 깨달았다.

싸움의 양상을 지켜보며 빌헬름이 가진 『바키라』가 원인이라는 것은 짐작했지만 정확한 이유까지는 알 도리가 없었다.

"뭐, 쓰러뜨린 후에 물어보면 되겠지."

"빨리 끝내지 않으면 신 씨 쪽에서 도우러 올 것 같아. 우리가 맡은 상대니까 제대로 쓰러뜨려야 해!"

두 사람은 의문을 느끼면서도 공격의 고삐를 늦추지 않았다.

아무리 약체화되어도 거대한 몸에서 나오는 중량과 힘은 그것만으로도 위협적이었다.

완전히 쓰러뜨릴 때까지는 절대로 방심할 수 없었다.

두 사람의 시야에는 【애널라이즈】로 표시된 아다라의 HP가 보였다. HP는 절반 정도가 남아 있었다.

티에라의 공격으로 무력화된 팔과 빌헬름의 공격으로 반쯤 잘려나간 팔은 전부 오른쪽이었고, 남은 것은 왼쪽의 두 팔뿐이었다.

아다라가 이동하려고 하면 슈바이드의 큰 방패와 티에라의 화살이 즉시 막아 세웠다.

발이 멈추고 슈바이드가 무기 공격을 집중할 경우 아다라는 방어까지 해낼 여력이 없었다.

그렇게 생겨난 빈틈을 노리고 빌헬름의 『바키라』, 필마의 『홍월』, 밀트의 『브레오간드』가 아다라의 온몸을 공격했다.

신과 함께 싸우며 능력치를 올린 필마. 전투광으로 유명한 밀트. 『크리티컬』로서 진정한 힘을 발휘한 빌헬름.

그들의 공격을 받으며 아다라의 HP는 기하급수적으로 감소했다.

세 사람의 공격에 더해 유즈하의 지원을 받은 티에라의 저격이 아다라를 꿰뚫었다.

화살이 명중할 때마다 아다라의 몸에서는 은색 빛이 뿜어져 나왔다.

빌헬름의 『바키라』와 마찬가지로 은색 빛이 솟구칠 때마다 아다라의 몸에서 힘이 빠져나갔다.

"아악, 크윽, 어어……."

대미지를 이기지 못하고 무릎을 꿇은 아다라를 향해, 온몸에 아우라를 두른 빌헬름이 한층 높이 뛰어올랐다.

"이제 그만, 뒈져버리라고ㅇㅇㅇㅇㅇㅇㅇㅇ!!"

아다라는 이미 만신창이였다. 빌헬름의 혼신의 일격을 막아낼 힘은 남아 있지 않았다.

투척된 『바키라』가 진홍색 섬광이 되어 아다라를 덮쳤다.

그것은 투구를 부수고 살을 찢으며 뼈를 관통했다. 아다라의 입 부분 위로는 아무것도 남지 않았다.

필마의 눈에 비친 아다라의 HP는 0이 되었다.

하지만 아다라는 쓰러지지 않았다. 머리를 잃은 상태에서도 남아 있는 입으로 말을 이어나갔다.

"제……길……. 오늘은, 여기까지인가……."

"응?"

"뭐지?"

밀트와 빌헬름이 의아함을 느낀 다음 순간, 아다라의 몸이 무너지기 시작했다.

육체뿐만 아니라 갑옷까지 액체가 되어 무너지는 것을 보며 밀트와 빌헬름은 움직임을 멈추었다.

"하지만 뭐…… 이대로 얌전히 물러나는 건……."

슈바이드와 필마는 즉시 움직였다.

"재미없겠지이이이이이이이이이이!!"

아다라의 외침과 함께 액체가 된 아다라가 티에라를 향해 쏟아졌다.

마지막 발버둥이었는지 그 몸은 이동할 때마다 조금씩 사라져갔다. 하지만 완전히 사라지기 전에 티에라를 충분히 뒤덮을 기세였다.

"안 돼, 유즈하! 날 두고 도망쳐!"

"쿠우!"

자신을 노린다는 것을 깨달은 티에라는 유즈하에게 도망치라고 소리쳤다.

하지만 유즈하는 절대 안 된다는 듯이 네 다리에 힘을 주며

쿠우 하고 울었다.

"포기하기에는 조금 이르잖아!"

티에라와 유즈하가 대화를 나누는 사이 슈바이드와 필마가 달려왔다.

슈바이드는 아다라의 잔해와 티에라 사이를 막아섰고 필마가 그 뒤에서 『홍월』을 하늘 높이 치켜들었다.

"감히 어딜!!"

슈바이드가 포효하며 손에 든 『대충각의 큰 방패』를 땅에 꽂았다.

그와 동시에 슈바이드의 전방에서 공간이 흔들렸다. 투명한 육각형이 뒤얽혀 만들어진 벽이 슈바이드와 아다라 사이를 구분하듯 전개되었다.

그것은 『대충각의 큰 방패』가 가진 기능 중 하나인 공격 차단 장벽이었다.

원래는 대공 방어용 능력이지만 전방에서 일직선으로 접근해오는 아다라에게는 벽으로서의 역할을 충분히 할 수 있었다.

"오래는 못 버티오."

"5초면 충분해!"

액체의 질량을 생각하면 벽을 뛰어넘는 것은 시간문제였다.

슈바이드의 목소리를 들은 필마가 『홍월』에 마력을 집중하며 대답했다.

높이 치켜든『홍월』에는 하늘을 향해 솟구치는 불꽃처럼 진홍색 빛이 일렁이고 있었다.

"이야앗!!"

아다라였던 물체의 움직임을 막기 위해 빌헬름이 원거리 스킬을 사용했다. 번개와 화염이 난무하며 그 진행 속도를 조금이나마 늦추었다.

"밀트와 빌헬름은 거기서 떨어지시오! 같이 타 죽기 싫다면!!"

"우와, 그건 위험하잖아! 자, 너도 떨어져!"

"쳇."

슈바이드의 외침을 듣고 필마가 무엇을 하려는지 알아챈 밀트가 빌헬름을 재촉했다.

빌헬름도『홍월』에 집중된 마력을 느끼고 혀를 차며 최대한 거리를 벌렸다.

"지금!"

"알았소!"

필마의 신호에 슈바이드는 공격 차단 장벽을 해제했다. 막힌 둑이 터진 것처럼 탁류로 변한 아다라가 슈바이드와 필마, 티에라를 덮쳤다.

"이걸로…… 끝이야!!"

슈바이드와 교차하듯이 앞으로 나선 필마가『홍월』을 내리쳤다.

참격의 궤적을 따라 진홍색 빛이 대지를 녹였다.

검술/화염 복합 스킬【지전(至伝) · 가구토(迦具土)】.

신화에 등장하는 불의 신의 이름을 따서 만들어진 스킬은 신의 위엄을 드러내려는 듯이 압도적인 열량을 만들어냈다.

탁류 밑의 대지가 폭발했다.

『홍월』을 내리친 장소를 중심으로 잠시 사라졌던 빛이 다시 나타나더니 탁류를 집어삼킬 기세로 대지를 붉게 물들였다. 하늘 높이 솟구친 빛은 탁류를 집어삼킨 순간 연옥의 불꽃으로 변했다.

"꺄앗!!"

슈바이드가 벽이 되어주고 있었음에도 티에라가 비명을 질렀다.

피부가 열기에 타버린 것도 아니었다. 섬광에 눈이 부셨기 때문도 아니었다.

그저 그 불꽃이 가진 엄청난 위력을 느낀 순간 자신도 모르게 나온 반응이었다.

"이게 하이 휴먼의 부하가 가진 힘인가. 엄청난 위력이군."

"검술과 화염 마법을 조합한 스킬이야. 사용자와 무기의 능력이 최상급으로 갖춰져야만 사용할 수 있어."

밀트는 탁류가 불꽃에 삼켜져가는 광경을 바라보며 빌헬름의 말에 대답했다.

게임 시절의 전용 시각 효과도 제법 볼만했지만 눈앞에서 벌어진 광경은 밀트가 알던 것보다 훨씬 장엄하고 강력했다.

더러움을 태우는 신의 화염. 그런 생각이 드는 빛이었다.

그리고 빛이 가라앉은 뒤에는 갈라진 대지와 붉게 반짝이는 금속만이 남아 있었다.

†

"뭘, 니까…… 이 힘은."

신에게 걸어차인 스콜어스는 번개에 탄 몸을 일으키며 중얼거렸다.

"글쎄. 뭘까? 넌 알아?"

신은 반대편에서 벌어지는 전투의 기척을 느끼며 스콜어스의 말에 대답했다.

그리고 번개가 멎는 순간 땅을 박차며 스콜어스에게 달려들었다.

오른손에는 『무월』, 왼손에는 새롭게 꺼낸 일본도 『오보로 무라마사(朧村正)』를 쥐고 있었다. 등급은 『무월』과 같은 고대급 상급품이었다. 이쪽 세계에서는 신검(神劍)으로 취급되는 무기였다.

"이 힘, 당신은 정말 사람입니까?"

"글쎄. 어차피 여기서 죽을 건데 굳이 알 필요가 있을까?"

신은 스콜어스에게 말을 건네며 뻗어온 문어 다리를 정면으로 베어냈다.

전설급 정도라면 쉽게 튕겨낼 만큼 단단한 다리였지만 고대급 무기 앞에서는 진짜 문어 다리와 다를 것이 없었다. 【리미트】를 해제한 신의 완력과 무기의 위력이 더해지며 불에 달군 나이프로 버터를 자르듯이 다리를 잘게 썰고 있었다.

"이건 덤이야."

세 개의 다리가 절반으로 줄어들었을 때 신은 화염/바람 복합 스킬 【에코 · 봄】을 발동했다.

그러자 직경 1메르 정도의 화염구가 출현했다.

그리고 잠시 뒤 10, 20개로 늘어난 화염구가 스콜어스의 얼굴을 향해 쏟아졌다.

"으악?! 힘뿐만 아니라 마법까지……!"

스콜어스는 집게발을 방패 삼아 화염구를 막아냈다.

화염구는 집게발에 닿는 순간 폭발하며 갑각에 대미지를 입혔다. 그리고 화염구 안에 압축된 공기가 폭풍을 타고 갑각을 진동시켰다.

그것은 지향성(指向性) 음파였다. 음파가 갑각에 닿자 견고한 갑각에 금이 가기 시작했다.

【에코 · 봄】은 음파와 폭발의 이중 대미지로 몬스터의 단단한 외피나 갑옷에 대미지를 주는 스킬이었다.

끊임없이 쏟아지는 화염구에 스콜어스의 집게발과 비늘이

부서지고 벗겨지기 시작했다.

그것은 여러 명의 마법사가 교대로 움직여도 불가능한 연속 마법 공격이었다.

영창이 필요 없는 경지와 뛰어난 마력, 높은 능력치가 모두 갖추어져야만 비로소 가능한 기술이었다.

"역시 대공이야. 단단하군."

일반적인 필드 보스 정도는 잿더미로 만들고도 남을 맹공이었지만 신의 눈앞에 보이는 스콜어스의 HP는 크게 줄어들지 않았다.

집게발로 막아냈기 때문이기도 하지만 스콜어스가 가진 방어력 자체가 압도적이었다.

방금 전에 발차기가 들어갔을 때도 신은 내장 정도는 망가뜨릴 생각이었다. 하지만 스콜어스의 가슴 부분은 움푹 들어가기는 했어도 함몰했다고는 말하기 힘들 정도로 회복되어 있었다.

거리를 벌리는 것을 우선시하기는 했지만 능력치의 한계를 뛰어넘은 발차기를 맞고도 그 정도로 끝난 것을 보면 여간 대단한 방어력이 아니었다.

"비늘이 다중 장갑처럼 되어 있는 건가?"

신은 지금도 너덜너덜하게 떨어지는 비늘을 보며 생각했다. 떨어져나간 비늘 밑에는 새로운 비늘이 나타났고 맨살은 보이지 않았다.

"계속 묶어두기는 힘들겠군."

한편으로는 어느새 재생된 문어 다리가 【에코 · 봄】을 격추하고 있었다.

몸만큼 거대한 세 개의 문어 다리가 자유자재로 움직이며 거의 모든 공격을 저지해냈다.

이따금씩 문어 다리를 통과한 화염구도 집게발에 가로막혔다.

스콜어스의 재생 능력은 온몸에 퍼져 있는지, 한동안 움직이지 않던 하반신도 서서히 움직이기 시작했다.

"그렇게는 못하지."

신은 몸을 일으키려는 스콜어스의 다리 쪽으로 달렸다.

덩치에 걸맞게 큰 나무만 한 다리였지만 신에게는 단순한 과녁일 뿐이었다. 빠르게 접근한 신은 단숨에 베어 넘어뜨리려고 검을 휘둘렀다.

그러나 신이 접근하는 것보다 빨리 스콜어스의 다리에서 변화가 일어났다.

다리의 표면에서 문어 다리가 돋아난 것이다.

15세메르 정도의 굵기에 끝부분에는 나이프 모양의 갑각이 달려 있었다. 게다가 숫자가 상당히 많았다. 수백 개에 달하는 문어 다리가 먹잇감을 노리는 촉수처럼 신을 향해 뻗어왔다.

"이상한 걸 만들어내지 말라고!"

"일방적으로 계속 당하기만 할 거라고 생각하지 마시죠!"

신은 밀려드는 문어 다리를 계속 베어내며 거리를 벌렸다. 10메르 정도 떨어지자 문어 다리는 더 이상 추격해오지 않았다.

그 대신 신의 머리 위에서 굵은 다리가 내려왔다.

"하앗!"

신은 『무월』과 『오보로무라마사』를 교차하듯 휘둘렀다. 그것만으로도 스콜어스의 오른쪽 어깨에 돋아난 문어 다리 세 개가 크게 잘려나갔다.

"이런!"

하지만 뒤이어 왼쪽 어깨에 달린 집게발이 뻗어왔다. 검으로 벨 수 없는 것은 아니었지만 그대로 멈춰 있다가는 정통으로 맞을 것이 뻔했다.

신은 점프해서 피했지만 그때 자신을 향한 강한 시선을 느꼈다.

위쪽에서 스콜어스가 신을 향해 입을 크게 벌리고 있었다. 입안에는 이미 대량의 물이 압축된 상태였다.

"카아—."

높은 압력이 담긴 워터 브레스가 신을 노리고 있었다. 수중에 서식하는 몬스터들의 특기인 광범위 공격이었다.

하지만 그것이 발사되는 일은 없었다.

"GRUAAAAAAAAAAA!!!"

"—?!"

크게 우회해서 뒤에서 공격한 카게로우의 발톱이 스콜어스의 머리에 적중했다.

본래의 모습으로 돌아간 카게로우가 【은폐】 상태로 도약해 스콜어스의 사각(死角)에서 기습을 가한 것이다.

신이 스콜어스를 걷어찬 뒤에 카게로우는 신의 어깨를 딛고 어딘가로 이동해 있었다.

스콜어스의 닫힌 입 틈새로 물이 기세 좋게 뿜어져 나왔다. 발사 직전에 강제적으로 입을 다문 탓에 브레스 공격이 스콜어스의 입안에서 작렬한 모양이었다.

새어 나온 물의 기세만으로 땅에 균열이 생겨나는 것을 보면 얕볼 수 있는 파괴력은 아니었다.

"짐승 따위가 감히!!"

스콜어스는 뒤에 매달린 카게로우를 떨쳐내기 위해 몸부림쳤다. 그와 동시에 문어 다리를 등 뒤로 뻗으려 했지만 카게로우가 온몸에서 발산하는 전기 공격 때문에 건드리지도 못했다.

스콜어스는 랭크 4에 가까운 랭크 3 보스였다.

반면에 일반 몬스터인 그루파지오는 랭크 3의 딱 중간에 위치하고 있었다. 그러나 아종(亞種)인 카게로우는 스콜어스와 거의 동격이었다.

따라서 카게로우의 신체 능력이라면 스콜어스에게 유효한

대미지를 주기에 충분했다.

"GAAAAAAAAAAAAAAAAA!!"

전투 본능을 해방한 카게로우의 포효가 울려 퍼졌다. 번개가 담긴 카게로우의 발톱이 스콜어스의 비늘을 쉽게 부수고 살을 도려냈다.

그리고 집게발이 달린 어깻죽지에 카게로우가 이빨을 박아넣자 갈라지는 소리를 내며 갑각에 금이 가기 시작했다.

"카게로우! 떨어지세요!!"

슈니의 맑은 목소리가 울렸다.

스콜어스가 카게로우의 공격에서 해방된 것도 잠시, 슈니의 공격이 바로 이어졌다.

등 뒤에 정신이 팔려 있을 때 정면에서 초승달 모양의 얼음 칼날이 날아온 것이다. 워낙 얇은 칼날이라 정면에서는 눈으로 확인하기 매우 어려웠다.

칼날의 크기는 1메르 정도였고 자세히 보면 매우 가녀린 모양새였다.

"크윽!"

스콜어스는 문어 다리로 쳐내려 했지만 칼날에 담긴 마력을 느끼고 그만두었다. 대신 즉시 몸을 뒤로 날리며 갑각에 덮인 집게발을 방패 삼았다.

"팔이…… 얼었다."

얼음 칼날에 의한 대미지는 크지 않았다. 그러나 칼날을 맞은 부위는 반경 2메르 정도의 범위가 순식간에 얼어붙고 말았다.

표면뿐만이 아니고 갑각 내부까지 침투하는 극한의 냉기가 스콜어스의 움직임을 방해했다.

"제가 늦었네요."

"기다렸어."

신체 능력의 차이 때문에 아무래도 신이 슈니보다 앞서나갈 수밖에 없었다. 하지만 지금 무엇보다 중요한 것은 빌헬름 일행 쪽으로 스콜어스가 접근하지 못하게 하는 일이었다.

"저쪽은 생각보다 쉽게 싸우고 있는 것 같아요. 우리가 가기 전에 쓰러뜨릴지도 모르겠네요."

"잘됐군. 아다라라는 녀석은 그렇게 강하지 않았나 보네."

"빌헬름의 창과 티에라의 화살이 예상 밖의 효과를 내고 있는 것 같아요. 제가 아는 것보다도 상당히 강력했어요."

"조금 궁금해지네. 이 녀석을 쓰러뜨리면 자세히 이야기해 줘."

신과 슈니는 평소와 다를 것 없이 대화하며 스콜어스를 향해 돌진했다.

"문어 다리가 방해하러 움직이더라고. 이것도 쓰는 게 편할 거야."

"잘 쓸게요."

신이 던져준 카드를 슈니가 실체화했다.

그녀의 왼손에 출현한 것은 가느다란 장식과 투명한 에메랄드빛 칼날을 가진 소태도(小太刀)였다. 검신의 길이는 60세메르 정도였다.

고대급 상급품 무기로 이름은 『취련도(翠蓮刀)·두화(兜花)』였다.

"시작하겠습니다."

슈니의 모습이 흐릿하게 사라졌다.

이동 과정에서 복수의 잔상을 남기는 쿠노이치의 18번 기술이었다. 이동계 무예 스킬【축지】와【환무(幻舞)】의 복합 기술이었다.

뻗어온 문어 다리들이 그녀를 털끝 하나 건드리지 못하는 가운데, 슈니는 스콜어스의 왼쪽 앞발을 검으로 공격했다. 슈니의 손에 있는 무기는 둘 다 고대급이었다. 갑각의 방어력 정도는 없는 것이나 마찬가지였다.

게다가 검술계 무예 스킬【폭석류(爆石榴)】까지 발동한 상태였다.

스콜어스의 왼쪽 앞발이 청색과 녹색의 참격 폭풍을 맞아 기능을 반쯤 상실했다.

"이번에는 아까처럼 안 될 거야."

그리고 오른쪽 앞발은 신이 맡았다.

이쪽은 정면 승부였다. 『무월』과 『오보로무라마사』가 연속으로 십자를 그렸다.

검술계 무예 스킬【섬공교차(閃空交差)】였다.

무기의 속성이 부여된 빛과 어둠의 참격이 문어 다리를 잘라내고 본체에 십자 모양 상처를 새겼다. 오른쪽 앞발의 기능이 정지된 것은 슈니가 왼쪽 앞발을 망가뜨린 것과 거의 동시였다.

"말도 안 돼……. 내가……."

스콜어스는 다리에 입은 대미지와 등 뒤에서 받은 카게로우의 전기 공격에 앞쪽으로 쓰러졌다. 그의 눈은 무기를 든 신과 슈니를 바라보았다.

"협력기로 간다."

"알겠습니다."

무기에 모이는 마력이 공기를 뒤흔들었다.

너무나도 짙은 그 마력은 스콜어스의 눈에 짙은 보랏빛으로 보였다.

"이…… 빛은― ."

말을 마치기도 전에 두 사람의 공격이 스콜어스에게 닿았다.

그것은 협력 전용 스킬【단두섬(斷頭閃)】으로, 『무월』과 『창월』에서 뻗어 나온 거대한 유사 검신에 의한 이중 참격이었다.

두 사람의 힘을 교차한 공격은 스콜어스가 방패처럼 내민 집게발을, 강철보다 단단한 갑각을, 충격을 흡수하는 비늘까지도 아무렇지 않게 베어버렸다.

말 그대로 단두(斷頭)의 일격이었다.

게임에서는 불가능한 위력의 참격이 스콜어스의 목을 단칼에 베어냈다.

"마지막까지 신중을 기하자."

"네."

스킬이 끝나기 전에 신과 슈니는 칼을 빙글 돌렸다.

상대는 대공급 데몬이었다. HP가 0으로 떨어졌다 해도 그대로 얌전히 죽을 리는 없었다.

스콜어스의 거대한 몸을 두 사람의 참격이 통과했다. 그것이 몸의 중심에서 교차되면서 거대한 몸이 정확히 4등분되었다.

그제야 확실히 쓰러뜨렸는지, 잠시 뒤에 스콜어스의 몸이 입자가 되어 소멸하기 시작했다.

"내가 이렇게나 간단히 패배할 줄이야. 당신은 대체 뭡니까?"

"머리만 남은 주제에 이야기하지 말라고. 가르쳐줄 생각은 없으니까."

스콜어스는 머리만 남은 상태로 말을 하고 있었다. 성대도 없이 어떻게 소리를 내는지 알 수 없었지만 일그러졌던 음성이 어느새 인간의 목소리로 돌아와 있었다.

"슈니 라이자와 신수를 거느린 존재…… 하하, 그렇군. 당신은 하ー."

스콜어스가 내뱉을 수 있었던 말은 거기까지였다. 존재를 유지하는 것도 한계가 왔는지 머리도 입자가 되어 사라졌다.

스콜어스의 몸이 있던 곳에는 보석과 금속 같은 아이템이 떨어져 있었다.

"이 세계에서는 데몬도 아이템을 떨어뜨리는 건가?"

"왕성에서 쓰러뜨린 데몬은 아무것도 남기지 않았는데요."

아이템을 살펴보자 보석은 특급 클래스였고 금속도 오리할콘, 미스릴 같은 희귀 종류였다.

신은 체내에서 생성된 아이템이 육체의 소멸로 인해 방출되어 드롭 아이템처럼 나타난 것이라고 추측했다.

마기에 침식당한 기색은 없었지만 만약을 위해 정화를 사용한 뒤 카드화해서 아이템 박스에 수납했다.

"자, 그러면 이제 저쪽과 합류하러 갈까?"

"도움은 필요 없었던 것 같네요."

신 일행이 바라본 곳에 이미 아다라의 모습은 없었다. 스콜어스가 소멸할 때 강한 마력을 느껴 고개를 돌리자 진홍색 빛이 피어오르는 것이 보였기에 그쪽도 결판이 났다는 것은 예상하고 있었다.

시각 효과를 통해 그것이【가구토】라는 것도 짐작이 갔다.

신과 슈니, 카게로우는 바로 움직이기 시작해서 나머지 일행과 합류했다.

"의외로 빨리 결판이 났군."

"그건 우리가 할 말이야. 그쪽이야말로 훨씬 더 오래 걸릴 줄 알았거든."

신의 말에 필마가 어이없다는 듯이 대답했다.

몬스터의 형태만 봐도 스콜어스보다는 아다라가 훨씬 싸우기 쉬웠다.

예측할 수 없는 공격 방법을 많이 가진 스콜어스는 쓰러뜨리는 시간이 오래 걸릴 수밖에 없었다. 게다가 몬스터의 등급도 스콜어스 쪽이 약간 높았다.

신과 슈니가 합류 저지와 대미지 축적 위주로 싸우는 이상 필마 쪽이 빨리 끝날 것은 뻔했다.

"마침 파워업할 기회가 있었거든. 자세한 이야기는 나중에 해줄게."

신은 먼저 피신시킨 케니히와 합류하기 위해 카드에서 마차를 실체화했다.

일행이 마차에 타고 이동한 지 얼마 되지 않아 신의 미니맵에 케니히와 해미의 마크가 출현했다.

케니히가 가진 『은사의 외투』는 신이 빌려준 아이템이었기에 케니히의 모습이 안 보일 리는 없었다.

모래 먼지를 피워 올리며 달려온 마차를 발견했는지 케니히와 해미의 움직임이 멈추었다.

신이 마부석에서 손을 흔들자 케니히도 외투를 벗고 모습을 드러냈다.

"많이 기다리셨죠. 이대로 바르멜까지 갈 테니까 타세요."

"묻고 싶은 일은 많지만 일단 그렇게 하겠소."

케니히는 등에 해미를 업고 있었다. 의식은 회복한 것 같았지만 표정이 어두웠다.

"기분은 좀 어떤가요?"

"네, 괜찮습니다. 이번에도 폐를 끼친 것 같아 정말 죄송할 따름입니다."

"아니요. 저희로서도 의외의 수확이 있었으니까 부담 갖지 마세요."

만약 해미와 빌헬름이 납치되지 않았다면 신 일행이 이 정도로 서두르지 않았을 것이다. 그랬다면 스콜어스와 아다라의 음모가 달성되었을지도 모른다.

납치된 해미와 그녀를 걱정한 리리시라, 케니히에게는 미안하지만 상대의 계획을 무너뜨릴 수 있어서 오히려 다행이라고 신은 생각했다. 물론 생각만 했을 뿐이지, 입 밖에는 내지 않았다.

"바로 출발할게요."

일행은 그대로 바르멜을 향해 이동해서 해로를 통해 지그루스와 가까운 항구로 가고, 그 뒤에 다시 마차를 타고 지그루스로 돌아갈 예정이었다.

마차로는 시간이 너무 오래 걸리고, 비지의 드래곤에는 모두가 탑승할 수 없기 때문이었다.

물론 일행을 둘로 나누면 가능하기는 했지만 갈 때만큼 서두르는 상황은 아니었기 때문에, 드래곤에 탈 수 있다는 것을 굳이 케니히와 해미에게 가르쳐줄 필요는 없다고 신은 생각했다.

바르멜에 도착한 신 일행은 출항 시간을 조사하러 바로 거리에 나왔다. 물론 식료품 구입도 필요했다.

케니히도 교회에 연락을 취하기 위해 외출했다.

해미는 기분이 여전히 우울했는지 여관에 남게 되었다. 그녀의 호위는 빌헬름이 맡았다.

"죄송해요. 저 같은 것 때문에……."

"응?"

자신을 비하하는 듯한 말이었기에 빌헬름은 눈썹을 찡그렸다. 마차로 이동할 때도 해미는 자신이 하찮은 존재라는 듯이 이야기하고 있었다.

처음에는 납치당한 것을 미안해하는 것이라 생각했지만 그런 것치고는 표정과 목소리가 너무나도 어두웠다. 마치 자기 자신의 모든 것을 부정하고 있는 듯했다.

빌헬름은 그 이유가 무엇일지 생각했다.

"그 녀석들에게 무슨 말이라도 들은 거야?"

스콜어스와 아다라, 그리고 『정점의 파벌』 구성원들. 예상되는 것은 그들 정도였다.

"저는…… 아니, 저 때문에 많은 사람들이 산 제물로 바쳐졌어요."

"그러고 보니 그런 이야기를 나도 들은 것 같은 느낌이 들어. 뭐, 그걸 네가 신경 쓸 필요는 없잖아."

빌헬름은 별일 아니라는 듯이 말했다.

"아니에요! 분명 그들은……."

"구해주지 못한 건 나도 마찬가지야. 신과 다른 녀석들도 따지고 보면 늦게 온 셈이지. 게다가 당신에게는 싸울 수 있는 힘이 없어. 그들은 납치된 순간부터 살아남을 수 없는 운명이었던 거야. 아무리 생각해도 그 녀석들은 당신이 납치되기 전부터 똑같은 일을 하고 있었을 테니까 말이지."

해미 때문에 산 제물이 되었을 리는 없었다.

"자기 때문이라는 하찮은 생각을 할 시간이 있으면 차라리 앞으로 어떻게 할지 고민해봐. 아직도 그 동굴 안에 붙잡혀 있는 녀석들이 있을지도 모르니까 말이지."

"그 일에 대해서는 교회에서 기사들을 파견하도록 케니히 씨가 연락해주고 있어요. 이유를 이야기하면 교황님도 허가해주실 거예요."

빌헬름의 말에 해미가 대답했다. 『정점의 파벌』의 거점 파괴는 교회에도 유익한 일이었다. 망설일 이유는 없었다.

"제게도 뭔가 할 수 있는 일이 있을까요?"

"글쎄. 뭐, 당신은 성녀라고 불리는 존재잖아. 무슨 일을 할 수 있을지는 모르겠지만 당신이 무슨 말을 하기만 해도 웬만한 녀석들보다는 괜찮은 결과가 나오지 않을까?"

"성녀…… 말인가요……. 저는 그렇게 불릴 자격이 없어요."

"아…… 자격 운운하기 전에 난 어째서 당신이 그렇게 불리는지 아직도 모르거든."

성녀로 불리는 존재가 있다는 것은 빌헬름도 알고 있었지만 자세한 경위는 알지 못했다. 케니히를 제외한다면 지금 멤버 중에서 알 만한 사람은 슈니와 슈바이드, 밀트 정도였다.

해미는 빌헬름을 위해 천천히 설명하기 시작했다.

처음에는 기분 나쁜 존재로 여겨졌다는 것. 소문을 들은 교회에서 사람이 왔고 그 힘으로 사람들을 구할 수 있다는 사실을 알게 되었다는 것. 그리고 시간이 지나면서 성녀로 불리게 되었다는 것까지.

해미는 이따금씩 말을 머뭇거리면서도 이야기를 이어나갔다.

"불길한 취급을 받았다면서 잘도 사람들을 구해야겠다는 생각을 했군."

빌헬름은 어이가 없다는 듯이 말했다.

"왜냐고 물어도 분명한 이유를 말하기는 힘들어요. 저라도 사람들에게 도움이 될 수 있다는 것을 증명하고 싶었는지도 모르겠네요."

"그러면 그걸로 된 거 아냐? 도움을 받은 녀석들이 있으니까 넌 성녀로 불리는 거잖아."

"저는 올바른 일을 한 걸까요?"

"그걸 대답해줄 수 있는 사람은 없어. 네가 없어도 어떻게든 잘 돌아갔을지도 모르고, 어쩌면 큰 비극이 일어났을지도 모르지. 결국은 자기가 믿는 대로 행동할 수밖에 없는 거야."

흔해빠진 말이었지만 진리에 가까운 이야기였다. 자신의 행동이 어떤 결과를 불러올지는 제아무리 『점성술사』라도 전부 알 수 없었다.

"그리고 모 하이 휴먼도 모든 사람을 구할 수는 없다고 공언했다더군. 그런 전설적인 존재도 하지 못하는 일이야. 순순히 포기하라고."

빌헬름은 진지한 말을 하다가 자연스럽게 신에 관한 이야기를 꺼냈다.

"하이 휴먼이…… 말인가요?"

"슈니 라이자와 대련한 적이 있었거든. 본인이 그랬다더군."

"그런……가요. 그렇다면 그에 가까워지기 위해서 더욱 노력해야겠네요."

해미가 빌헬름의 말을 믿었는지는 모르지만 그녀는 지금까지와는 약간 다른 미소를 짓고 있었다.

"잘 생각했어. 어차피 이제부터 바빠질 거야. 이 틈에 쉬어두도록 해."

"그럴게요. 빌헬름 씨는 전에 들었던 이야기와 정말로 똑같은 분이시네요."

"응? 누구한테 들었는데?"

해미의 말에 빌헬름은 노골적으로 불쾌해하는 표정을 지었다.

"아이들은 우리가 생각하는 것보다 가까이 있는 사람을 유심히 바라본다는 뜻이에요."

"쳇."

빌헬름은 찡그린 얼굴로 혀를 찼다. 그걸 본 해미는 싱긋 웃었다.

신 일행은 이제부터 바다를 건너 지그루스로 향할 예정이었다.

두 사람의 귀에 누군가의 재채기 소리가 들린 것 같은 느낌이 들었다.

| **스테이터스 소개**

THE NEW GATE

이름 : **필마 토르메이아**
성별 : 여성
종족 : 하이 로드

메인 직업 : 마검사
서브 직업 : 암흑검사
모험가 랭크 : 없음
소속 길드 : 육천

●능력치

LV: 255
HP: 9344
MP: 6325
STR: 857
VIT: 661
DEX: 701
AGI: 712
INT: 633
LUC: 73

●전투용 장비

머리 명옥(命玉)의 머리 장식【HP 보너스[특],
HP 자동 회복[특]】

몸 허칠(虛漆)의 마법 갑옷【STR 보너스[특],
마력 방출, 피대미지 감소[특]】

팔 허칠의 건틀렛【STR 보너스[특], 대미지 증
가[특]】

발 허칠의 각반【AGI 보너스[특], 구속 무효】

액세서리 신화의 귀걸이

무기 홍월【무기 파괴 공격 무효, 투과 능력 무
효, HP 흡수[특], 자동 마법 부여, 사용
자 제한】

●칭호

●마검의 주인
●검술의 정점
●잠자는 공주
●사신과 춤추는 자
●섬멸자
etc

●스킬

●임팩트 · 슬래시
●사상검(死相劍)
●다크 · 라이너
●블러드 · 페인
●가구토(迦具土)
etc

기타

●신의 서포트 캐릭터 No.2

※ 보너스 상승치 미〈약〈중〈강〈특

이름 : 밀트
성별 : 여성
종족 : 하이 픽시

메인 직업 : 기술사(奇術師)
서브 직업 : 광전사
모험가 랭크 : A
소속 길드 : 사원(蛇円)의 허무

● 능력치

LV: 255
HP: 7657
MP: 3722
STR: 776
VIT: 221
DEX: 603
AGI: 539
INT: 400
LUC: 67

● 전투용 장비

머리 없음

몸   일본식 전투복 · 몸통【HP 보너스[중], 일정
      확률로 대미지 감소[특]】

팔   일본식 전투복 · 팔【DEX 보너스[중], 크리
      티컬 대미지 증가[중]】

발   일본식 전투복 · 발【AGI 보너스[중], 크리
      티컬 대미지 증가[중]】

액세서리 현혹의 목도리

무기 브레오간드【대인 특공[강], HP 흡수[중],
      사용자 제한】
      미바르【대인 특공[강], 마법 스킬 대미지
      증가[중], 사용자 제한】

● 칭호

● 마창부(魔槍斧)의 주인
● 체술 사범
● 트릭 · 스타
● 광성(狂星)의 가호
● 물의 정령의 맹우
etc

● 스킬

● 슬래시 · 노바
● 스파라스 · 덩크
● 명경지수
● 환혹(幻惑)의 안개
● 정령 소환
etc

기타

● 전(前) 플레이어
● 전 PK(플레이어 킬러)

이름 : 빌헬름 에이비스(마룡해방)
성별 : 남성
종족 : 로드+드래그닐

메인 직업 : 창술사
서브 직업 : 용기사
모험가 랭크 : A
소속 길드 : 없음

●능력치
LV: 201
HP: 7011+1500
MP: 4921+750
STR: 624+200
VIT: 488+200
DEX: 446+100
AGI: 561+100
INT: 340+50
LUC: 55

●전투용 장비

머리 없음
몸 강견(鋼絹)의 전투복 · 변성【마기 내성【강】,
   피대미지 감소【중】】
팔 용린의 팔 덮개 · 변성【마기 내성【강】, STR
   보너스【중】, VIT 보너스【중】, 불 속성 내성】
발 용린의 다리 갑옷 · 변성【마기 내성【강】, 구
   속 경감】
액세서리 없음
무기 지옥창 바키라【대미지 증가【특】, 마기 변환
   【특】, 마기 특공【특】, 자동 귀환, 사용자 제
   한】

●칭호
●마창의 주인
●창술 사범
●마안 보유자
●용인자(龍因子)
 보유자
●미소의 수호자
etc

●스킬
●사광화선(四光火線)
●뇌호(雷號)
●섀도 · 페네트레이터
●조기 강화
●홍련열아(紅蓮烈牙)
etc

기타
●고대급 지옥창 『바키라』 보유자
●크리티컬(완성종)

이름 : **아다라**

성별 : 데몬

종족 : 대공

●**능력치**

LV: 881

HP: ????

MP: ????

STR: 761

VIT: 628

DEX: 923

AGI: 703

INT: 401

LUC: 45

●**전투용 장비**

없음

●**칭호**

●대공급 데몬

●마왕의 부하

●광무신(狂武神)

etc

●**스킬**

●광무도(狂舞蹈)

●일도섬(一刀閃)

●이도교차(二刀交差)

●땅을 가르는 꽹추
　(轟鎚)

●땅을 찢는 열부(烈斧)

etc

기타

●네임드

이름 : **스콜어스**

성별 : 데몬

종족 : 대공

● **능력치**

LV: 890

HP: ????

MP: ????

STR: 745

VIT: 951

DEX: 791

AGI: 426

INT: 601

LUC: 41

● **전투용 장비**

없음

● **칭호**

● 대공급 데몬

● 마왕의 부하

● 탄식을 먹는 자

etc

● **스킬**

● 물결치는 오른팔

● 목을 베는 왼팔

● 파고드는 복완(複腕)

● 뒤흔드는 발구르기

● 초속 재생

etc

기타

● 네임드

✧ 당신은 언제나 옳습니다. 그대의 삶을 응원합니다. — 라의눈 출판그룹

더 뉴 게이트 7

초판 1쇄 2018년 10월 27일

지은이 카자나미 시노기
옮긴이 김진환

펴낸이 설응도
펴낸곳 라의눈

출판등록 2014년 1월 13일(제2014-000011호)
주소 서울시 서초구 서초중앙로29길 26 (반포동) 낙강빌딩 2층
전화번호 02-466-1283
팩스번호 02-466-1301
e-mail 편집 editor@eyeofra.co.kr 마케팅 marketing@eyeofra.co.kr
경영지원 management@eyeofra.co.kr

ISBN 979-11-963499-7-4 04830
979-11-963499-0-5 04830(set)

THE NEW GATE volume7
ⓒ SHINOGI KAZANAMI 2016
Character Design: MAKAI NO JUMIN
Original Design Work: ansyyqdesign
Originally published in Japan in 2016 AlphaPolis Co., LTD., Tokyo.
Korean translation rights arranged with AlphaPolis Co., LTD., Tokyo,
through Tuttle-Mori Agency, Inc, Tokyo and AMO Agency, Seoul.
Korean edition copyright ⓒ 2018 by Eye of Ra Publishing Co.,Ltd